Copyright © 2023 by Editora Letramento
Copyright © 2023 by Hèrmes Lôurenço

Diretor Editorial | Gustavo Abreu
Diretor Administrativo | Júnior Gaudereto
Diretor Financeiro | Cláudio Macedo
Logística | Daniel Abreu e Vinícius Santiago
Comunicação e Marketing | Carol Pires
Assistente Editorial | Matteos Moreno e Maria Eduarda Paixão
Designer Editorial | Gustavo Zeferino e Luís Otávio Ferreira
Revisão | Gabriel Alves de Ornelas Oliveira

2ª Edição: Abril/2020
www.hermesmlourenco.com.br
instagram: HLescritor
www.facebook.com/hmsfenix

Todos os direitos reservados. Não é permitida a reprodução desta obra sem aprovação do Grupo Editorial Letramento.

Dados Internacionais de Catalogação na Publicação (CIP) de acordo com ISBD

L892c	Lôurenço, Hèrmes
	A conspiração vermelha / Hèrmes Lôurenço. - 2. ed. - Belo Horizonte, MG : Letramento, 2023.
	296 p. ; 15,5cm x 22,5cm.
	ISBN: 978-65-5932-169-8
	1. Literatura brasileira. 2. Ficção. I. Título.
2022-3855	CDD 869.8992
	CDU 821.134.3(81)

Elaborado por Vagner Rodolfo da Silva - CRB-8/9410

Índice para catálogo sistemático:
1. Literatura brasileira : Ficção 869.8992
2. Literatura brasileira : Ficção 821.134.3(81)

Rua Magnólia, 1086 | Bairro Caiçara
Belo Horizonte, Minas Gerais | CEP 30770-020
Telefone 31 3327-5771

editoraletramento.com.br ▲ contato@editoraletramento.com.br ▲ editoracasadodireito.com

A minha esposa Érika pelo apoio.

Aos meus amados filhos Gabriel e Ana Luísa, minhas desculpas pelos meus momentos de ausência.

A meus pais – meus mais fiéis leitores – minha eterna gratidão e apoio nos momentos em que quase cheguei a desistir.

A Benedito Firmo de Oliveira (*in memoriam*), minha eterna saudade, admiração e respeito.

Aos colegas da Abrames, Sobrames – MG, amigos e leitores, minha gratidão pela fidelidade a este escritor.

AGRADECIMENTOS

Meus agradecimentos a três pessoas muito especiais em minha vida, com os quais eu tenho orgulho em trabalhar: Antônio Firmo de Oliveira, meu mais fiel leitor, e a Robson Eduardo De Grande, pelas informações técnicas que enriqueceram este trabalho.

Em especial a meu editor Gustavo Abreu: "E vamos que vamos, Chefe!".

PALAVRAS DO AUTOR

Praticamente em grande parte de minha vida eu venho trabalhando em atendimentos na sala de emergência.

Cada paciente é um novo desafio, capaz de levar qualquer pessoa a conhecer os limites da adrenalina além dos momentos de intensa alegria e tristeza.

Alegria ao ver o sorriso de um paciente no exato momento que tem a vida resgatada das fronteiras da morte e tristeza quando os conhecimentos da ciência médica tornam-se insuficientes diante de uma complexidade biológica, culminando na morte, transferindo ao médico um sentimento de inutilidade, restando apenas a frase "Não somos deuses", para nos acalentar.

Sempre evitamos o assunto quando o tema se trata em falar sobre a morte.

Temida por todos, sempre se faz presente em nossas vidas desde o nosso nascimento até que chegue o momento em que todos a conhecem pessoalmente, cada um no seu devido tempo.

Atualmente pouco se estuda na tentativa da elucidação científica sobre o que realmente acontece quando morremos e estamos ainda longe de desvendar, porém tenho percebido que este cenário ultimamente vem mudando.

Deixando os preceitos religiosos de lado e mergulhando no conhecimento científico puro e pleno, as últimas pesquisas foram de que a alma poderia ter um peso, inspirada em descrições encontradas no *Livro dos Mortos*, no Egito antigo, onde já naquela época existia a pesagem do coração do falecido em contrapeso a uma pluma de avestruz. Essa pesagem era realizada por Hórus, que usava uma cabeça de chacal, conhecido por muitos como Anúbis. Tudo isso era supervisionado por 42 juízes que após a pesagem proferiam o resultado. Se favorável, ganhava-se um lugar no reino dos mortos. Se negativo, Ammut, um terrível monstro, iria devorar-lhe o coração.

O peso da alma ainda gera uma grande polêmica em todos seus aspectos.

De tanto a morte fazer-se presente em minha rotina médica, decidi então manipulá-la, apoiado na simplicidade e perfeição da natureza, amparado no conhecimento de que a chave da imortalidade consiste em saber como enganar a morte.

Em meu livro *Faces de um Anjo*, dominei o tempo como ilusão.

Neste livro substituo a foice simbolicamente colocada nas mãos da morte pela roda da fortuna, onde um destino poderá ser mudado por completo.

Boa leitura.

É natural que o homem tenha medo do desconhecido.
Chegará um dia em que a morte será desvendada e, quando isso acontecer, aprenderemos a temer a eternidade.

7	**PALAVRAS DO AUTOR**
13	**FATOS**
14	**PRÓLOGO**
17	**1**
27	**2**
33	**3**
37	**4**
44	**5**
47	**6**
49	**7**
51	**8**
55	**9**
57	**10**
60	**11**
62	**12**
66	**13**
69	**14**
74	**15**
78	**16**
84	**17**
87	**18**
91	**19**
102	**20**
104	**21**
106	**22**
109	**23**
114	**24**
117	**25**
128	**27**
131	**28**
136	**29**
138	**30**
146	**31**
149	**32**
151	**33**
160	**34**
162	**35**

164	**36**	232	**53**
167	**37**	234	**54**
170	**38**	236	**55**
176	**39**	238	**56**
179	**40**	241	**57**
182	**41**	245	**58**
185	**42**	248	**59**
188	**43**	253	**60**
191	**44**	257	**61**
196	**45**	261	**62**
199	**46**	268	**63**
202	**47**	275	**64**
205	**48**	277	**65**
212	**49**	282	**66**
215	**50**	288	**67**
216	**51**	294	**EPÍLOGO**
217	**52**		

FATOS

A preservação criogênica consiste na conservação de corpos humanos em temperaturas extremamente baixas, visando à reanimação destes corpos em um futuro próximo.

O primeiro "paciente" a ser submetido ao processo de congelamento criogênico foi um psicólogo de 73 anos, Dr. James Bedford, colocado em suspensão em 1967. Dizem que seu corpo ainda está em perfeitas condições na Alcor Life Extension Foundation.

A publicação de *The prospect of Immortality*, escrita pelo professor de física Robert C. W. Ettinger, em 1964, coloca-nos a refletir sobre a possibilidade de uma pessoa ser congelada momentos após a morte cardíaca e não cerebral, para que no futuro possa ser trazida de volta a vida, com possibilidades de cura da patologia que resultou em mantê-la na condição de suspensão criogênica.

No final dos anos 70, algumas empresas passaram a oferecer o serviço de preservação criogênica nos Estados Unidos. Porém, devido ao alto custo da preservação do corpo, algumas empresas acabaram falindo. Atualmente, o serviço de suspensão criogênica é oferecido pela Alcor Life Extension Foundation no Arizona, e pela Cryonics Institute, em Michigan.

Segundo os últimos dados fornecidos pela Alcor, no início de 2004 a empresa contava com mais de 650 membros e 59 pacientes mantidos desde então em preservação criogênica, cujas identidades não foram reveladas.

A história relata uma antiga rivalidade entre EUA e Rússia, devido ao modelo democrata autoritário adotado pela Rússia e pelo capitalismo oligárquico americano. Isto resultou em uma constante vigília com foco nas ambições militares de Moscou.

Já o *Livro dos Mortos* é uma coleção baseada na concepção dos egípcios antigos sobre a ressurreição após a morte, na qual eram descritas orientações e práticas para que facilitassem a passagem para o além. Compõe-se de 180 capítulos escritos em papiro, datado da época do Novo Império e é uma das mais preciosas antiguidades, das quais constam valiosas informações para os estudiosos sobre a antiga literatura egípcia.

PRÓLOGO

1995 - MOSCOU
ESTAÇÃO DE METRÔ KROPOTKINSKAYA
HORA LOCAL: 18H33MIN

O frio aroma da morte tinha o poder de intensificar o medo, fazendo com que ativasse em nosso organismo respostas instintivas e primitivas de defesa e luta pela sobrevivência em qualquer lugar que pudesse existir alguma ameaça.

Na movimentada estação de Kropotkinskaya, um casal corria entre os demais passageiros, perseguidos por dois homens jovens e fortes vestidos com sobretudos de cor preta e armados com pistolas – metralhadoras PP-2000, em punho.

Mikail Komovich corria, arrastando pelas mãos sua esposa Sasha, já exaurida, enquanto falava ao telefone:

– Dimitri, meu filho, fuja imediatamente! Você corre risco de vida! Pegue a pasta no cofre. A senha é 040373! Você já conhece as instruções e já sabe para onde ir.

– Mas, pai…

Mikail nem concluiu a conversa. Arremessou o celular nos trilhos do metrô, espatifando-o em um amontoado de peças.

– Eles estão se aproximando! – disse Sasha, olhando para trás e vendo os homens empurrarem violentamente as pessoas, abrindo passagem entre a multidão, enquanto muitos se assustavam e corriam para proteger-se quando viam as armas empunhadas.

Mikail olhou para os lados e viu que um trem estava parado e os passageiros desembarcavam.

Perfeito! – pensou, enquanto observava o semblante aflito de Sasha. – Querida, vamos entrar neste vagão. Ele irá percorrer todas as principais estações em círculo! É nossa única chance de despistá-los – determinou, já com a voz entrecortada e ofegante.

Entraram no fluxo ao contrário dos passageiros, que ainda desembarcavam, chegando até o vagão. Por fim, viram as portas se fecharem, enquanto o aviso sonoro anunciava a partida. Sentiram que o vagão já começava a se movimentar. Mais calmos, seguiram até o último vagão, onde oito pessoas estavam sentadas.

– Conseguimos! – exclamou para a esposa, fazendo uma pequena pausa enquanto recuperava o fôlego.

– Mikail, e agora? O que iremos fazer? Estamos sendo caçados! – ela respondeu com a voz trêmula, segurando a mão do marido.

– Sasha, tudo vai terminar bem. Temos que fugir desse país o mais rápido possível, antes que o serviço de inteligência russa nos encontre. Fique tranquila que nossa descoberta está protegida.

– Protegida? Ficou louco, Mikail? Você colocou a vida de nosso filho em risco! O que acha que irá acontecer quando descobrirem que as informações não estão conosco? Irão caçar nosso filho! – respondeu, em prantos.

– Agora não temos tempo para discutir. Já conversei muito com Dimitri e ele sabe muito bem o que fazer. Se alguém tem alguma chance de escapar vivo desta história é nosso filho, que... – antes mesmo de completar a frase, a porta do último vagão se abriu com violência.

Sasha apertou as mãos do marido. Sabiam que não havia mais escapatória.

Um dos agentes ficou segurando a porta, certificando-se de que não seriam interrompidos por passageiros de outro vagão. Entre os reflexos das luzes do metrô, podia-se identificar a assombrosa semelhança dos agentes. Eram gêmeos idênticos.

O segundo agente caminhou pelo vagão exibindo a PP-2000 com um silenciador instalado e começou a disparar precisamente, entre os olhos de todos os que ocupavam o vagão.

Os gritos de terror eram abafados pelo som do trem locomo-vendo-se sobre os trilhos. Todos foram tombando, sem vida, até que restou apenas o casal de mãos dadas.

– Parem com isso! – gritou Mikail, sentindo a esposa apertar-lhe a mão em um silencioso pedido de socorro.

15

Com o olhar frio, o agente apontou a arma em direção a Sasha, revelando a tatuagem de uma foice no punho direito e com um único tiro atingiu-lhe o coração.

As mãos se afrouxaram enquanto o corpo da mulher lentamente caiu em direção ao piso do vagão.

– Por que vocês fizeram isso? – indagou, enfurecido, ajoelhado ao lado da esposa.

O agente aproximou-se de Mikail e deu-lhe uma gravata. Saiu arrastando-o até o final do vagão.

– Onde esconderam o projeto? – perguntou o agente, com ódio no olhar.

– Eu não sei do que você está falando. As informações da pesquisa estão seguras no laboratório! – respondeu sufocado, devido a forte pressão que sentia no pescoço.

– Você é motivo de desonra e vergonha para seu país. Temos que garantir nossa supremacia científica, nem que seja por cima de seu cadáver.

– Eu juro! As informações continuam em segredo!

Um riso irônico surgiu no pálido rosto do agressor, que abriu a porta no final do vagão e viu as luzes de outro trem vindo na direção oposta, tornando-se cada vez mais intensas.

Usando uma técnica de combate, o agente imobilizou Mikail e violentamente arremessou-o em direção ao trilho. Instantaneamente, o corpo do pobre homem foi triturado pela locomotiva que vinha no sentido oposto.

– Agora sim, as informações estão em segurança...

Então o som estridente do freio anunciou que se aproximavam de outra estação de metrô.

Assim que o vagão parou, os gêmeos com tranquilidade desceram pela porta traseira e seguiram caminhando pelos trilhos, até mesclarem-se com a escuridão.

1

BRASIL - DIAS ATUAIS
CIDADE: RIO DE JANEIRO - RJ

O luxuoso auditório do hotel localizado em Copacabana estava lotado.

Pelo menos quinhentas pessoas aguardavam ansiosamente o ilustre palestrante e renomado pesquisador, Dr. Harrison Owen, considerado uma das mentes mais brilhantes na área de neurociência.

Até aquele momento, todos só tinham especulações sobre a nova descoberta na área médica. Se os rumores fossem verdadeiros, a humanidade estaria diante de mais um prêmio Nobel em Medicina.

Todos os lugares já estavam ocupados. Alguns médicos permaneciam em pé e recostavam-se nas acolchoadas paredes do auditório, que tinham a finalidade de proporcionar um perfeito isolamento acústico, bem como evitar distorções de som, fazendo com que as ondas sonoras ressoassem uniformemente por toda área, chegando com nitidez aos tímpanos de quem se sentasse até mesmo nas últimas fileiras.

Ocupando uma posição privilegiada na frente do auditório, no meio de um emaranhado de fios, já estava posicionada a equipe de reportagem. Tanta gente chegava a inibir o palestrante, que antecedia o momento mais aguardado por toda a comunidade científica.

Em uma pequena antessala, reservada aos congressistas, a organizadora do evento caminhou apressadamente em direção ao convidado mais esperado daquela noite. Ela carregava uma pasta de couro, que pressionava o busto, dando a impressão que o silicone iria estourar juntamente com os botões da camisa branca, que estava escondida por um paletó com a logomarca bordada da empresa. O sotaque e os olhos puxados não escondiam a procedência asiática.

– Doutor, o senhor já está pronto para a sua palestra? – perguntou ansiosa, enquanto conferia se a programação estava no horário previsto.

Harrison caminhou na pequena sala, de um lado para outro. O espaço parecia tornar-se cada vez menor, transparecendo que algo o incomodava.

– Palestra? Isso aqui vai ser uma hecatombe... – pensou, enquanto olhava para o decote da jovem asiática. Saiu do seu devaneio e continuou. – Sim, já estou pronto, mas vou ainda precisar de mais alguns minutos... A propósito, tem muitos jornalistas lá fora?

– Muitos? Está lotado deles! Essa é a primeira vez que organizo um evento com tanta repercussão – respondeu exaltada, enquanto ajeitava a gravata vermelha com listras transversais que combinava com o fino terno preto que Harrison estava usando.

"E eu que imaginava que o palestrante fosse um velho! Que estúpida que fui em ter essa ideia." – pensava a asiática, enquanto aproveitava para observar de perto o renomado médico, que tinha os cabelos lisos e pretos que pareciam ter sido cortados para aquela ocasião. Olheiras se destacavam na sua pele branca. – Tenho que dar um jeito nisso... – retirou do bolso um pequeno estojo de maquiagem.

– Desculpe-me, doutor, mas não posso deixar que entre com essas olheiras.

– Entendo, Meili. Há três noites não sei o que é dormir.

Clareou as olheiras. Após os retoques finais, os olhos cinza pareciam se realçar com a barba rala.

"Nossa! Ele é mais bonito do que eu pensava... Mesmo com esse corpo magro, é muito charmoso! Tenho que tirar uma casquinha, pois sei que nunca mais irei vê-lo..." – pensava enquanto aproveitava os últimos segundos com a celebridade daquela noite.

Algo vibrou no bolso esquerdo do paletó de Harrison. Foi então que ele se lembrou do celular.

Retirou o aparelho do bolso e olhou para o display. Era Sophie.

Uma sensação de paz indescritível invadiu-lhe a alma.

– Alô, filha?

– Olá, papai! Estou ligando para saber se você irá demorar...

O jantar já está na mesa.

– Vou me atrasar um pouco. Peça para que Eliza deixe um prato feito no micro-ondas.

– Vou avisá-la – logo em seguida, ele ouviu-a gritar – Eliza! Papai pediu para você guardar a comida dele no micro-ondas! Pronto, já dei o recado.

– Até daqui eu consegui escutar... Filha, agora tenho que desligar. Não devo tardar para chegar em casa. Lembre-se de escovar os dentes.

– Papai, às vezes você esquece que já tenho 10 anos.

– Desculpe-me, filha. É que apenas consigo vê-la como minha flor de cristal, que tenho de cuidar com muito amor e carinho.

– Não demore, por favor...

– Mais tarde estaremos juntos. Prometo-lhe.

Desligou o celular e o colocou novamente no bolso da calça. Abriu uma garrafa de água mineral sem gás e encheu um copo descartável.

Respirou fundo... Até que ouviu os aplausos anunciando que a palestra estava terminando. Haveria apenas o espaço para as perguntas e então ele seria anunciado.

Caminhou de um lado para outro. Sabia que a multinacional BioSynthex Corporation, havia gasto milhões de dólares na pesquisa da substância Alfa-NPTD, cujo princípio ativo ainda era guardado sob alto sigilo. Haviam contratado alguns repórteres freelancers de diversos países – queriam repercussão na mídia internacional. Era considerada uma das mais imponentes empresas da indústria farmacêutica quando se falava em medicamentos com ação no sistema nervoso. Pioneira na sintetização de anticonvulsivantes, drogas para doenças de Parkinson e na produção em larga escala de medicamentos com ação eficaz no tratamento de Alzheimer. No mercado financeiro, estava no topo na bolsa de valores, juntamente com grandes laboratórios internacionais, mantendo sua solidez acionária que atraía diversos investidores espalhados pelo mundo.

– Mercenários! – pensou, enquanto matava a sede.

Ao baixar o copo, surge de forma fantasmagórica a imagem de Karl Smith, o vice-presidente da BioSynthex e destaque nas principais mídias.

Vestia um terno preto confeccionado sob medida. A camisa branca de linho trazia uma gravata preta, presa de forma curvilínea com um prendedor dourado na gola da camisa, seguindo a moda britânica e dando um realce à pele morena. A imponência do 1,80m de altura associada à fortaleza de um fisiculturista crônico irradiavam sua força até mesmo no olhar. Os cabelos ondulados penteados para trás mantinham o brilho molhado do gel, que o rotulava como um típico playboy, cujo troféu eram constantes publicações em jornais respeitados sobre os escandalosos assédios ou relações sexuais em motéis com mulheres que se prostituíam por alguns momentos de deleite na falsa ilusão de fisgarem um empresário milionário.

Quem o conhecia bem sabia que, quando ficava nervoso, tinha a mania de morder a armação dos óculos italianos, que sustentavam lentes antirreflexo e escondiam os olhos castanho-escuros. Quem o via pela primeira vez pensava estar diante de Silvester Stallone.

– Era só o que me faltava... – pensou Harrison.

– Todos lá fora estão ansiosos pela sua apresentação. Vim aqui apenas conferir se está tudo bem – disse Smith com uma voz oca, mostrando uma profunda ansiedade.

– Se está tudo bem? Você sabe que, por mim, eu não estaria aqui, participando deste espetáculo circense. Nunca escondi a minha opinião referente aos resultados dos testes do Alfa-NPTD. Já entreguei todo o material para sua secretária e a vi colocar em cima de sua mesa. Não sei a razão que o impulsiona a querer seguir adiante.

As palavras do neurocientista fizeram surgir pequenas gotículas de suor no rosto de Smith.

– Harrison, você tem ideia de quanto se gasta para se colocar uma nova medicação no mercado? Você sabe melhor do que eu que para isso existe um custo operacional exorbitante.

Com certeza! Ainda mais se nesses valores estiverem inclusos subornos em milionárias contas bancarias na Suíça com nomes fantasmas. Isso sem contar as vultosas transferências para seus cientistas e algumas peças-chave do FDA[1]. Aprovariam até a venda de pesticidas...

– Você já conhece a minha opinião. Não vou mudá-la. Acima de tudo sou médico e prezo pela vida. Foi o juramento que fiz.

---

1 FDA (*Food and Drug Administration*) é o órgão governamental dos Estados Unidos da América que faz o controle dos alimentos (tanto humano como animal), suplementos alimentares, medicamentos (humano e animal), cosméticos, equipamentos médicos, materiais biológicos e produtos derivados do sangue humano. Qualquer novo alimento, medicamento, suplemento alimentar, cosméticos e demais substâncias sob a sua supervisão é minuciosamente testado e estudado antes de ter a sua comercialização aprovada. .

– Cuidado com suas palavras atrevidas! Sei que já perdeu sua esposa... Espero que não leve para o lado pessoal, pois senão você ainda pode ter sérios problemas. Acho melhor você deixar as suas palavras menos afiadas e ir até o auditório repassar detalhadamente os resultados que lhe encaminhei. Nada mais do que isso para que tudo fique bem para nós – determinou com um olhar ameaçador.

Virou as costas e se retirou, quase trombando com a organizadora, que vinha na direção do palestrante, a passos largos.

– Idiota! – disse Harrison em voz baixa.

A organizadora aproximou-se dele, olhando para o relógio.

– Doutor, poderia me acompanhar por gentileza? Chegou a hora de sua apresentação.

– Claro. Já estava na hora...

O estreito corredor parecia não ter mais fim. Era iluminado pelos reflexos do retroprojetor, que dimensionava com perfeição no gigantesco telão a logomarca da BioSynthex.

Ao aproximar-se do microfone colocado na lateral da mesa junto à comissão organizadora, as luzes dos flashes fotográficos começaram a cintilar. Percebeu que havia mais ouvintes do que imaginava, superando suas próprias expectativas.

Posicionou-se diante do microfone, enquanto era apresentado por um dos integrantes da mesa que, por sinal, era um velho e antigo mestre de anatomia da faculdade de Medicina.

O som ecoava com uma acústica incrível por todo auditório.

– Hoje é com muito orgulho que tenho a honra de trazer para este evento um antigo aluno. Sinto-me imensamente orgulhoso em ver que Dr. Harrison Owen conseguiu ganhar todo destaque e idoneidade na arte médica, em especial na área da neurologia. Pessoalmente tive oportunidade de ler diversas publicações de forte impacto no campo da neurociência. Hoje, sabemos que ele nos prestigiará nos apresentando os resultados de uma revolucionária droga, o Alfa-NPTD, que será comercializada com o nome de Noswell, produzida pela BioSynthex Corporation. Como devem saber, o anúncio desta descoberta e a constatação da eficácia clínica dessa medicação já foram aprovados em todas as etapas da linha de pesquisa, inclusive em humanos. O resultado disso é que a sintetização desta substância pode colocar o Dr. Harrison como um forte candidato ao prêmio Nobel de Medicina. Até hoje, a ciência médica sabe que é impossível a regeneração de células de nosso sistema nervoso, em especial os neurônios e sua recuperação funcional. Essa descoberta nos proporcionará um gigante salto para a humanidade e possibilitará a cura de doenças de acometimento neural, bem como a total recuperação de pacientes com sequelas neurológicas que hoje vivem restritos ao leito ou na cadeira de rodas.

Todos os ouvintes do auditório ficaram em pé, em um estrondoso e contínuo aplauso.

Harrison estava acostumado a falar em público. Não era nenhuma novidade estar diante de grandes eventos, até mesmo em outros países, elucidando resultados de diversas pesquisas. Mas naquele momento sentia que as palavras lhe fugiam.

Olhava para o auditório, que estava em silêncio, envolto em uma aura de expectativa criada pela BioSynthex.

A banca organizadora estava atenta.

"É o momento de pesar o coração desta maldita empresa farmacêutica e fazê-la pagar por suas atrocidades. Dinheiro não é tudo!"

Harrison olhou para a banca e em seguida para a plateia.

Respirou fundo.

"Chegou a hora da verdade..."

– Eu agradeço a todos pela presença, em especial aos integrantes da mesa e a meu antigo mestre pelas palavras carinhosas.

– Como todos já ouviram falar, estou aqui para trazer-lhes os resultados de minha pesquisa a respeito do Alfa-NPTD, que será comercializada com o nome de Noswell – disse com o olhar vago, até encontrar Karl Smith no meio da plateia com a peculiar postura arrogante junto da equipe de jornalismo – Uma medicação que, após aprovação do conselho de ética, pude testá-la com consentimento de alguns de meus pacientes, que foram selecionados a dedo, e outros pacientes, vítimas de traumatismo craniano. Porém todos estes pacientes encontravam-se inclusos em um grupo de alto risco. Diante da tamanha gravidade das injúrias, nossa atual tecnologia ainda estava longe de assegurar-lhes ao menos a sobrevivência.

A plateia permanecia concentrada. Smith balançava a cabeça em sinal de aprovação enquanto sorria para equipe de jornalistas.

– Quem me conhece, sabe que sou extremamente rigoroso com minhas condutas e hoje, diante desse auditório, venho trazer-lhes os resultados das árduas horas empenhadas ao estudo desta substância. Vou tentar ser o mais breve possível, porém quero que saibam que a conclusão que cheguei referente ao Alfa-NPTD. Eu entreguei pessoalmente nas mãos do Sr. Karl Smith, o vice-presidente da BioSynthex Corporation. Também tudo que lhes direi agora, ainda que de forma breve, está minuciosamente detalhado página por página em minha pesquisa. Considero que foi uma surpresa enorme eu ter sido chamado para vir até aqui e falar sobre a nova substância – Karl estava em pé ao lado dos repórteres. Ao ouvir as palavras de Harrison, o sorriso desapareceu da face.

– A razão pela qual aceitei estar aqui hoje é que, quando fiz o juramento de Hipócrates, comprometi-me a sacrificar-me a serviço da humanidade. Fiz um pacto com a vida – continuou sua declaração. – Estar aqui foi a única forma que encontrei para pôr um ponto final nos rumores da possível descoberta da cura de todos os males, como chegou a ser chamada o Alfa-NPTD. Se mesmo com todo o relatório detalhado sobre os resultados da pesquisa isso ainda foi adiante, terei que tomar esta postura drástica, porém vital, para protestar e implorar para pôr um fim na produção desta "droga da morte", pois é assim que deveria ser chamada. Saibam que os resultados de minha pesquisa foram catastróficos em todos os pacientes que fizeram uso da medicação por alguns meses.

– Após análise molecular dessa substância e ação farmacológica no tecido cerebral, identifiquei que o tecido nervoso ao invés de se regenerar, acaba se autodestruindo e entrando em processo necrótico, acelerando assim o processo de morte cerebral. Interrompi o uso da medicação nos pacientes que se candidataram ao estudo. Porém, devo acrescentar que após iniciada a ação de tal substância no tecido nervoso, era impossível inibir o processo destrutivo. Apesar de a medicação ter funcionado muito bem em camundongos, asseguro-lhes que ela é nociva a humanos, podendo ser fatal. Surpreende-me uma potência farmacêutica ainda insistir em colocar uma substância letal para uso rotineiro por colegas desavisados. Peço desculpas a todos os presentes, por não lhes dar boas notícias. Espero revê-los em breve em outros eventos e aguardo para que providências sejam tomadas para a retirada deste "veneno" que está pronto para ser produzido em larga escala, dependendo apenas da aprovação final para ser inserido no mercado – despediu-se, saindo a passos largos e fugindo dos repórteres que, tentavam alcançá-lo.

O caos havia se instalado no imenso auditório.

As luzes se acenderam. A mesa organizadora pedia a todo instante silêncio aos congressistas. Karl Smith tentou passar pelos jornalistas, mas sem sucesso. Eles estavam diante de um furo de reportagem. Muitos médicos aproximaram-se de Smith, com inúmeras indagações, até que dois taurinos seguranças aproximaram-se e, com muita dificuldade, conseguiram retirá-lo do meio do alvoroço. A mesa organizadora, percebendo que havia perdido o controle sobre o evento, deu-se por vencida e cancelou as apresentações que ainda estavam por vir, transferindo-as para o dia seguinte.

Harrison saiu do luxuoso hotel e caminhou cabisbaixo até o estacionamento. Sentia-se aliviado por colocar um ponto final no assunto que há anos o incomodava. Sabia que a ganância de Karl estava acima do respeito à vida humana. Talvez diante dos novos resultados, o vice-presidente da BioSynthex pudesse comercializar um placebo ou algo semelhante. O fato era que jamais poderia permitir que tal medicamento fosse produzido e comercializado.

Já no estacionamento, quando ia retirar a chave do bolso, sentiu a suave brisa marítima na face. Atravessou a avenida principal rumo ao calçadão.

Retirou o sapato social, a meia e pôs-se a caminhar na beira da praia. De longe, viu algumas crianças que jogavam futebol de areia.

A lua cheia iluminava as águas oceânicas que se mesclavam às luzes dos luxuosos navios ancorados a alguns quilômetros de onde estava.

A fina areia da praia grudava nos pés descalços, que eram limpos intermitentemente com o movimentar das ondas. Lembrou-se da sua amada esposa, Melany. De quando a conhecera representando o mesmo laboratório que fora convidado para a pesquisa. Recordou-se das longas caminhadas na beira do mar que fazia com a mulher que mais amou em toda a vida. Dos cabelos longos e lisos balançando ao vento... Dos delicados lábios e do sorriso cativante. Dos olhos azuis que destacavam o frágil e delicado corpo.

– A vida passa rápido demais! – murmurou, sentindo a gelada água do mar escorrer entre os dedos.

Em um momento havia conhecido a mulher com quem casaria e que lhe daria uma linda filha. Mas o destino mostrou sua face irônica e Melany entrou em coma após diversas convulsões no período de parto, provavelmente decorrente de um quadro de eclampsia[2]. O quadro poderia ter tido outro desfecho se não tivesse sido usada uma medicação produzida pela BioSynthex que provavelmente resultou na morte de sua esposa alguns dias depois.

Olhou para o céu estrelado. Ergueu os braços e encheu os pulmões com ar fresco, enquanto se recordava da filha que trazia o mesmo rosto da mãe.

"A justiça foi feita, Melany. Esteja você onde estiver..." – afirmou a si mesmo.

Caminhou por alguns instantes, observando o cintilar das estrelas enquanto sentia a fria água do mar. Gostava da sensação da areia se esvaindo abaixo da sola dos pés.

De supetão, foi puxado por alguém que havia se aproximado sem que tivesse percebido. Quando se virou, viu um homem de meia-idade, desconhecido e vestido inteiramente de preto.

– Dr. Harrison! Tenho que ser rápido. Tenho pouco tempo...

– Quem é você? – perguntou ele assustado, enquanto uma sensação de alívio o dominou ao perceber que o desconhecido não estava armado.

– Quem sou eu não interessa. Eles acham que estou morto, mas estão errados. Consegui escapar! – gaguejou. – Preste muita atenção – disse, enquanto retirava um objeto do bolso e com a outra mão escorava-se no ombro de Harrison, em busca de uma posição de equilíbrio –, se eles souberem que você está de posse dessas informações, irão matá-lo!

– Você é louco?! Que informações são essas que você diz? – respondeu, afastando-se com certa cautela.

– Isso agora está sobre sua responsabilidade. Várias pessoas morreram por causa destas informações e sei que você também estava procurando – afirmou, colocando um objeto nas mãos de Harrison. Ele correu os olhos e percebeu que se tratava de um HD portátil, envolto por uma capa de couro. Assustou-se ao perceber que a capa estava suja de sangue.

– Você está ferido e precisa de ajuda! Vou chamar por socorro. Aguente firme!

---

2 **Eclampsia** é uma séria complicação da gravidez e é caracterizada por convulsões. Consiste em acessos repetidos de convulsões seguidas de um estado comatoso.

– Não preciso de ajuda, doutor! Eu já estou morto – respondeu, levantando a camisa, mostrando o abdômen furado à bala, sangrando abundantemente. – Minha missão terminou. Agora fuja daqui, antes que lhe encontrem!

– Não vou deixá-lo. Você precisa de...

Interrompeu a fala quando o desconhecido caiu na areia.

Harrison ajoelhou-se e colocou o dedo indicador na região carotídea e sentiu que a pele já estava fria. Não havia mais pulsação.

Já era tarde demais para chamar por socorro. Não havia indícios de que poderia reanimá-lo.

Aquele homem estava morto. Olhou para os lados à procura de alguém que poderia ajudá-lo, mas só viu as crianças ao longe, que continuavam entretidas com a partida de futebol.

Sentiu a água do mar lhe molhar as pernas. Arrastou o corpo até onde as ondas não pudessem alcançá-lo.

Pela primeira vez a morte lhe revelava a face fria sob a luz do luar.

2

BRASIL
CIDADE: BELO HORIZONTE - MG
HORA LOCAL: 01H43MIN

A rua estava semiescura. As lâmpadas de alguns postes estavam danificadas, conferindo áreas de penumbra, que se mesclavam ao breu absoluto.

Em alguns momentos, o farol de algum veículo que por ali passava iluminava a arborizada rua quase sem casas, quebrando o silêncio da madrugada.

No final da rua, nas proximidades de uma área de preservação ambiental, havia uma luxuosa casa isolada das demais. Destacava-se por ser a única com as luzes ainda acesas.

Sentado diante de um laptop, a imagem de um homem de pele branca, olhos verdes, com longos cabelos loiros e lisos abria a gaveta de sua escrivaninha, retirando um fundo falso.

Dentro, havia uma foto colorida já amarelada pelo tempo.

— A chave da imortalidade consiste em saber como enganar a morte — disse Nicolai, enquanto analisava a foto de um casal apaixonado se abraçando.

Guardou novamente a foto no fundo da gaveta e recolocou o fundo falso.

Deitada sobre a escrivaninha, havia uma gata da raça ragdoll, com pelos brilhantes em tom marrom-escuro, que faziam destacar os olhos azuis-claros que continuamente mantinham-se fixos no dono.

No chão, repousando sobre uma almofada, um cachorro da raça yorkshire, de cor preta, mantinha a mandíbula encostada no chão. As pálpebras pareciam pesar pelo sono.

Nicolai começou a acariciar a gata, que imediatamente relaxou o corpo como uma boneca de trapos, um traço particular desta raça.

— Bisnaga! Sei que sempre poderei contar com você e com Waffle — disse, acariciando a gata enquanto olhava para o cachorro, que já tinha caído no sono. — Só que ao contrário de você, minha querida, Waffle é preguiçoso demais. Só pensa em dormir o tempo todo! Em breve terei uma surpresinha reservada para vocês. Mas fiquem tranquilos que, ao contrário dos camundongos que você Bisnaga só pensa em comê-los, não irei machucá-los. Ainda mais vocês! Meus grandes e fiéis amigos.

Levantou-se da escrivaninha. Waffle apenas abriu um dos olhos e movimentou as orelhas, olhando o dono. Porém preferiu ficar deitado na confortável almofada.

Bisnaga pulou da escrivaninha e acompanhou-o, com o grosso rabo marrom ereto. Seguiu-o até que parou diante de uma estante fabricada artesanalmente em madeira de pau-brasil.

Olhou para os livros, procurando um exemplar especial. Encontrou o livro *Frankenstein*, escrito por Mary Shelley, e puxou-o para trás.

Bisnaga instintivamente já sabia o que aconteceria a seguir. Aproximou-se de Nicolai, passando por entre suas pernas, várias vezes.

A estante começou a rodar, mostrando uma estreita passagem. Assim que entrou no novo ambiente, automaticamente as luzes se acenderam graças aos detectores de movimento, revelando um laboratório semelhante aos de anatomia existentes nas faculdades de ciências biomédicas.

Media aproximadamente 150 m², sendo que a entrada ocupava uma das quinas com o objetivo de preservar espaço. O teto era alto, chegando a medir cerca de 4 metros.

O que chamava a atenção era que no fundo do laboratório havia duas cápsulas de aproximadamente 2 metros de comprimento por 1 de largura. Fabricadas com um polímero de aramida de alta resistência e extrema leveza, chegavam a suportar altas temperaturas e eram capazes de resistir até mesmo ao impacto de uma bala.

Cada cápsula estava situada diante de um imenso gerador de energia, extremamente silencioso, acoplado a botijões de nitrogênio líquido. Fabricados seguindo os princípios físicos da garrafa térmica ou vaso de Dewar, mantinham uma área de vácuo entre as paredes, evitando a perda por condução e estabilizando a temperatura próxima aos -190°C.

Um emaranhado de grossos cabos e tubos interligava as cápsulas. Dela saía outro longo cabo condutor, que seguia até uma bancada situada em uma das paredes laterais, onde havia três monitores com telas de LED, acoplados a um computador central.

O primeiro monitor trazia uma infinidade de algarismos numéricos e equações complexas. O monitor central mostrava o funcionamento do equipamento – desde a energia dos geradores até a quantidade de nitrogênio líquido armazenado. Já o terceiro monitor mostrava as duas cápsulas detalhadas em terceira dimensão, porém com um leitor de infravermelho, mostrando partes azuis, que representavam áreas de baixíssimas temperaturas. Uma fórmula da física moderna relativa ao fluxo magnético oscilava com os valores respectivos da carga do elétron e constante de Plank, que estabelecia valores aplicáveis à supercondutividade. Na parede contralateral havia uma mesa com tubos de ensaio, provetas, erlenmeyer, condensadores e outros equipamentos de bioquímica básica.

Mas o que mais chamava a atenção era os dois hamsters que estavam presos em uma gaiola – um, obeso, e outro, quase esquelético.

O hamster mais magro comia desenfreadamente. Nem sequer saía das proximidades do pequeno recipiente com ração. Já o outro mais obeso, apenas movimentava-se com dificuldade em uma trajetória sem sentido, como um prisioneiro dentro de uma cela.

Nicolai aproximou-se das cobaias, enquanto Bisnaga, em um pulo preciso, subiu no balcão e dava patadas na gaiola, tentando capturar um dos hamsters. Sem sucesso.

– Ei, minha gatinha querida! Pare de assustar seus amigos. Eles já estão amedrontados com o resultado da experiência de ontem... Asseguro-lhe que essa não é uma das melhores formas de se curar a obesidade.

Com ternura, pegou a gata no colo e começou a caminhar pelo laboratório, enquanto lhe acariciava a barriga. A gata parecia derreter-se nas mãos dele.

Aproximou-se dos geradores no fundo do laboratório, pisando com cuidado por entre os cabos, para não tropeçar. No final havia um painel. Apertou um botão preto e um compartimento iluminado se abriu. Nele havia um pequeno circuito no formato helicoidal com pontes paralelas, semelhante a uma molécula de DNA.

Um brilho intenso, localizado por trás de uma janela do mesmo polímero utilizado nas cápsulas, um ponto de extrema luminescência percorria todo o circuito lentamente – Condensador ectoplásmico – disse, deixando escapar um maroto sorriso.

– É chegada a hora de mais um teste! – afirmou, olhando para a gata, que se mantinha totalmente relaxada.

Aproximou-se de uma das cápsulas. Abriu-a e colocou Bisnaga, que rapidamente procurou uma posição confortável, deitando-se sem compreender o que estava acontecendo. Baixou a cúpula de polímero. A gata permanecia imóvel.

Foi até a estante, puxou o livro de Mary Shelley e em poucos segundos saía do escritório em direção ao quarto.

– Waffle – disse, chamando pelo yorkshire, que como um relâmpago surgiu pela porta em busca de mais uma suculenta refeição.

Pegou o cachorro no colo. Puxou o livro novamente e em poucos instantes estava de volta ao laboratório.

Depositou um beijo na ponta do frio nariz de Waffle.

– Fique tranquilo, meu amigo! Não irei machucá-lo. Tudo irá dar certo!

Colocou o cachorro na outra cápsula.

Olhou para os dois animais. Eles permaneceram deitados e tranquilos.

Seguiu até o computador, sentou-se diante dos monitores e ativou o sistema.

A terceira tela de LED exibiu as imagens das cápsulas, com duas fontes de emanação de calor: Bisnaga e Waffle.

– É hora de dormir, meus amigos – disse, enquanto olhava para a tela central.

Digitou o peso dos animais nas respectivas cápsulas e de imediato o sistema liberou a quantidade exata de halotano e óxido nitroso, substâncias empregadas como anestésicos inalatórios. Em poucos instantes, os animais já estavam em sono profundo.

Bastava agora manter a saturação de oxigênio dentro das cápsulas em torno de 98% e deixar o condensador ectoplásmico funcionar.

Pegou um lápis que usava para anotações e puxou uma prancheta com algumas folhas que ainda tinham um pouco de espaço em branco para escrever, devido a grande quantidade de cálculos que já havia feito em outras ocasiões.

– Iniciando processo de hipotermia… – deu o comando ao computador. Em poucos instantes uma pequena cortina de neblina começou a se formar em volta dos dutos e cabos elétricos, dispersando-se pelo chão ao mesmo tempo em que os dutos que conduziam o nitrogênio líquido para as cápsulas ficaram brancos, em consequência ao congelamento das partículas de água atmosférica.

– Agora é só produzir a hipotermia sem congelar. Vamos reduzir a temperatura até 1°C. Isso já é suficiente.

O display central do computador mostrava a temperatura no interior das cápsulas. Nicolai observava atento a temperatura cair, até que atingiu 1°C.

– Maravilha! – exclamou, enquanto ajeitava os longos cabelos que lhe atrapalhavam a visão. – Agora vamos iniciar a varredura a laser, ajustar os *spins* e ativar o condensador ectoplásmico.

De imediato, a figura dos animais tornou-se nítida no display infravermelho. O resfriamento havia diminuído a emanação de calor.

Então uma mensagem apareceu na tela.

Escaneamento realizado com sucesso. *Spins* alinhados.

Selecione a opção desejada.

Duas palavras cintilavam aos olhos atentos de Nicolai:

Armazenamento ou troca?

Sem pestanejar, selecionou a opção de troca.

Uma forte luz azul começou a emanar das cápsulas. Uma sequência desconhecida de números e gráficos começou a surgir em todos os monitores.

A tela central começou a exibir o funcionamento do condensador ectoplásmico.

Um silêncio dominou o laboratório enquanto uma única mensagem ocupava os três monitores: Operação concluída com sucesso!

– Excelente! Agora vejamos... Tempo total do processo: 2 minutos. Novo recorde! – fez algumas anotações na prancheta e a colocou de lado. Os cálculos conferiam... – Agora é hora de reaquecer meus amigos.

Começou a digitar, dando o comando para ajustar a temperatura de tecido vivo para 38,5°C. Conferiu a saturação de oxigênio: 95%. Perfeito!

Em alguns segundos, o monitor central já comunicava a temperatura de 38,5°C enquanto a imagem no outro monitor começava a perder a delimitação, mostrando duas fontes de emanação de calor.

Arrastou a cadeira para trás. Levantou-se e seguiu até as cápsulas. Ambas estavam embaçadas com algumas gotículas de água escorrendo em ambos os lados.

Nicolai com o coração acelerado, olhou para o display do relógio. Os números vermelhos reluziam nitidamente e marcavam 01h59min.

Abriu as cúpulas de polímero de alta resistência. Uma nuvem densa semelhante à sublimação do gelo seco misturou-se com a neblina dos dutos que conduziam o nitrogênio líquido.

Em poucos instantes, uma névoa formava-se diante dos olhos.

Pela primeira vez o laboratório era tomado por um silêncio absoluto.

Assustou-se com a imagem de Waffle surgindo entre as névoas e pulando em seu colo.

3

CIDADE: RIO DE JANEIRO - RJ
HORA LOCAL: 02H

O bairro de Ipanema é considerado um dos principais pontos turísticos da cidade do Rio de Janeiro.

Turistas de diversos países têm o costume de conhecer o bairro tradicional – principalmente o Parque Garota de Ipanema e a Pedra do Arpoador – e encantam-se quando descobrem que este é um dos bairros nos quais grupos de pessoas têm o costume de se reunir para aplaudir o pôr do sol.

Do outro lado da principal avenida alguns bares ainda permaneciam abertos. Dentre eles, um luxuoso estabelecimento se destacava.

Ao som dos talheres e pratos que eram recolhidos de algumas mesas, os garçons davam sinais de impaciência, mas preservando a elegância quando se dirigiam aos clientes, na expectativa de fecharem o estabelecimento e serem liberados.

Karl Smith estava sentado diante de uma bancada de granito preto indiano. O copo estava repleto com uma nova dose de uísque. Observava o *bartender* tentando manter o sorriso no rosto, já mostrando sinais de cansaço após as diversas acrobacias com as garrafas de *vodka*, enquanto servia alguns clientes que ainda insistiam em permanecer.

Ao lado do copo, as luzes do celular brilhavam intermitentemente com o som do toque de um telefone antigo.

Karl, com as mãos meio trêmulas e descoordenadas, pegou o aparelho com dificuldade.

Foi então que se deu conta de que estava recebendo uma ligação de um número privado.

– Karl Smith?

De imediato reconheceu a voz masculina e rouca. Era Jean Pierre Neville, o atual presidente da BioSynthex, que se orgulhava de ocupar a nona posição entre as dez maiores fortunas do planeta.

Sabia que Neville era um homem de poucas palavras, que mesmo com 63 anos de idade era determinado e detestava telefones celulares. Se ele havia ligado naquele horário, algo de muito sério estava acontecendo. Mesmo embriagado, sabia que o plano seguia de vento em popa e sequer sentia um peso na consciência devido a catástrofe da apresentação do Alfa-NPTD. Já era certo que as notícias haviam corrido e chegado aos ouvidos do presidente, que havia vindo ao Brasil para acompanhar o lançamento da nova medicação.

Como havia planejado, o presidente não havia participado do congresso, pois estava em uma reunião fechando parcerias com outra importante indústria farmacêutica.

Fazia tempo que trabalhava na BioSynthex, em um cargo invejável. Mas seu sonho sempre foi a presidência. A posição perfeita, que só se tornou possível após o anúncio de Jean Pierre sobre uma futura aposentadoria. Não se sabia quando, ainda mais levando em conta que Neville não iria se render tão fácil ao tempo.

Na empresa, diversos abutres que se denominavam amigos cobiçavam o cargo de vice-presidente e outros pleiteavam a vaga de presidente. Mas já sabia o que estava por vir...

– Jean Pierre? – respondeu com a voz inconsistente, devido ao efeito do álcool.

– Karl Smith. Estou desapontado com as notícias recém-chegadas. Não esperava que me causasse tamanha decepção. Você tem ideia do prejuízo que me deu? Não vou falar em números com você, pois mesmo que você trabalhasse por 100 anos gratuitamente na BioSynthex, não pagaria sequer 1% do prejuízo. Isso sem somar a repercussão que teremos na bolsa de valores com a queda das ações e a perda de nossos investidores.

– Entendo sua preocupação e te peço desculpas pelo ocorrido. Achei que a situação estivesse sob meu controle. Posso lhe garantir que isso não irá se repetir.

– Outro fracasso? Não. Estou certo de que outros erros como esse não irão se repetir. Amanhã logo cedo irei redigir sua carta de demissão. Espero que não demore a comparecer e recolher seus pertences do escritório. Já tenho em mente quem irá ocupar sua vaga de vice-presidente – respondeu enfurecido.

– O quê? Você só pode estar brincando! Eu tinha toda a situação sob meu comando. Não contava que Harrison fosse idiota suficiente para causar um impacto negativo no Alfa-NPTD – explicou, recuperando a lucidez e fingindo estar surpreso, mas era tarde demais. Jean Pierre havia desligado.

Karl Smith guardou o celular no bolso da calça. O plano fluía conforme planejado.

– Bem, agora é partir para o ataque... – murmurou a si mesmo. Pegou o copo de uísque e virou. – Outra dose de uísque, seu *bartender* idiota. Você está ganhando para me servir, seu imbecil. Por que a demora? – gritava enquanto batia o copo sobre a bancada de granito.

Em poucos instantes, para a felicidade dos garçons, dois seguranças aproximaram-se e colocaram Karl para fora, com orientações explícitas para que nunca voltasse àquele estabelecimento. Levemente embriagado, começou a vagar pelas ruas de Ipanema sem destino.

A camisa estava fora da calça, a gravata solta sobre a gola desabotoada... Aos olhos das poucas pessoas que ainda perambulavam pela madrugada, era só um bêbado.

Karl sabia que se tudo saísse fora do planejado, estaria arruinado. Tinha que ser rápido.

Dos 42 anos de vida, mais da metade haviam sido dedicados integralmente à empresa e não seria por causa de um velho idiota que tudo iria cair por terra. Este era até então seu único obstáculo.

Outro funcionário seria o candidato à vaga da presidência por indicação direta de Neville, mesmo que ainda não estivesse nada documentado.

Pela lógica, o sucessor direto da presidência continuava sendo Karl até que se oficializasse a indicação de Neville e não poderia correr o risco de outro funcionário ocupar seu cobiçado cargo.

Lembrou das últimas palavras bem explícitas no telefonema de Jean Pierre:

"Amanhã logo cedo irei pessoalmente redigir sua carta de demissão."

Olhou para o relógio de ouro fabricado artesanalmente, com ponteiros luminescentes. Marcavam 2h30min.

– Ainda restam 7 horas. É tempo mais do que suficiente. Ao invés de demissão, terei uma promoção! O plano segue melhor do que eu esperava... Chegou o momento de usar a situação ao meu favor. Você é um gênio, Smith! – afirmou para si mesmo, enquanto retirava o celular do bolso.

Percorreu a lista de contatos até chegar em um nome específico: Murdoc.

Em poucos segundos, uma voz masculina ainda meio sonolenta atendeu ao chamado.

– Smith? Você tem ideia de que horas são?

– Murdoc, isto não interessa. Preciso de uma queima de arquivo. Tem que parecer morte natural.

– Outra queima de arquivo?

– Sim. Já havia lhe adiantado o assunto.

– Ok. É só me dizer quem é o alvo e para quando. A conta para a transferência do dinheiro você já tem.

– O alvo se chama Jean Pierre Neville e está hospedado em um hotel aqui no Rio. Vou lhe passar o endereço por mensagem. Você tem 7 horas para fazê-lo.

– O quê, você está louco? Você acha que queimar um arquivo é simples assim? Exige estratégia e análise dos riscos e isso leva tempo!

– Eu sei. Mas vou pagar dez vezes mais do que o valor de costume. Se não conseguir executar o serviço, você irá perder seu melhor cliente. Dez vezes mais... Morte natural... Pense... Não é todo dia que aparece uma oportunidade dessas em sua porta.

– Está bem! Envie-me agora o endereço do alvo e já pode ir transferindo o dinheiro. Considere esse sujeito eliminado.

Desligou o celular e colocou-o no bolso.

– Quem se importa com o valor... Quando Jean Pierre estiver morto, eu terei total poder na BioSynthex. Quanto a Harrison, depois me encarrego dele antes que me traga problemas. Sei que ele anda bisbilhotando a respeito do Alfa-NPTD e algo me diz que ele está sabendo demais.

Seguiu para o calçadão onde o carro estava estacionado e partiu dirigindo por uma das principais avenidas da orla marítima.

4

Harrison havia voltado tarde.

Teve que abandonar um cadáver desconhecido na praia, além de enfrentar um trânsito intenso até a Barra da Tijuca. Estava cansado.

Sabia que se tivesse acionado a polícia, resultaria em horas de depoimentos na delegacia, e teria o rosto estampado na capa dos principais jornais sensacionalistas no dia seguinte. Por isso preferiu comunicar a polícia, através de um telefonema anônimo.

Mas o que o preocupava foram as seguintes palavras que aquele homem havia lhe dito antes de morrer: "Fuja daqui antes que o encontrem".

Tinha que agir com precaução. Era a única pessoa da família de Sophie que ainda restava.

Teve que sair da praia sem chamar a atenção, escondendo o rosto. Jogou a capa de couro do HD suja de sangue no mar. Precisava se livrar das provas.

Procurou um telefone no calçadão, disfarçou a voz e pediu socorro sem se identificar, dizendo que havia um homem desmaiado na praia e deu os respectivos pontos de referência.

Quando estava saindo com o carro viu as luzes de uma ambulância de resgate aproximando-se do local que havia mencionado.

Sentia um peso na consciência. Algo estava errado e não sabia o que era.

Pegou o celular que estava sobre a pequena cômoda ao lado da cama. Olhou para display, que marcava sete horas da manhã.

Não havia pregado os olhos e mesmo assim sentia uma terrível sensação de medo somada à insegurança.

Como havia chegado tarde, não quis acordar Sophie. Podia ouvir o som dos talheres sendo dispostos na mesa. Sabia que Eliza já havia levantado e, como era de rotina, supervisionava as demais empregadas na preparação do café da manhã.

Desde a perda da esposa, Eliza havia se revelado uma grande amiga com conselhos úteis nos momentos mais difíceis. Respeitava-a muito.

Sentou-se na beira da cama e respirou fundo.

– Mais um dia de correria... – murmurou, enquanto se espreguiçava.

Ao olhar para a cômoda, viu o HD portátil.

Quais as informações que aquele homem estava querendo proteger? Pensou.

Levantou-se e caminhou em direção ao laptop com o HD nas mãos. Antes mesmo de chegar ao computador, a porta do quarto se abriu e Sophie entrou em disparada.

Sempre que olhava para a filha não havia como não se recordar de Melany. A filha era exatamente como a mãe. Aos dez anos de idade, tinha longos e loiros cabelos cacheados que destacavam a pele branca. Os olhos azuis-claros revelavam uma energia incrível.

– Papai! Ontem não vi você chegar – exclamou, enquanto corria pisando sobre a barra da calça do pijama.

Harrison não teve tempo de reagir. A filha abraçou-o com força, impossibilitando-o de caminhar.

Colocou o HD na gaveta da cômoda e então pôde dar total atenção à Sophie.

– É que cheguei tarde, filha, e não quis acordá-la – respondeu com timidez.

– Papai, hoje eu acordei mais cedo e quando fui derreter o queijo no micro-ondas vi que você não jantou. Sua comida estava lá.

– Eu sei, filha... Cheguei tão cansado que me esqueci do jantar. Mas em compensação vamos tomar o café da manhã juntos: a boa notícia é que hoje é meu day-off e não preciso ir para o hospital. Apenas vou ficar de sobreaviso!

– Isso quer dizer que... – disse Sophie, exaltada.

– Sim, hoje é dia de piquenique na praia!

Sophie subiu na cama e começou a pular sobre o colchão.

– Calma, filha! Não precisa destruir minha cama!

– Piquenique! Não vou destruir sua cama. Só quero dizer que você é o melhor pai do mundo e que eu amo muito você!

Harrison aproximou-se da cama, abraçou a filha e a pegou no colo.

– Agora chega de bagunça, mocinha! É hora do café. Vamos para a cozinha.

Seguiu, carregando a filha até à cozinha. Sentou-se ao lado de Sophie na mesa já disposta.

Percebeu que as empregadas já haviam chegado. Olhou entre elas, à procura de Eliza, mas não a encontrou.

Como de costume, o jornal já estava sobre a mesa, próximo aos talheres. Gostava de correr os olhos nas principais manchetes do dia à procura das melhores notícias.

Enquanto o suco de laranja era servido, Eliza aproximou-se, vestindo a clássica roupa preta que escondia a brilhosa pele morena. Tinha os olhos negros, que transpareciam seriedade e disciplina. Isso devia ao longo tempo que trabalhava com aquela família, da qual praticamente já fazia parte. Era magra, com o cabelo chanel liso e negro caindo sobre sua face. Apesar da aparência sóbria e da voz suave, todos os empregados a temiam.

– Bom dia, Dr. Harrison – disse enquanto se aproximava de Sophie e depositava-lhe um suave beijo na face.

– Olá, Eliza. Estávamos pensando que você iria nos abandonar no café da manhã – respondeu Harrison, enquanto corria os olhos nas principais manchetes do jornal.

– Estava à procura do controle remoto da TV. Sophie adora assistir o desenho animado que passa nesse horário. A propósito, vi que seu jantar ficou no micro-ondas. O que aconteceu? Correu tudo bem no congresso?

Harrison colocou o jornal sobre a mesa.

– Só problemas, Eliza... Melhor seria se eu não tivesse ido naquele congresso.

– Compreendo. Já fiquei sabendo das notícias de sua apresentação de ontem.

– Tive que participar desta pesquisa... Estava à procura de uma resposta, mas pelo visto deu tudo errado. Quando percebi estava em um estudo duplo-cego.

– Duplo-cego? – perguntou Eliza, enquanto passava a geleia de cassis nas torradas para Sophie.

– Desculpe-me. Duplo-cego é um tipo de estudo no qual nem o paciente e nem o profissional conhecem a substância que está sendo administrada. Apenas o responsável pela pesquisa. Em muitos casos, o medicamento em estudo pode ser um placebo[3] para alguns pacientes ou a medicação em estudo para outros. Fui o responsável pela supervisão e acompanhamento do estudo. Fiquei surpreso quando descobri no final de tudo que era a BioSynthex que estava por trás desta pesquisa.

– Isso deve tê-lo magoado muito – afirmou Eliza, relembrando a perda de Melany.

– Você está triste, papai? – interveio Sophie, enquanto bebia o suco e brincava com as torradas.

– Está tudo bem filha. Às vezes, apenas fico bravo por ter que trabalhar até mais tarde – respondeu de forma a despistar a filha para evitar que tocasse em um assunto tão delicado.

– Ah, tá. Não se esqueça do nosso piquenique.

– Claro. Temos um compromisso em breve.

Olhou para Eliza e continuou: – De certa forma, acho que essa história trouxe algo de bom. Ontem, Eliza, eu disse toda a verdade sobre a pesquisa. Lavei a alma e isso me fez sentir mais aliviado.

– Mas você fez isso por motivo pessoal ou profissional? – questionou Eliza, enquanto olhava para Harrison da mesma forma que fazia com os funcionários quando exigia uma explicação.

Harrison ficou cabisbaixo.

– Vou ser sincero, Eliza. As duas razões se completam... Só que meu lado profissional falou mais alto. Sou médico e jurei preservar a vida. Esse é o lado ético de minha profissão. Também existem outros projetos envolvidos, o que é muito complicado para lhe explicar. Confesso que também havia um lado pessoal e você já conhece a história. Se não fosse por causa dessa maldita indústria, talvez tivéssemos alguém a mais sentado aqui conosco e saboreando este café da manhã. Assim talvez a solidão não seria minha fiel companheira...

---

3 Placebo: medicação ou substância sem ação farmacológica no organismo. Os resultados são representados pela crença do paciente que faz uso do medicamento.

– Você sabe que não está sozinho. Existem pessoas a sua volta que precisam muito de você. Basta olhar ao seu redor.

Sophie assistia à TV, hipnotizada com seu programa favorito.

– Eu sei disso. Mas hoje, pela primeira vez na vida, estou me sentindo bem. Foi como se eu pudesse respirar novamente após o final de uma situação que há anos me asfixiava.

– Compreendo. A verdade é que todas nossas ações trazem consequências. Isso eu aprendi quando comecei a trabalhar para você e administrar essa casa. Às vezes devemos deixar o rancor de lado para lidarmos com determinadas situações. No seu caso já deveria ter colocado uma pedra neste assunto há muito tempo. A vida continua! Você tem uma filha para terminar de cuidar. Não adianta nada se isolar do mundo e mergulhar de cabeça em sua profissão. Com isso você só faz o tempo passar mais rápido, deixando o problema que lhe aflige no mesmo lugar e sem solução. Ao final do dia, quando for se deitar, irá se recordar do mesmo problema que lhe causa incômodo. Você já devia ter colocado uma pedra sobre este assunto. Não é bom vivermos com mágoa.

– E meu lado ético? – Questionou Harrisson.

– Bem, esse é outro problema. Você poderia ter pedido para outro profissional de sua área ir apresentar os dados sobre sua pesquisa. Os resultados iriam ser os mesmos e não haveria nenhum vínculo emocional envolvido.

– Você tem razão, Eliza. Mas de qualquer forma existia uma situação que estava pendente... Bom, ao menos minha consciência está mais aliviada. Acho que a justiça foi feita.

– Mudando a conversa de rumo... Ontem o professor de inglês me ligou dizendo que nossa mocinha anda se esquecendo de levar o caderno de atividades para a aula.

Harrison olhou para Sophie, que ainda estava entretida com a TV.

– Filha, que história é essa de esquecer o caderno de atividades do inglês?

– Ah, pai. É que eu estava com pressa na hora de arrumar o material e o caderno de atividades ficou em casa.

– Filha, você tem que ficar atenta... Existem certos assuntos na vida que não podemos esquecer. Dentre eles, o caderno de atividades do inglês.

Então a atenção de Harrison foi atraída para a televisão, que anunciava um furo de reportagem de última hora, interrompendo a programação diária.

– Morre famoso empresário da indústria farmacêutica. Morreu hoje pela manhã Jean Pierre Neville, um dos maiores empresários da indústria farmacêutica. As causas ainda estão sendo investigadas, mas ao que parece Jean Pierre sofria de depressão e suicidou-se pulando da sacada do apartamento situado no oitavo andar em um luxuoso hotel no qual estava hospedado. Testemunhas relatam apenas ter visto alguém caindo do hotel. A polícia ainda investiga o caso e afasta possibilidade de assassinato, pois não houve nenhum sinal de arrombamento do quarto do hotel e junto com o corpo foram encontrados frascos com antidepressivos. Especula-se que a causa do suicídio tenha sido o vultoso prejuízo de milhões de dólares com a pesquisa do Alfa-NPTD, considerada um fracasso, conforme anunciada em um importante evento médico na noite de ontem. Aos 63 anos de idade, solteiro e órfão de pai e mãe, ainda não se sabe quem irá substituí-lo para administrar esse importante ramo da indústria farmacêutica. Mais notícias no noticiário do meio-dia.

Harrison pôs-se a refletir sobre o ocorrido. Havia algo de errado naquela história. Jamais tinha ouvido falar que Jean Pierre Neville apresentasse qualquer antecedente depressivo. Era muito estranho que uma das maiores fortunas da indústria farmacêutica tentasse cometer suicídio. Neville morava em uma mansão e viajava pelo mundo, era um exímio investidor no auge de sua carreira. Analisando os fatos, conseguia pensar em apenas duas hipóteses plausíveis: a primeira seria a falência da BioSynthex, que era pouco provável; a segunda seria que existisse alguém que poderia ter algum benefício com a morte de Neville.

Um nome começou a emergir com letras garrafais: Karl Smith. Levantou-se da mesa. Não conseguia parar de pensar que Smith estivesse envolvido com o assassinato, ainda mais uma pessoa como ele, capaz de jogar sujo para obter qualquer benefício. Seria muito cômodo a morte do presidente da BioSynthex parecer suicídio. Ele se beneficiaria de forma direta, já que o trágico lançamento do Alfa-NPTD poderia comprometer ou colocar em risco o cargo atual que Smith ocupava.

A notícia o fez recordar da noite anterior, do desconhecido que fora assassinado. Vasculhou suas lembranças, na possibilidade de que alguém o tivesse seguido e fosse capaz de ameaçá-lo. A única imagem que vinha à tona era das crianças jogando futebol de areia na praia de Copacabana e do HD... Alguém poderia estar atrás das informações contidas naquele dispositivo portátil.

Começou a sentir medo.

Harrison olhou para Eliza, que o repreendia com o olhar mais frio ainda que de costume.

– Eliza, peça para prepararem a cesta de lanches, que eu e Sophie iremos à praia.

– Sim. Enquanto preparam a cesta de lanches, vou ajudar Sophie a desembaraçar o cabelo.

Harrison seguiu em direção ao quarto. Tirou o pijama e vestiu-se com uma calça jeans e uma camisa polo preta. Calçou um confortável tênis.

Aproximou-se da janela e fitou a piscina e a área de lazer.

– Meu Deus, o que está acontecendo...

Caminhou até a cômoda, abriu a gaveta e retirou o HD que haviam lhe entregado na noite anterior.

– Talvez aqui eu encontre alguma resposta – pensou, enquanto se dirigia à pequena escrivaninha que usava para estudo.

Ligou o laptop. Conectou o dispositivo e acessou-o.

Uma infinidade de fórmulas farmacêuticas estruturas moleculares movimentavam-se tridimensionalmente na tela de LED. Similares ao Alfa-NPTD que tanto procurava, só que modificadas. Mas o que lhe chamou a atenção era uma pasta de arquivos com o nome: Caixa de Pandora.

Sabia que se tratava de um nome mitológico. Conforme a mitologia grega, Pandora havia sido a primeira mulher criada por Zeus, que reunia qualidades como inteligência e carisma, além de defeitos como a mentira; e que abriu a caixa que Epimeteu tinha em seu poder, libertando todas as maldições e males do mundo, mesmo sendo advertida para que não a abrisse.

O cursor piscava na tela sobre o arquivo, enquanto Harrison apoiava o dedo indicador sobre o botão direito do mouse, pensativo.

5

Karl havia acordado com uma terrível ressaca.

Sentou-se na beira da cama, tentando recordar- se de como havia conseguido chegar ao Apart Hotel. Lembrou-se de um táxi deixando-o na porta e depois sendo ajudado pelo velho porteiro que já estava acostumado em ampará-lo nos momentos de embriaguez.

Nada que alguns trocados de gorjeta não resolvessem.

Estava sem camisa, usando uma cueca de seda. Olhou para o celular sobre a escrivaninha na qual o display piscava e vibrava incessante sobre a madeira.

Levantou-se, sentiu um pouco de vertigem associada ao mal-estar do álcool. Caminhou em direção à escrivaninha e olhou para o display do celular, que mostrava 19 ligações perdidas.

Percorreu a lista de chamadas. A maioria era da BioSynthex, porém dentre elas um número era conhecido: Murdoc.

Tocou na tela e discou para ele de volta. Após algum tempo, uma voz familiar atendeu.

– Bom dia, Smith! Acho que você já deve ter visto as notícias na televisão. Você já sabe a conta e quantia que está me devendo para fazer a transferência.

– Murdoc, pode ficar tranquilo que hoje você terá seu dinheiro. A propósito, recuperou o HD?

– Tive um problema... Ele conseguiu escapar, mesmo baleado.

– O quê? Eu te peço para fazer uma simples queima de arquivo e resgatar aquele disco e você não conseguiu fazê-lo?

– Já lhe disse, Smith. Ele fugiu. Fingiu-se de morto e quando fui pegar o disco fui golpeado na cabeça e fiquei desacordado por algum tempo. Não quis lhe dizer isso ontem. Achei melhor contar hoje, junto com a boa notícia da execução do serviço que solicitou nessa madrugada!

– Eu preciso daquele maldito HD! Peço para que faça um simples serviço e você me desaponta...

– Smith, ontem foi encontrado um corpo na praia de Copacabana. Era o alvo. Fui no necrotério da cidade e revirei os pertences, mas não encontrei o HD que me falou. Talvez ele o tenha escondido.

– Escondido ou pior! O disco pode estar com outra pessoa e alguém poderá tentar acessar as informações.

– Afinal, por que esse disco é tão importante? O que tem nele?

– Isso não lhe interessa. – Gritou Karl.

– Tudo bem, não precisa ficar nervoso.

– Você só vai receber metade do dinheiro.

– Como assim, metade? Você ficou louco?

– Apenas a parte equivalente ao trabalho desta madrugada. Como lhe prometi, vou lhe pagar 10 vezes mais. Só que do serviço de ontem à noite você não irá receber nada. Receberia se estivesse com o maldito HD.

– Ok. No final da tarde irei verificar se foi depositado.

– Desta vez irei lhe pagar em cash. Vou deixar uma pasta com seu dinheiro no guarda-volumes que você já conhece. A chave do armário ficará com o porteiro.

– Está bem. Prefiro assim.

Desligou o telefone e o jogou sobre a escrivaninha.

– Aprenda, Smith. Quando você tiver que fazer um trabalho importante, não peça para que outro o faça se quiser que tudo dê certo – resmungou, enquanto trocava de roupa. – Ainda bem que coloquei um Cavalo de Troia naquele maldito disco. Se alguém tentar abrir o arquivo Caixa de Pandora, imediatamente receberei em meu e-mail o endereço IP[4] com a localização de quem está tentando o acessar. Então é só localizar mais um alvo para ser eliminado. Por sorte o plano está correndo conforme eu previa. Se Murdoc tirou Neville do meu caminho, a esta altura eu já devo ser o novo presidente da BioSynthex. A partir de agora me encarrego de meus alvos. Duvido que Neville tenha tido tempo para redigir minha carta de demissão.

Caminhou até um quadro. Retirou a tela, revelando um cofre.

---

4 IP ou *Internet Protocol*: É um endereço que identifica unicamente um computador para que ele possa se comunicar na Web. Para toda comunicação no mundo virtual, é necessário conhecer o remetente e o destinatário de qualquer mensagem.

Digitou a senha, abrindo-o.

Dentro havia dois envelopes. Um branco e um vermelho.

Retirou o envelope vermelho, com um riso irônico na face.

— Murdoc, você sabe demais. Não posso correr riscos. Às vezes alianças internacionais trazem bons rendimentos em rublos[5].

Em poucos minutos já estava arrumado. Desceu de elevador os sete andares do Apart hotel que residia.

Junto com uma nota de cem dólares, entregou o envelope ao velho porteiro, que ficou sem palavras quando viu a cédula com a imagem de Benjamin Franklin.

— Daqui a pouco uma pessoa irá procurar por esse envelope. Ele estará usando roupas pretas.

— Qual é o nome dele? — perguntou o porteiro, com os olhos vidrados na cédula.

— Ele estará vestido de preto e irá me procurar. Qual parte você não entendeu?

— Está bem, senhor. Fique tranquilo que será entregue.

— Assim espero... — respondeu, enquanto caminhava em direção à saída. Parou por alguns instantes como se estive esquecido algo e olhou para o porteiro.

— Antes que me esqueça, obrigado por ontem à noite.

— Não precisa agradecer. Também já tive meus momentos de boêmia.

Sem responder, Karl Smith seguiu em direção ao estacionamento.

Um luxuoso carro com o logo da BioSynthex o aguardava. Assim que o motorista o viu, correu para abrir a porta do veículo para o novo presidente.

— Bom dia, senhor! Já viu a manchete dos jornais? Acho que já deve estar sabendo...

— Sim, já me comunicaram sobre a morte de Neville. No caminho você me conta os detalhes.

Em poucos minutos o luxuoso veículo preto driblava o complicado trânsito no bairro de Ipanema.

---

5 O **rublo** (em russo рубль), é o nome da moeda da Federação Russa e Bielorrússia (e antigamente da União Soviética e do Império Russo)

6

Nicolai havia acordado e olhava para o teto, pensativo.

A noite anterior havia sido cansativa. Após o término do experimento, ainda passou algumas horas atrás dos monitores do laboratório, seguindo as orientações do projeto de forma minuciosa e, por fim, sacrificou os camundongos da experiência anterior.

Havia alcançado o sucesso nas pesquisas com animais. As novas orientações traziam cálculos meticulosamente corretos. Mas uma pergunta o afligia: sabia que a estrutura de DNA do ser humano era muito mais complexa. Será que daria certo?

Bastava lembrar-se de o projeto genoma humano, iniciado em 1990, com uma verba de algumas dezenas de bilhões de dólares. Dele participaram uma média de 5000 cientistas, bem como inúmeros laboratórios de diversos países, dentre eles a Rússia. Onze anos depois, em uma publicação de uma revista científica, comunicaram que haviam conseguido mapear 90% do genoma.

Em 14 de abril de 2003, houve o anúncio oficial do mapeamento de 99% do genoma humano com uma precisão de quase 100% de resultado.

De acordo com os dados recebidos do projeto, sabia que testar a cápsula com um ser humano, além de cometer uma terrível infração ética, havia chance de cometer um assassinato, como aconteceu com as cobaias nos estudos experimentais anteriores. A principal peça do quebra-cabeça seria como fazer para quê, no máximo em 20 segundos, o condensador ectoplásmico fizesse o ajuste molecular e a captação da energia radiante. Com seres mais primitivos o processo era mais rápido.

Olhou para o yorkshire que estava deitado sobre a cama, olhando-o fixamente.

No chão, sobre a almofada, a gata ragdoll deitava-se com o queixo encostado sobre a almofada e os olhos quase fechando tomados pelo sono.

Nicolai sentou-se e começou a acariciar o yorkshire, que imediatamente relaxou o corpo e começou a emitir um som semelhante ao miado, porém mais rouco.

A gata que estava deitada na almofada abriu os olhos por causa do estranho som e começou a emitir outro som, semelhante a um latido.

– Pois é, meus amigos! O que eu fiz com vocês... Não se preocupem que hoje à noite eu desfaço a troca. Não é, Bisnaga? – disse, olhando para o cachorro, que estava sentado na cama, esfregando a pata na própria face, lambendo-a.

O cachorro olhou para Nicolai

– Rom-rom – emitiu o som, semelhante ao ronronar do gato talvez tentando responder a pergunta que lhe havia sido feita.

Uma infinidade de cálculos estava se projetando na mente de Nicolai.

Se fosse testar Nephesus com humanos estaria correndo riscos. A ética falava mais alto do que as instruções recebidas.

– Alguém está querendo brincar de Deus – murmurou, enquanto pensava em uma forma de testar o equipamento com as últimas correções recebidas sem colocar em risco a vida humana.

Nephesus era um projeto que demandou anos de pesquisas e vinha sendo guardado em segredo absoluto. Era uma honra ter sido escolhido para desenvolvê-lo.

Mais uma vez deixou-se envolver por inúmeros cálculos e variáveis que lhe turbilhonavam a mente, até que o som de um pequeno alarme emitido pelo celular tirou-o de seus pensamentos. Havia chegado um lembrete. Tomou o aparelho nas mãos:

Hoje: encontro da turma faculdade às 21h no RJ.

Era o momento oportuno para rever um velho e fiel amigo, para cumprir o protocolo. Lembrou-se de que havia comprado as passagens aéreas com antecedência.

Levantou-se, olhou para Bisnaga e Waffles caminhando em direção ao laboratório.

– Meus amigos! – disse, olhando para os animais. – Vamos reverter essa situação agora, pois tenho uma viagem para fazer.

Seguiu até o escritório e puxou o livro *Frankenstein* da estante. Novamente a estante começou a rodar...

7

RIO DE JANEIRO

Localizada na zona sul na cidade do Rio de Janeiro, encontra-se a lagoa Rodrigo de Freitas.

Com seus 2,4 milhões de m² de superfície é um dos pontos dedicados aos esportes aquáticos.

Apresenta uma grande infraestrutura gastronômica, associada a uma ciclovia de aproximadamente sete quilômetros, o lugar é considerado um dos pontos de atração internacional.

Um homem vestido de preto, usando óculos com lente espelhada, atravessava a rua em direção a um dos quiosques que alugava equipamentos para pesca.

Ao chegar ao quiosque, passou entre alguns turistas, que cometiam grosseiros erros gramaticais na tentativa de se comunicar em português para efetivar a compra de alguns souvenires. Um jovem usando um boné aproximou-se dele, entregando-lhe um panfleto:

– Ajude a salvar a Lagoa! – mais uma forma de protesto ecológico que, para quem morava na cidade, não era novidade. Ele conhecia a história onde os pescadores alegavam ser vítimas de um grave problema que causava a mortalidade de peixes: devido ao crescimento excessivo de determinadas espécies de algas que reduziam de forma significativa o oxigênio da água. Murdoc olhou para o panfleto com indiferença.

– Todo mundo morre, até a lagoa! – disse, amassando o panfleto e atirando-o aos pés do jovem, que se mostrou surpreso com tamanha grosseria.

Seguiu até a área dos guarda-volumes. Retirou do bolso uma chave, que tinha gravada a numeração 6178. Olhou com atenção nos números gravados de cada guarda-volumes: 4188, 5125, 6005 até que encontrou o número 6178.

– Moleza! Isso eu chamo de ganhar dinheiro fácil de otário. Agora que Karl Smith será promovido à presidência, irei chantageá-lo e ele me pagará uma fortuna pelo meu silêncio.

Um sorriso surgiu no rosto branco. Ao abrir o guarda-volumes encontrou uma valise preta, como acontecia quando outros serviços foram contratados.

Retirou-a com cuidado. Olhou para os lados, verificando se alguém o observava.

Na frente da valise havia uma senha com quatro combinações numéricas.

Já conhecia a combinação. Era a mesma da chave.

Com o dedo indicador, deslizou os números até a sequência correta e ouvir um clique de destrave.

Abriu a pasta e dentro havia uma mensagem impressa em um papel.

Bye, Bye! Mande lembranças ao inferno, que é para lá que você vai! 3,2,1 Bum! Do amigo, Karl Smith.

Uma luz verde começou a piscar dentro da mala até tornar-se vermelha.

Soltou a valise das mãos, mas antes mesmo dela cair no chão, sentiu parte do corpo se despedaçar com uma imensa onda de choque e calor, ao mesmo tempo em que era arremessado junto com os estilhaços em direção a uma parede.

Por alguns instantes, ainda pôde ouvir o grito de algumas pessoas até que Murdoc deixou de existir.

8

RÚSSIA - MOSCOU

Com seus aproximadamente 30 hectares, o Kremlin é considerado uma fortaleza; localizado no centro da cidade de Moscou, serve atualmente como sede de governo da Rússia.

Dentro do Kremlin encontra-se a catedral de Uspensky, também conhecida como Catedral da Anunciação, localizada nas proximidades do palácio. É considerada um dos templos mais antigos na Praça das Catedrais. Suas cinco cúpulas douradas, que atualmente abriga um museu.

Um aglomerado de turistas visita o local diariamente, em um verdadeiro devaneio e compulsão por fotos.

A alguns metros da Catedral da Anunciação, dois homens musculosos, usando óculos de sol e vestidos com sobretudos pretos, fumavam um cigarro enquanto observavam os turistas com ar de indiferença, até que um militar vestindo uma blusa camuflada e usando uma ushanka[6] parda confeccionada em pele de zibelina[7] aproximou-se conversando em russo.

De imediato os homens se ajeitaram, jogaram seus cigarros no chão coberto de neve pisando nas bitucas, exibindo suas botas militares pretas enquanto colocavam-se em posição de sentido.

Pela primeira vez, sabiam que estavam diante do general Heinz, uma das autoridades máximas dentro do exército russo.

– Descansar! – disse o militar, enquanto inspecionava os dois homens.

---

6 Ushanka é uma espécie de gorro produzido com pele de animais, para proteção do inverno rigoroso.

7 Zibelina (*Martes zibellina*) mamífero de uma espécie de marta castanho-escura da Europa Setentrional e partes do norte da Ásia, um dos mais valiosos animais produtores de pele. Assemelha-se ao furão.

– Então são vocês os gêmeos que Vladimir escolheu... Disseram-me que vocês são os melhores homens da inteligência e com um treinamento mais intenso do que os SEALs[8].

Os dois homens retiraram os óculos mostrando uma pele branca, que realçava com os olhos verdes. A semelhança era assustadora... Eram idênticos.

– Sim, senhor! – disse um deles, com a fronte franzida.

– Vocês sabem por que foram selecionados?

– Sabemos, senhor. Porque somos os melhores! – responderam em coro.

– Errado! Vocês foram escolhidos por não terem fracassado até hoje em nenhuma missão e atingido sempre os objetivos com sucesso. Mas também por dominarem fluentemente o português do Brasil como idioma.

Os gêmeos se entreolharam novamente.

– Vocês foram chamados para servirem o seu país – falou, enquanto certificava de que estavam conversando em segurança, observando os turistas que estavam ocupados com as máquinas fotográficas.

– Há algum tempo, informações referentes ao projeto Nephesus foram roubadas por um casal de cientistas que desonraram nossa pátria. Os cientistas foram mortos por vocês como forma de punição. Porém não conseguimos recuperar o projeto. Eles tinham um filho, chamado Dimitri, que conseguiu fugir com o projeto sem deixar pistas. O nosso serviço de inteligência conseguiu descobrir seu paradeiro pela compra recente de alguns componentes eletrônicos que, em conjunto, eram utilizados para fabricar uma das peças do projeto Nephesus. Conseguimos rastrear e descobrimos que a compra foi feita no Brasil, na cidade de Belo Horizonte, em Minas Gerais. Por meio de nossa central de inteligência conseguimos essa foto do comprador, que usa o nome falso de Nicolai Sergey. Comparando a foto com a do jovem

---

8 Navy Seals é a principal força de operações especiais da Marinha dos Estados Unidos e parte do Comando Naval de Operações Especiais (NSWC) como também um componente marítimo do Comando de Operações Especiais (USSOCOM). A sigla da unidade é derivada de sua capacidade em operar no mar (sea), no ar (air) e em terra (land). Na Guerra ao Terror, os SEALs foram utilizados quase exclusivamente em operações terrestres, incluindo ação direta, resgate de reféns, antiterrorismo, reconhecimento especial, guerra não convencional e operações de defesa interna. Sem exceção, todos os SEALs são membros do sexo masculino, seja da Marinha ou da Guarda Costeira.

Dimitri, descobrimos que se trata da mesma pessoa. Foi ele que fugiu com o projeto, causando vergonha para o nosso país. Vocês viajarão ainda hoje para o Brasil, para a cidade de Belo Horizonte. As ordens são simples: executar Dimitri ou Nicolai, seja lá qual for o nome desse infeliz, e recuperar o projeto Nephesus para seu país.

— Sim, senhor! Considere o alvo já exterminado — responderam, empolgados.

— Aqui estão os celulares e passaportes com os respectivos vistos. Dentro dos aviões, vocês encontrarão os equipamentos que vão precisar. Peço que não chamem a atenção, pois se algo sair errado, teremos sérios problemas diplomáticos. Executem o alvo de forma discreta e recuperem o projeto. Vocês encontrarão apenas as informações necessárias neste dossiê. Tenham cuidado, pois Nicolai é muito astuto. Ele foi criado e educado por grandes cientistas e conviveu durante toda a juventude com militares. Descobrimos que o pai o treinava em segredo para fugir de Moscou. Agora andem logo que o voo de vocês parte daqui a quatro horas de uma de nossas bases militares. Lá haverá dois aviões aguardando por vocês. Na saída do Kremlin tem um veículo militar que os conduzirá até a base aérea. Manteremos contato pelo celular.

— Em breve traremos boas novidades para nosso país — responderam.

— Se vocês conseguirem cumprir com o objetivo, serão promovidos e ganharão medalhas de honra por terem servido o seu país. Caso contrário, terão uma missão fracassada em seus currículos militares, além de se tornarem motivo de vergonha dentro de sua corporação.

— Por Moscou e pela Rússia! — disseram exaltados.

Caminharam em direção à saída do Kremlin. Um dos gêmeos olhou para o irmão, apreensivo.

— Temos que ser precisos!

— O alvo será exterminado e sem vestígios. Nicolai já pode se considerar morto — respondeu o outro, com um sorriso irônico.

— Recuperar o projeto Nephesus. Essas são as ordens. Executar e recuperar o projeto.

Ambos ergueram as mangas das blusas. Cada um tinha uma tatuagem no punho esquerdo. Um trazia a tatuagem de um martelo com uma estrela e o outro a de uma foice.

Ergueram os respectivos braços tatuados, fazendo chocarem punho a punho enquanto em uma só voz, que repetiam:

– Pela Rússia e por Moscou!

Viram o veículo militar, que já os aguardava. Entraram no carro e começaram a estudar o dossiê. Em alguns minutos, a imagem do veículo desaparecia no horizonte branco coberto pela neve.

9

RIO DE JANEIRO - BRASIL

Harrison pressentia que algo de errado estava para acontecer.

Um homem havia sido assassinado por causa daquele HD. Chegou até a pensar em entregá-lo à polícia, pois tinha em mãos a prova de um crime. Temia por não ser uma atitude segura. Escondê-lo poderia trazer ainda mais problemas ou pior, cair em mãos erradas. Precisava descobrir quais informações estavam contidas naquele dispositivo e confirmar se era o que estava procurando.

O dedo indicador continuava sobre o botão direito do mouse. Bastava apenas um clique para abrir o arquivo Caixa de Pandora.

"Pense, Harrison! Pense! Uma pessoa morreu por causa disso. Agora você encontra um arquivo com o nome Caixa de Pandora. Isso pode ser uma armadilha. Basta lembrar-se de que Pandora trouxe a maldição para a humanidade quando abriu a caixa amaldiçoada."

É melhor deixar isso de lado...

Olhou as fórmulas que estavam na tela do laptop. Elas lhe pareciam um composto bioquímico com uma estrutura que jamais havia visto antes. Talvez fosse o que estava procurando, mas era diferente. Alguém havia remodelado a estrutura original. Talvez o arquivo Caixa de Pandora pudesse guardar maiores informações.

Sabia que não poderia mostrar o conteúdo daquele HD para qualquer pessoa.

– Que raio de fórmula é essa! É muito diferente da que eu conheço! – esbravejou e a seguir esmurrou a mesa. – Quem sabe eu não encontro luz nas trevas. Que se dane! – exclamou, com o dedo sobre o botão direito do mouse pronto para pressioná-lo.

Quando ia clicar sobre o arquivo Caixa de Pandora, Sophie entrou correndo no quarto.

– Pronto, papai! Já troquei de roupa para irmos ao nosso piquenique. Estou bem?

Harrison levantou-se deixando o computador ligado, conectado ao HD.

– Você está linda! Também já estou pronto. Só estava lhe aguardando.

Seguiram até a cozinha, onde Eliza ainda orientava as demais empregadas com a arrumação da casa.

– Já estão de saída? Tem certeza de que não estão esquecendo nada? – perguntou, olhando para a cesta de lanche já arrumada.

– Papai, estávamos nos esquecendo do lanche! Como é que iríamos fazer nosso piquenique na praia sem o lanche?

– Não podemos deixá-lo. Iríamos passar fome e seria uma tragédia se isso acontecesse. Devemos agradecer à Eliza por ter nos lembrado!

– Seu bobo! Continue assim que você irá ficar barrigudo – respondeu Sophie, aproximando-se de Eliza e depositando-lhe um beijo.

Caminharam até o carro que estava na garagem e a seguir trafegavam nas proximidades da orla marítima, saindo da Barra da Tijuca em direção ao Recreio dos Bandeirantes.

No quarto de Harrison, a tela do laptop continuava ligada e entrou em modo de descanso.

10

Após alguns minutos no trânsito, haviam chegado à praia de Grumari.

A praia parecia deserta devido ao horário e ao difícil acesso. Sophie saiu correndo em direção a uma rocha localizada entre dois bancos de areia.

Harrison tirou o tênis e como de costume começou a caminhar descalço, sentindo a areia por entre os dedos, carregando a cesta com lanche.

— Cuidado para não escorregar, filha! — disse, enquanto a olhava correr entre as rochas.

— Pai, corre aqui! Você tem que ver isso! Formou uma piscina natural e tem alguns peixes presos nesta pequena lagoa!

— Já estou indo!

Seguiu em direção à rocha. Não conseguia deixar de pensar no HD e na morte de Neville. Ao aproximar-se de Sophie, por alguns instantes ficou hipnotizado ao ver um pequeno cardume com peixes acinzentados nadando sincronizadamente nas águas cristalinas, aprisionados pelos bancos de areia.

— Pai, se mamãe fosse viva, você acha que ela iria gostar de vir nesta praia?

— Filha, eu tenho um segredo para revelar...

— Que segredo?

— Eu e sua mãe gostávamos muito de fazer caminhadas na beira da praia. Adorávamos sentir a água levando a areia embaixo de nossos pés. Essa praia era uma das preferidas de Melany. Apreciávamos muito a beleza deste local. Caminhávamos por algumas trilhas e no final encerrávamos comprando alguns peixes dos pescadores para prepará-los quando chegássemos em casa. Ainda me lembro como se fosse ontem... Quando eu e sua mãe estávamos sentados nesta rocha e ela começava a planejar o futuro, imaginávamos como seria viver ao seu lado. Ela já estava grávida nessa época. Toda hora ela criava uma decoração diferente para seu quarto, pensava nas historinhas que iria ler para você dormir. Ficávamos horas de mãos dadas imaginando como você seria.

— Papai, eu fico tão triste por não tê-la conhecido. Acho que seríamos grandes amigas.

– Com certeza! – respondeu Harrison, enquanto secava as lágrimas sem deixar que a filha percebesse que estava chorando. – Sua mãe seria sua melhor amiga e você teria muito orgulho dela. Ela era linda e doce assim como você, meu amor.

– Eu vejo que você sente muita falta dela, não é?

– Sim, claro! Melany era uma grande mulher. Inteligente e sincera. E como ela era linda!

– Eu fico muito triste por não tê-la conhecido. Vejo todos meus colegas da escola indo com a mãe para a aula. Isso é ruim. O pior é quando tenho que ir à festa de algum colega de turma e vejo todo mundo com a mãe. Varias pessoas perguntam se Eliza é minha mãe e ela sempre responde: "Sou como se fosse uma mãe". Aí todos perguntam onde ela está e Eliza conta que ela morreu depois do meu parto. Sou culpada pela morte da mamãe? Se eu não tivesse nascido, talvez nada disso tivesse acontecido – concluiu, enquanto olhava para a água cristalina.

Harrison sentiu um nó na garganta.

Sabia que Sophie era muito carente, ainda mais por ele ser médico. Plantões, escalas desumanas, congressos, pesquisas e horas de estudo… Isso consumia grande parte do tempo que poderia se dedicar a estar mais próximo de Sophie.

– Filha, eu não quero que pense dessa forma. Sua mãe não morreu por sua causa. O que vou lhe contar é a mais pura verdade.

– Não foi por minha causa? – perguntou, com o olhar fixo em Harrison.

– Não, filha. Sua mãe teve um problema de saúde, muito comum entre as mulheres que estão grávidas. É conhecido como eclampsia. A pressão dela ficou alta demais… Ela teve algumas crises convulsivas e ficou em coma depois que você nasceu.

– O que é coma?

– Coma é como se uma pessoa estivesse dormindo e não conseguisse mais acordar.

– Ela sofreu, papai?

– Não, filha. É como se estivesse dormindo sem sentir dor… – Respondeu cabisbaixo.

– Você tentou ajudá-la?

– Sim, claro! Pesquisei diversas formas de tirá-la do coma, porém talvez o melhor resultado viesse com o tempo. Até que eu encontrei um novo remédio e achei que poderia salvá-la. Cheguei a pensar que estava diante da cura, mas aconteceu o contrário. O medicamento em vez de salvá-la piorou o estado de saúde dela, a ponto de tornar-se irreversível. Ela morreu por causa desse remédio. Se existe alguém que é culpado nesta história sou eu – respondeu, incapaz de esconder as lágrimas que deslizavam pelo rosto.

Sophie aproximou-se de Harrison, dando-lhe um abraço apertado.

– Papai, você não teve culpa. Você quis ajudar a mamãe. Sei que você a amava muito. O culpado é quem fez o remédio!

– Eu sei, filha. Mas se eu não tivesse dado aquele medicamento, talvez agora ela pudesse estar aqui. Sinto-me culpado. Depois fizeram vários testes com essa medicação e forjaram o resultado, mas eu sei que foi isso que provocou a morte de Melany.

– Acho que nós não somos culpados...

– Sim. Talvez o destino quisesse que fosse assim – afirmou enquanto abraçava a filha.

– Eu te amo, Sophie! Você o amor de minha vida. Prometo-lhe que vou cuidar de você com muito carinho. Nunca vou deixar que nada de mau lhe aconteça.

– Eu sei disso, papai! Pelo menos Deus colocou Eliza para ser minha mãe substituta. Ela é muito legal!

– Você tem razão. Acho que em alguns momentos o destino coloca alguns anjos em nossas vidas para nos amparar. Se não fosse por você, eu jamais teria suportado a perda de sua mãe – disse, olhando para o pequeno cardume que nadava como uma flecha ao redor da pequena lagoa natural, à procura de uma saída para o oceano.

– Papai, estou com fome! Vamos lanchar?

– Claro, filha! É uma ótima ideia. Hora do lanche!

Seguiram abraçados até as proximidades da rocha e estenderam uma toalha. Em alguns minutos já estavam saboreando um delicioso sanduíche de atum preparado por Eliza.

Após o lanche, Sophie saiu para recolher algumas conchas trazidas pelas ondas do mar. Harrison deitou-se e observava a filha, enquanto as ondas tentavam em vão alcançar a pequena lagoa natural.

11

Eliza havia terminado de supervisionar os afazeres rotineiros. Sabia que não tardaria para que Harrison e Sophie chegassem. Tinha que orientar a preparação do almoço. Entre o barulho dos talheres sendo guardados em suas respectivas gavetas, Eliza colocou a mão na fronte com semblante de preocupação.

"Como fui me esquecer... Hoje à noite será o encontro com os amigos da faculdade do Dr. Harrison. Tenho que deixar a roupa separada. Será que ele se lembrou? Ele tinha tirado o day-off para isso, mas hoje ele parecia tão preocupado..."

Foi até o quarto de Harrison. Arrumou a cama. Separou o terno predileto. Aproximou-se da escrivaninha. Viu que as luzes do laptop estavam piscando.

– Ele esqueceu o computador ligado! – exclamou, enquanto sentava-se diante da tela do laptop.

"Talvez ele tenha se lembrado do encontro da turma. Eu sei que será à noite, só não me recordo do horário. Vou checar, pois caso o encontro seja mais cedo terei que ligar para avisá-lo."

Movimentou o mouse e a tela se iniciou, pedindo a senha. Já sabia a senha de cor. Harrison a fazia acessar sempre o laptop para verificar sua agenda. Era mais fácil ligar e pedir que ela checasse os compromissos por ali, quando não estava com o laptop.

Digitou: Sophie. De imediato, a tela se abriu na área de trabalho, com o display mostrando a hora atual: 9h37min AM e diversas fórmulas bioquímicas. Nunca tinha visto aquele emaranhado de letras e números que tridimensionalmente movimentava-se por todo monitor. Um arquivo chamou-lhe a atenção.

– Caixa de Pandora? O que é isso? Será que é algum trabalho que Harrison se esqueceu?

Clicou sobre o ícone, abrindo a pasta.

Uma lista de faturas, compras e nomes surgiram na tela.

– O que é isso? É melhor não mexer! – sussurrou, enquanto fechava os arquivos. Foi até a agenda de compromissos.

– Pronto, achei! A reunião de turma da faculdade é hoje às 20 horas.

Deixou a tela do modo que havia encontrado. Levantou-se da escrivaninha e seguiu até a cozinha para auxiliar a cozinheira no preparo do almoço.

Na velocidade da luz, um tracker[9] por meio da internet enviava informações através da rede de fibra óptica, em especial a localização do HD externo que havia sido acessado por outro computador. O arquivo Caixa de Pandora havia executado suas diretrizes com perfeição.

---

9 Tracker é um software que registra e observa todos os passos que são feitos no computador que tem ele instalado, permitindo ao usuário levantamento de informações.

12

O prazer da vitória era indescritível.

Localizado em um dos locais mais luxuosos do Rio de Janeiro, a BioSynthex era proprietária de um edifício com mais de 20 andares, de onde controlava suas ramificações localizadas em diversos países.

Na sala da presidência, uma réplica da pintura feita por Michelangelo, com a imagem da criação de Adão, destacava-se na parede branca.

"Um império para se administrar…"

Smith levantou-se da cadeira fabricada em couro de crocodilo do Nilo e caminhou até a janela do escritório, que ocupava a totalidade do último andar.

A vista era deslumbrante. A praia de Copacabana reluzia no horizonte através do vidro fumê espelhado.

Há mais de 15 anos sonhava em sentar-se na mesa do presidente e ocupar o seu lugar. Havia pedido para a secretária que esvaziasse a sala de Jean Pierre. Queria todas aquelas bugigangas o mais longe possível dali. Uma nova presidência se aproximava, ao lado de uma sensação de poder ilimitado.

Acabara de herdar um dos maiores impérios da indústria farmacêutica. Havia apenas um nome de peso na BioSynthex: Karl Smith. E uma lista imensurável de bajuladores de prontidão, querendo ocupar a vaga de vice-presidente. Mas isso era uma preocupação que iria deixar para depois. Apesar da necessidade de ter um braço direito na vice-presidência, tinha uma infinidade de documentos para assinar e outros para despachar. Negócios pendentes que Neville havia deixado e a formalidade do sepultamento do ex-presidente para o dia seguinte.

Encontrou uma agenda da empresa, bem detalhada com todas as intenções de negócios, investimentos e aplicações. Algumas informações estavam pendentes no computador, do qual remotamente vigiava graças a um Cavalo de Troia que havia instalado em uma das ausências do presidente. Este, na verdade era um programa que o permitia acessar todas as informações de forma imperceptível ao usuário.

Acendeu um charuto cubano que Neville havia deixado sobre a escrivaninha.

– Agora tenho o poder absoluto! – disse, cruzando as pernas sobre a mesa enquanto a fumaça era exalada pelas narinas como um dragão.

Retirou o telefone do gancho. A secretária respondeu.

– Sally, venha até meu escritório, por favor. Preciso falar com você.

– Está bem, doutor Smith.

"Doutor... É impressionante como nos transformamos em doutores apenas quando temos dinheiro e poder. Isso sem contar os prêmios que ainda estão por vir! Isso está só começando, Smith, – afirmou a si mesmo."

Em poucos minutos a porta do escritório se abriu, revelando uma mulher de longos cabelos negros e pele branca, com aparentemente 30 anos de idade. Vestia um blazer cinza sobre uma camisa de gola branca, com o primeiro botão desabotoado, mostrando a saliência de ambos os peitos, que se destacavam no magro corpo sexy. A saia social parecia um pouco mais curta devido aos seus 1,80 m de altura, que somados ao salto alto a deixavam um pouco maior. Os olhos negros fixaram-se em Smith.

– Em que posso ajudá-lo, senhor?

Smith a analisava de cima a baixo. Como um leopardo, já tinha elaborado a estratégia de ataque de mais uma inocente presa.

– Primeiro quero que tranque a porta. Tenho um assunto importante para tratar com você e não quero ser interrompido.

– Sim. Claro – disse Sally, trancando a porta e sentando-se diante do novo presidente.

Smith levantou-se, apagou o charuto e deu meia-volta na escrivaninha, aproximando-se da secretária.

– Sally, você sabe que agora quem manda nesta empresa sou eu. Há longo tempo, observo o seu trabalho e vejo para você um futuro promissor. Sei que seus pais são doentes e é você quem paga um auxiliar para cuidar deles enquanto trabalha. Também sei que cada dia que passa é mais difícil de arrumar emprego aqui no Rio de Janeiro.

Uma sensação de medo associada a uma descarga de adrenalina percorria o corpo da secretária, deixando-a ainda mais pálida. Sabia que precisava daquele emprego. Jamais poderia perder o salário. Smith colocava as garras para fora. Temia pelo que poderia vir pela frente.

"Pense, Sally. Pense... Fique calma! Deixe-o terminar de falar."

– Sim, Sr. Smith. Eu preciso muito desse emprego e como o senhor tomou liberdade em tocar nesse assunto, vou ser sincera em dizer que estou com medo de ser despedida. Ainda mais depois da morte de Neville.

– Parabéns. Vejo que você é mais esperta do que imaginava. Vou direto ao assunto – respondeu, colocando uma das mãos sobre o ombro e quase a encostando no peito de Sally. – A verdade é que você é bonita e inteligente. Preciso de alguém assim ao meu lado... Será que posso contar com sua confiança em tempo integral?

"Ele está me cantando... O que eu faço?"

– Sim, o senhor sabe que sempre poderá contar comigo. Sou uma pessoa honesta e fiel ao meu trabalho.

– É mesmo? – respondeu, com as mãos deslizando pela camisa entreaberta até o peito de Sally, que de imediato sentiu o mamilo ser acariciado.

Começou a gaguejar. Não sabia o que responder.

Em instantes já estava deitada sobre a mesa do presidente.

Smith abriu os botões da camisa de Sally, deixando o sutiã branco totalmente exposto enquanto a beijava.

As mãos de Sally desabotoavam a camisa de Smith e logo a seguir desceram a calça, enquanto sentia arrepios ao ser beijado no pescoço, por um dos empresários mais notáveis que havia conhecido. Estava em êxtase.

Smith corria as mãos por baixo do sutiã enquanto beijava o abdome da secretária.

"Meu primeiro troféu para minha coleção pessoal. Mais uma piranha para traçar."

Por instinto, Smith olhou para a tela do computador e conseguiu ler uma mensagem.

Tracker Caixa de Pandora localizado. IP 101.292.1.24.

Proprietário: Dr. Harrison Owen.

Levantou-se e abotoou a camisa, deixando Sally sem compreender.

– Saia daqui! Surgiu um imprevisto. Depois voltamos a conversar.

– Smith, eu não lhe agradei? Eu vou perder meu emprego?

– Você é surda? – gritou, enquanto esmurrava a mesa.

Sally começou a chorar e às pressas saiu do escritório, cobrindo o peito com a camisa.

Smith sentou-se diante do computador. Releu a mensagem.

– Tenho que recuperar esse maldito HD portátil! Agora sei onde encontrá-lo. Chegou a hora de unir o útil ao agradável.

Levantou-se. Ajeitou a roupa. Abriu a gaveta da escrivaninha e retirou uma arma de fabricação russa com um silenciador.

– Você já está morto, Harrison! Faço questão de executar esse serviço.

Escondeu a arma embaixo do paletó. Seguiu em direção ao elevador, passando ao lado de Sally, que estava com os olhos vermelhos de tanto chorar.

– Sally, amanhã continuamos nossa conversa privada. Quero que cancele todos meus compromissos de hoje à tarde que tenho um importante assunto para resolver.

– Sim, senhor! – respondeu a secretária, com a alma renovada. Chegou até a garagem da empresa e dispensou o chofer.

Sentiu orgulho quando viu o luxuoso carro ocupando a vaga mais imponente da BioSynthex: Presidente.

Saiu da garagem. Em pouco tempo misturava-se com o congestionado trânsito do meio-dia de Copacabana.

13

RÚSSIA - MOSCOU

Na Base Aérea de Kubinka, dois caças estavam parados próximos à pista de decolagem.

Um veículo militar estacionou nas proximidades do galpão, já aguardado por um tenente-coronel usando uma roupa camuflada e touca preta.

Tinha instruções explícitas do alto-comando em preparar dois caças PAK FAT-50 para uma viagem até o Brasil.

O que não conseguia compreender era o porquê daquela aeronave. Era um novo caça projetado pela Rússia, capaz de superar o moderno F22 americano em inúmeros quesitos e capaz de causar um grande desconforto aos militares inimigos. Compreendia a autorização para voo de testes a fim de avaliar o poder de destruição de uma bomba nuclear em uma área remota. Isso justificava o transporte de um explosivo atômico, ainda que de baixo poder em quilotons, comparado às bombas nucleares atuais, porém capaz de devastar tranquilamente uma grande cidade.

"Como alguém pode liberar duas aeronaves de custo estimado de 80 milhões de dólares cada uma e confiar essa arma letal a estes dois projetos de SEALs… Por que o Brasil? Às vezes é melhor fingirmos que não entendemos nada."

O tenente-coronel aproximou-se do veículo e assustou-se ao ver dois homens idênticos. Pareciam reflexos no espelho.

Observou-os enquanto retiravam duas mochilas do porta-malas dos carros. Mantinha-se inconformado e ao mesmo tempo curioso com aqueles visitantes.

Os gêmeos se aproximaram, deixando as mochilas caírem ao chão e colocaram-se em posição de sentido diante do tenente-coronel, falando russo.

– Senhor, estamos nos apresentando para a missão.

– Descansar! – ordenou o superior.

Os gêmeos pegaram suas bagagens e as colocaram nas costas, segurando a alça com a mão esquerda, mostrando as tatuagens da foice e do martelo nos respectivos punhos.

– Os caças já estão preparados. Podem ir ao vestiário e colocar o uniforme de voo. Já estão abastecidos com 10.000 kg de combustível. Vocês já têm autorização do espaço aéreo que irão percorrer, bem como estão programados nas aeronaves os pontos de pouso para reabastecimento. Vocês irão fazer uma viagem de 11.300 km até o aeroporto de aviação civil em Confins, localizado em Belo Horizonte. Optamos por um aeroporto civil por questões estratégicas. Temos um contato na Força Aérea Brasileira que estará na retaguarda, nos dando cobertura. Porém, para todos os efeitos é um voo experimental e de testes da aeronave e de um explosivo nuclear a ser lançado em um local remoto. Apenas nós sabemos que vocês têm um alvo a ser executado. Ao chegarem, terão 48 horas para cumprir a missão e depois retornar a Moscou. Não sei se vocês conhecem, mas esse caça que irão pilotar é muito diferente dos Migs que vocês já voaram antes. Esse caça PAK FA T-50 é a última tecnologia russa em caça militar, capaz de colocar o F22 de nossos concorrentes americanos no chinelo. Algumas funções são novas, como disparar mísseis para trás, bem como atingir um grande alvo a 400 km de distância com precisão. Também pode rastrear 60 alvos e travar 16, de forma simultânea. É um caça supersônico com poder de lançar uma bomba e ultrapassá-la com tempo de folga. Possui aceleração extremamente agressiva, capaz de levar o corpo do piloto ao extremo, podendo chegar a 2.500 km em Mach 2[10]. Mas, pelo que vejo, acho que isso não será problema para vocês – disse, olhando para o físico robusto dos pilotos.

– Ah, antes que me esqueça, quero lembrar-lhes de que vocês estão pilotando aproximadamente 160 milhões de dólares. Não é preciso dizer para que vocês tenham cuidado com o caça, certo?

– Não se preocupe, senhor, iremos cuidar dessas aeronaves –respondeu o gêmeo com a foice tatuada no punho.

– Gostaria de lembrar que o sistema de mira é semelhante ao do F22, equipado com sensores que leem o movimento de seus olhos quando

---

[10] Mach é uma unidade de representação de velocidade, em que Mach 1 equivale à velocidade do som, que é de 340 m/s. Mach 2 equivale ao dobro da velocidade do som, ou seja, aproximadamente 680 m/s.

vocês localizam um alvo. Agora vão. Acredito que com a parada para reabastecimento vocês devam chegar ao destino entre seis e sete horas, dependendo do tempo que gastarem para abastecer isso voando em Mach 2. Aqui está o cartão com a programação de viagem.

Os gêmeos pegaram cada qual o cartão pessoal e seguiram até o alojamento. Em alguns minutos já voltaram para a pista de decolagem.

Entraram nos seus respectivos caças e conectaram o uniforme de voo ao avião.

De súbito, sentiram a roupa apertar nas pernas e abdome. Sabiam que iriam voar em Mach 2, pois a pressurização da parte inferior do abdome e da perna era para evitar que o sangue descesse para os pés e o piloto desmaiasse quando o caça subisse de forma brusca. Apertaram o cinto e a seguir conectaram os cartões.

Quando olharam pelo cockpit, as rotas já estavam automaticamente traçadas.

Decolaram.

O gêmeo com o martelo tatuado na mão começou a vomitar, enchendo um dos sacos de vômito quando a aeronave atingiu Mach 2 e sem perceber deixou cair o dossiê, que entrou embaixo do assento do caça, tamanha era a velocidade.

Tiveram a sensação de que o corpo estava sendo puxado por uma força capaz de envergar uma árvore até chão, como se fosse atingida pela onda de um tsunami.

Uma mensagem era clara nos painéis: Tempo de voo: 6 horas e 54 minutos.

O alvo era Nicolai.

As imagens dos dois caças voando lado a lado rasgavam o céu de Moscou até desaparecem por completo do campo visual humano, enquanto o dossiê permanecia oculto sob o assento de um dos pilotos.

14

Melany estava bela. Nunca havia estado tão radiante. Os olhos azuis-claros eram transparentes e cintilantes.

Por mais que Harrison tentasse aproximar-se da esposa, não conseguia tocá-la.

Sentia que o corpo estava preso, como se tivesse sido acorrentado em um bloco de concreto e lançado ao mar.

Lutava contra uma força invisível. Pressentia que a esposa tinha algo importante para dizer-lhe, mas não conseguia se aproximar.

Até que ela esticou os braços e segurou nas mãos de Harrison, puxando-o até ela.

— Melany! Você está viva! — disse, olhando para o rosto da amada esposa, que parecia estar embaçado.

Percebeu que ela mexia os lábios, só que não conseguia compreender as palavras.

Aproximou-se mais... Sentiu frio e medo. Uma sensação de angústia que jamais havia vivenciado.

— Harrison! — finalmente havia conseguido ouvir a suave e doce voz da esposa, mas estava diferente, como se as palavras vagassem em um eco distante.

— Meu amado marido, tenha cuidado! Lembre-se de seguir seu coração. Proteja-a!

Tentou abraçá-la, mas uma força indescritível o puxava para algum lugar no vazio.

Então Melany transformou-se em um ponto luminoso e foi se afastando cada vez mais, abrindo espaço para um vazio com a cor do ébano.

Mais uma vez o braço foi puxado e logo a seguir teve a sensação de receber um beijo na face.

— Melany?! — falou, enquanto abria os olhos e sentia a brisa do mar.

– Papai, acorde! Sou eu, a Sophie. Já está na hora de irmos embora. Eliza ligou e pediu para lembrá-lo de que hoje é o dia de sua reunião com seus amigos da faculdade.

– Nossa, filha, me desculpe. Caí no sono! É que cheguei tarde do congresso de ontem. Mal consegui dormir à noite, mas já estou me sentindo descansado – respondeu, espreguiçando-se.

– Papai, você estava sonhando com a mamãe?

– Sim, filha. Eu sonhei com ela. Penso que, por termos conversado sobre ela, acabei absorvendo as lembranças.

– Inconsciente? O que é isso, papai?

– É meio complicado filha. Eliza tem razão. De tanto conversar usando termos técnicos com meus colegas, às vezes acabo achando que todo mundo é médico e uso palavras mais complicadas. O pior que havia me esquecido da reunião de hoje... Vamos, então? Acho que a essa altura já deve ter um almoço especial nos aguardando.

– Vamos, papai. Vou ajudá-lo a recolher a toalha e arrumar a cesta de lanches.

Harrison estava pensativo. Havia tido um sonho próximo da realidade... A expressão da esposa era como se ela quisesse dizer-lhe algo.

As palavras mencionadas, "seguir o coração" e "proteger", não lhe faziam sentido, com exceção de uma: Cuidado...

Recordou-se dos acontecimentos da noite anterior, que poderiam ter sido uma amostra dos problemas que ainda estavam por vir.

Lembrou-se de que havia esquecido o HD portátil conectado ao laptop. Tinha que guardá-lo em um local seguro e acessar as informações de um local público, usando o computador de uma lan house. Toda a precaução era pouca, ainda mais depois do sonho com Melany.

Entrou no carro e seguiram o caminho de volta enquanto os turistas começavam a chegar à praia e desfrutar uma das belezas naturais mais singelas. O horizonte oceânico tornava a paisagem paradisíaca.

Harrison havia permanecido calado durante todo o percurso de volta até a casa, enquanto Sophie dormia no banco traseiro do carro.

Prestava atenção no trânsito movimentado, enquanto em alguns momentos distraía-se com a bela paisagem da orla marítima.

Lembrou-se de Melany.

Aquele sonho havia causado certo desconforto.

Desde a morte da esposa, uma sensação estranha o dominava, pois pela primeira vez, após longo tempo, havia conseguido aproximar-se da mulher amada, mesmo sendo através de um sonho. Era uma mistura de saudades com insegurança.

Voltou a pensar sobre o assassinato na noite anterior.

Em todos os plantões de pronto-socorro, muitas vezes perdia alguns pacientes diante da limitação da medicina. Lembrou-se do último plantão, quando uma esposa traída tentou o suicídio dando um tiro na própria cabeça. Quando a recebeu, havia perda de massa encefálica. Apesar de todos os esforços da equipe médica, não conseguiram salvá-la. As pupilas estáticas e dilatadas daquela pobre mulher mantinham um frio olhar sem vida para o vazio, tornando irônico e inútil todo o esforço da equipe médica.

A morte daquele estranho na noite anterior era diferente. Ele havia sido assassinado.

Quem era aquele homem? Por que me entregou aquele HD? Quem o matou? – questionava-se, sem perceber que havia atravessado a luz vermelha de um semáforo.

O som intenso de uma buzina misturou-se aos da borracha dos pneus esfregando sobre o asfalto do sol ao meio-dia.

Harrison, em uma ação instintiva virou o volante 180 graus para a esquerda, desviando-se da colisão que seria inevitável se os reflexos não atuassem a tempo.

– O que aconteceu, papai? – perguntou Sophie, que acabara de acordar assustada.

As pernas pareciam não lhe obedecer diante do medo e compreensão do risco a que haviam sido expostos.

– Está tudo bem, filha... Estava desatento no volante e avancei um sinal vermelho – respondeu, enquanto parava o carro em um acostamento e recuperava-se do susto. Enquanto isso, um veículo saía em disparada e o motorista acenava e gesticulava de forma obscena para Harrison, ao mesmo tempo em que proferia uma imensa lista de palavrões.

Retomou a direção, desta vez, mais atento.

Sophie observava a paisagem que ia tornando-se mais familiar.

Os portões da casa de Harrison se abriram e atravessaram o grande jardim que ele fazia questão de preservar. Mantinha as rosas brancas e vermelhas com muito carinho, por serem as preferidas da falecida esposa. Havia contratado um jardineiro, que era suficiente para dar conta da tarefa.

De longe viu o jardineiro, que acenou com a mão. Respondeu com um leve toque na buzina e seguiram até ver o alpendre da casa, que dava vista para o jardim e a piscina. As cadeiras de descanso confeririam um ar refinado que, somado à tranquilidade, tornavam o ambiente acolhedor, fazendo-os esquecerem-se de que moravam em uma das grandes capitais do Brasil.

Desceram do carro. Sophie correu direto para a cozinha, gritando:

– Eliza, papai quase bateu o carro! Ele atravessou um sinal vermelho!

Harrison riu e seguiu para o quarto. Lembrou-se de que havia deixado o HD portátil conectado ao computador, enquanto podia ouvir Sophie detalhando o passeio para Eliza.

Ao entrar no quarto, o laptop estava em stand-by.

Ainda em pé, diante da tela que estava em modo de descanso, movimentou o mouse.

– Ufa! Está exatamente como eu deixei. – disse, sentindo um alívio.

O que Harrison não percebeu era que o sistema antivírus que havia adquirido recentemente indicava em um pequeno ícone um ponto de exclamação vermelho. Isso significava um alerta de possível envio de informações para outro computador.

Desligou o laptop.

– É melhor eu carregar essas informações comigo, até encontrar um bom local para guardá-las ou entregar para uma autoridade policial de confiança. Quanto mais longe esse disco estiver de minha casa, mais seguro irei me sentir.

Olhou para a cama e viu o terno preferido. Lembrou-se do encontro da turma de faculdade. Guardou o HD no bolso da calça do terno e desceu para a cozinha.

No jardim, escondido atrás de uma folhagem densa, próximo a um canteiro de flores, um elegante homem usando terno preto e uma camisa de linho com um prendedor de gravatas dourado, seguindo a moda britânica, estava ao lado da grama onde jazia um corpo nu, de um homem de meia-idade com uma perfuração de bala entre os olhos. Um pequeno filete de sangue escorria pelo rosto gotejando sobre a grama verde, enquanto uma abelha caminhava sobre o globo ocular do corpo sem vida da vítima.

O musculoso homem de 1.80 m aproximou-se do corpo, colheu um botão de rosa branca e enfiou com o caule espinhoso dentro da boca do cadáver, rasgando-lhe os delicados lábios.

– As flores brancas simbolizam a paz! Agora tenho que cuidar do jardim e escolher uma flor especial para Harrison. Irei recuperar o HD e me livrar da única pessoa que poderia atravessar meu caminho na presidência da BioSynthex. É só aguardar o momento certo – disse, em voz baixa, enquanto substituía o luxuoso terno pela roupa suja de terra do jardineiro.

A pequena abelha, ao perceber o aroma do botão de rosa branca inserido na boca do cadáver, levantou voo à procura da suave fragrância da flor, pousando sobre a delicada pétala, sem se importar onde o caule havia sido colocado.

15

BRASIL
CONFINS - MG
AEROPORTO INTERNACIONAL TANCREDO NEVES

Estruturado para atender uma demanda anual de aproximadamente 4.5 milhões de passageiros, o aeroporto de Confins localiza-se a 40 km de distância do centro de Belo Horizonte. Com uma pista de pouso de 3 km de extensão, o Aeroporto é dotado de sistemas de tecnologia de ponta para poder dar vazão ao fluxo de passageiros que deslocam-se para diversos pontos do globo terrestre.

Algumas pessoas mostravam-se irritadas nas proximidades dos portões de desembarque, enquanto outras se dirigiam aos respectivos balcões das companhias aéreas com uma reclamação única.

Todas as decolagens e aterrissagens haviam sido canceladas.

O caos estava formado. Nem mesmo as atendentes sabiam o motivo. Ligavam para a coordenação, para a torre de controle e a resposta era a mesma: Suspensas atividades no prazo de uma hora.

As informações eram repassadas para alguns passageiros que, insatisfeitos, agrediam verbalmente as atendentes que apenas cumpriam ordens estipuladas, sem conhecer a razão da suspensão das atividades.

Alguns pequenos comboios, compostos de jipes e caminhões camuflados, movimentavam-se em uma formação única em direção às proximidades da pista de pouso.

Na torre de comando, os controladores haviam recebido ordens claras de que duas aeronaves militares russas estavam se aproximando, autorizadas pelo alto-comando, e as atividades estariam suspensas no aeroporto durante uma hora, até que as aeronaves fossem direcionadas aos respectivos hangares. Quarenta e oito horas depois, elas fariam um novo voo-teste em direção à Moscou.

Entre a equipe em terra, alguns militares comunicavam-se em inglês com um forte sotaque. As instruções eram claras: cuidar da segurança da aeronave enquanto ela estivesse em solo.

Em um tratado de cooperação com o comando militar brasileiro, a segurança do hangar foi reforçada para abrigar as aeronaves, enquanto os pilotos já tinham reservas marcadas em um dos hotéis mais luxuosos de Belo Horizonte.

Os controladores de voo olhavam para os respectivos radares. Uns com uma xícara de café ao lado, outros secando as mãos transpiradas enquanto vigiavam o congestionado espaço aéreo. Era a primeira vez que militares ocupavam a torre de controle e davam instruções detalhadas sobre a chegada de dois caças.

Funcionários caminhavam de um lado a outro. As vozes se misturavam em um som incompreensível em resposta às solicitações dos diversos voos que se aproximavam na tentativa de pousar e dos que estavam em terra solicitando permissão de decolagem.

Diversos pontos verdes começavam a se aglomerar nos radares. Os tetos de voo eram estipulados enquanto outras aeronaves eram desviadas, evitando que se colidissem no ar. A atenção havia sido triplicada.

Todos controladores arregalaram os olhos ao verem dois pontos surgirem no radar em direção à rota que fora estipulada pelos militares.

Estavam voando a aproximadamente 2.200km/h. Sabiam que essa velocidade correspondia a Mach 2. Era inacreditável.

Em poucos instantes, a voz límpida podia ser ouvida através do rádio em português fluente:

— PAC 1 e PAC 2 solicitando autorização para pouso.

Os controladores se entreolharam. Sabiam que após a aterrisagem das aeronaves o espaço aéreo estaria liberado e tudo voltaria ao normal, colocando fim no caos e na tensão de todos no aeroporto.

— PAC 1 autorizado. PAC 2 aguardar instruções — responderam, ao mesmo tempo em que os militares não tiravam os olhos dos monitores e radares, acompanhando passo a passo os procedimentos e certificando-se de que tudo transcorria bem.

Passados alguns instantes, após a autorização do pouso do PAC 1, foi dada nova instrução.

— PAC 2, pouso autorizado.

Os militares em terra estavam perplexos. Era a primeira vez que viam um famoso caça russo em território brasileiro, ali tão perto deles.

Em poucos minutos os caças foram conduzidos ao hangar.

Ao abrir o cockpit, os pilotos desceram e retiraram o capacete. Aproximaram-se de um dos militares que os esperava e começaram a conversar em russo. Os militares brasileiros que acompanhavam não compreenderam o que era dito, porém assustaram-se com a semelhança dos gêmeos, ao mesmo tempo em que invejavam o condicionamento físico dos pilotos.

***

Nicolai não havia compreendido o porquê da demora do voo para o Rio de Janeiro.

Estava no aeroporto havia 2 horas e sentia-se cansado de tanto esperar.

– Que droga! Esses voos sempre atrasados – disse, enquanto caminhava em direção à saída. Ouviu de repente o som de pessoas aplaudindo e gritos de felicidade.

Deu meia-volta. Já estava desistindo, quando os painéis de informação dos voos voltaram a exibir os horários. Os voos estavam apenas com 45 minutos de atraso.

Sabia que o encontro seria às 21 horas. Olhou para o relógio. Tinha tempo mais do que suficiente. Seguiu até o painel e viu que o voo para o Rio de Janeiro anunciava o embarque imediato. Dirigiu-se à sala de embarque, passando por todos os trâmites.

Ao chegar à sala de embarque, o assunto dos passageiros era único: o atraso.

Algumas pessoas reclamavam, enquanto outras descreviam o compromisso que tinham na cidade de destino e o tanto que os 45 minutos de atraso iriam atrapalhá-las.

Nicolai permanecia em silêncio. Vestia um terno preto com risca de giz, enquanto a gravata preta realçava a camisa branca. Folheava uma revista de informação semanal.

Uma mulher obesa estava sentada ao lado de Nicolai, aguardando o chamado para embarcar, enquanto devorava um salgado e bebia um copo de refrigerante de 500 ml. Ela usava um vestido justo vermelho com bolinhas brancas e um decote em V, dando a impressão que a qualquer momento o vestido iria estourar se ela comesse ou bebesse mais alguma coisa. De relance, aproveitava para bisbilhotar as páginas da revista nas mãos de Nicolai.

Até que não suportou quando viu a foto de uma top model usando uma roupa fitness na propaganda de uma academia de Belo Horizonte e comentou:

— Nossa! Eu daria tudo para conhecer a fórmula para emagrecer e ter um "corpitcho" desses.

Nicolai surpreendeu-se ao perceber que mais alguém lia com ele. Lembrou-se dos camundongos da pesquisa de Nephesus.

Isso é possível. Apenas precisaríamos saber se ela iria querer trocar de corpo com você! Pensou, com um sorriso irônico na face.

— Isso são horas infindáveis de academia associadas a uma boa montagem de computador — respondeu de forma a estimular a mulher a dedicar-se a uma atividade física e amenizar a culpa da obesidade.

Então o anúncio de embarque para o Rio de Janeiro se fez audível por toda a sala de espera. Levantou-se, indo em direção ao portão indicado, deixando para trás a revista, que em poucos instantes era folheada pela mulher obesa que não abandonava o refrigerante.

16

CIDADE: RIO DE JANEIRO
HORA LOCAL: 21H

Uma fila de carros luxuosos formava-se na porta de um importante hotel na Barra da Tijuca.

Os manobristas corriam de um lado ao outro, na expectativa de facilitar a chegada dos convidados.

Algumas mulheres desciam exibindo vestidos de grife, que iam desde os modelos mais delicados, chegando aos mais exóticos, com os ecologicamente incorretos cachecóis fabricados com pele de lêmure de Madagascar.

O salão de festas já havia sido reservado com antecedência de um ano para o encontro de turma da faculdade. Era um dos mais procurados quando se tratava de eventos especiais.

As bebidas foram selecionadas com cuidado, desde o vinho italiano de uvas Dolcetto até diversas marcas de uísque com 18 anos de envelhecimento. Tudo planejado para acompanhar os mais variados salgados inclusos no cardápio, que iam desde uma infinidade de caviar ao patê de foie gras.

O ambiente estava bem iluminado. As mesas estavam dispostas de forma que não atrapalhasse a circulação dos convidados, que conversavam em uma intensidade maior do que o som do violinista, que tocava algumas músicas clássicas de grandes compositores.

Harrison havia atrasado devido ao congestionamento de uma hora e meia, porque um caminhão tinha se chocado com um ônibus no meio do trajeto.

Caminhou pelos 160 convidados, que pareciam hipnotizados pelo reencontro.

Procurava por Nicolai, quando sentiu que alguém lhe apertava o ombro.

Ao olhar para trás, viu uma mulher com grossos lábios carnudos e cabelos lisos, que de longe lembrava Angelina Jolie. Porém esta tinha um busto menor e era levemente obesa. Vestia um lindo e reluzente vestido prateado.

— Harrison! Não acredito. Você não mudou nada! Sei que virou notícia, desde ontem sobre a medicação que você conseguiu retirar do mercado com seu discurso no congresso. Dizem que o presidente da BioSynthex até se matou por causa do fracasso do Alfa-NPTD.

Pela forma de se expressar e ir diretamente ao ponto, recordou-se de uma ex-namorada da faculdade. Conhecida pelo ceticismo e pela forma agressiva de abordar qualquer tema. Era Natália.

— Natália, você não mudou nada! Continua elegante, porém com a língua mais afiada do que a espada de um samurai.

— Seu idiota! Penso que desde que você perdeu sua esposa, dedica-se a pesquisas que não irão levar a nada. Se eu estivesse no seu lugar, já teria me mudado com sua filha há muito tempo para o interior e me dedicado mais a ela e menos às pesquisas – disse, enquanto os olhos percorriam Harrison da cabeça aos pés à procura de algum detalhe que pudesse render-lhe algum comentário ainda mais hostil.

— Compreendo. Porém, sei que nas cidades do interior a infraestrutura é um pouco diferente da que temos aqui nas grandes capitais. Era o desejo de Melany que Sophie estudasse em um bom colégio. Isso sem contar que tenho uma governanta que tem sido uma mãe para Sophie.

— Governanta não é mãe, Harrison. Não acredito que Sophie sinta-se feliz em ter uma empregada para tentar cumprir o papel de mãe. Ela precisa de um pai, porém vejo que ele anda muito ocupado com pesquisas destinadas ao fracasso – respondeu e virou uma generosa dose de uísque goela abaixo.

— Natália, sabemos que águas passadas não movem moinhos. Dedico-me às pesquisas por amor e para suprir a falta que sinto de Melany.

— Melany, Melany... Já me cansei disso. Será que você percebeu que ela está morta? Não há nada que você faça que possa trazê-la de volta! Preocupe-se com sua filha e em arrumar uma nova esposa que sirva de mãe e não uma governanta! – respondeu Natalia, perdendo o equilíbrio.

— Também concordo com o que disse. Passado é passado. Não sei por qual razão você se culpa por termos terminados um relacionamento. Sabíamos que não iria dar certo. Foi melhor assim. Você é uma grande médica. Respeito seu trabalho e tenho recomendado você para diversos pacientes. Acho que seu único problema é alimentar-se de antigas ilusões.

— Eu me alimentar de ilusões do passado? Ora, Harrison...

Poupe-me de comentários sem fundamento. Olhe para você! Barba sem fazer em um encontro num hotel luxuoso. Se tivesse uma esposa que cuidasse de você, tenho certeza de que não estaria assim. Como pode cuidar de alguém sem ter alguém que possa cuidar de você? Isso está lhe transformando em uma pessoa fria, sem coração e findada ao fracasso. Desde a faculdade sempre tomava as opções erradas... Só lamento pelo que eu vejo.

– Sei disso, Natália... Aprendendo com os erros, não é assim que a roda da vida funciona?

– Acho que seu discurso de ontem irá causar danos imensuráveis em sua carreira. Você nadou tanto para morrer na praia. Deu um tiro no próprio pé.

Harrison respirou fundo. Já estava perdendo a paciência com ela. Queria socá-la e jogá-la sobre o buffet. Lembrou-se de os tempos de faculdade, de que a melhor forma de lidar com Natália era contra-atacar. Ela era ótima na agressão verbal, porém péssima na hora de se defender.

– Não sei por que você me considera um fracassado. Sou reconhecido profissionalmente pelo que faço. Tive uma esposa que mesmo depois de morta ainda a amo e uma filha que é o reflexo da mãe. Não me casei para me dedicar com exclusividade a minha filha. Tenho projetos para desenvolver, além de achar que ainda está para nascer a mulher que irá substituir Melany. E você? O que tem feito? Ouvi dizer que está passando pelo quarto divórcio.

Natália estremeceu. Ameaçou jogar o uísque na cara de Harrison, mas não teve coragem de fazê-lo. Começou a gaguejar.

– Você é um fracassado! Tudo o que faz é arrumar problemas. Nada que faça irá dar certo – esbravejou, ainda cambaleando.

Harrison retirou-se cabisbaixo. De fato, desde o término do relacionamento com Natália, antes mesmo de conhecer Melany, ela havia se tornado uma pessoa amarga e descrente. Tudo que ela lhe falava tinha o objetivo de diminuí-lo emocionalmente. Achou melhor retirar-se do que provocar um escândalo já no início da festa.

Caminhou pelo vasto salão, evitando trombar com o garçom, que corria como se estivesse em uma maratona para servir os convidados.

"Talvez Natália tenha razão... Devia me mudar para a cidade pequena. Ao menos não enfrentaria essa turbulência de problemas" – pensou, enchendo um cálice com vinho e beliscando uma torrada com patê.

Quando olhou para uma das mesas do salão, viu um homem com traços facilmente reconhecíveis. A pele branca com os longos cabelos loiros era marcante.

Só pode ser Nicolai. Já era hora!

Caminhou por entre os convidados até aproximar-se da mesa.

— Nicolai Sergey. Não acredito que tenha vindo ao encontro de turma. Há quanto tempo, hein, meu amigo?

— Dr. Harrison, o nobre neurocientista! Mesmo em Belo Horizonte, chegou a repercussão do lançamento do Alfa-NPTD. Você realmente soube atingir o âmago da BioSynthex — disse, levantando-se e puxando uma cadeira para que Harrison sentasse.

— Pois é! As notícias voam... E você, Nicolai, o que tem feito? Faz algum tempo desde a última vez que nos falamos pelo telefone.

— Continuo em Belo Horizonte; Lecionando na faculdade de Medicina e dedicando-me em algumas pesquisas.

— Você continua pesquisando sobre o Livro dos Mortos? Lembro-me da época da faculdade quando você mergulhou de cabeça na tentativa inusitada de interpretá-lo!

Nicolai sorriu, mostrando-se surpreso com a memória do antigo colega de turma.

— Sou um eterno admirador da cultura egípcia. Souberam desde cedo destacar-se nas artes, medicina e arquitetura. Veja as pirâmides! Que maravilhas são, expostas aos olhos da humanidade! Mas o que mais me fascina no Egito antigo é a religiosidade. Sempre respeitaram a natureza, fazendo com que seus deuses primitivos fossem animais com corpos humanos. Basta recordar-se de Hórus, que era uma mistura do corpo humano com a cabeça de um falcão, até a figura que mais me fascina que é Anúbis, representado pela figura humana com uma cabeça de chacal. Ele tem um importante papel relacionado ao processo de compreensão de morte por este povo.

— Fato, Nicolai, a cultura egípcia é notável e enigmática!

— Notável? Tenho que discordar. A religião egípcia é simplesmente fantástica, principalmente na crença da vida após a morte, que faziam com que eles tivessem a concepção de que o além seria nada mais nada menos do que uma nova representação de nossa vida terrena. Por isso sacrificavam grande parte do tempo preparando os alimentos e objetos que iriam levar para a posteridade. Eles eram sepultados com joias, roupas e tudo que pudessem precisar na "outra vida". Mas não era tão fácil assim. Depois que o indivíduo morria, ele passava por um tribunal para ser julgado. O que mais me fascina era que o morto tinha o coração pesado pelo deus Anúbis em uma balança de dois pratos. De um lado havia uma pena e do outro o coração. Se o coração fosse mais pesado do que a pena da verdade, o cadáver era devorado por um animal mitológico com a cabeça semelhante a do crocodilo do Nilo.

– Concordo com você. É fascinante! Uma forma genial de se abordar os ensinamentos sobre a bondade, tornando os corações da humanidade mais nobres – respondeu Harrison, empolgado com a conversa.

– O incrível, a meu ver, Harrison, foi que a partir dessa balança começaram a pesquisar sobre a alma e que ela poderia conter um peso.

– Já ouvi falar sobre isso, Nicolai. De que a alma humana pesa entre 18 e 19 gramas.

– Para ser exato 18,97 g da criança e 19,97 do adulto. O restante oxigênio armazenado no espaço morto de ambos os pulmões que é liberado.

– Como?

– Não é isso? Acho que confundi os números – disse, engolindo a saliva. Mas, mudando de assunto, me fale um pouco sobre você. Casou de novo?

– Minha vida mudou muito depois da morte de Melany. Sinto a falta dela – respondeu, olhando para o fundo vazio do copo.

– É difícil termos que lidar com as perdas. Compreendo seus sentimentos. Já passei por situação semelhante quando perdi meus pais aos 18 anos de idade. Não tenho nenhuma família, a não ser meu gato e meu cachorro. Você pelo menos ainda tem sua filha. E tenho certeza de que você é capaz de suprir a diferença da perda.

– Saiba, Nicolai, que por Sophie sou capaz de sacrificar minha vida. Não saberia viver sem ela... Você já encontrou um hotel para se hospedar? Se quiser pode ficar em minha casa.

– Já encontrei um hotel, sim, apesar de apreciar seu convite, pretendo voltar amanhã antes do meio-dia.

– Sem problemas. Acho que temos muito assunto para colocar em dia desde nosso último contato – concluiu Harrison, enquanto observava ao redor. Desanimado, se deu conta de que Natália aproximava-se, totalmente embriagada, mal conseguindo sustentar os passos enquanto o olhava de forma penetrante.

Cambaleava por entre os convidados. Trazia o copo cheio de vinho e a cada passo deixava derramar parte da bebida sobre o vestido.

Um garçom aproximou-se tentando ampará-la e foi empurrado com toda a força por ela, perdendo o equilíbrio e caindo no chão com os copos que havia recolhido. Fez sinal para os seguranças que, apesar de longe, começaram a se aproximar, passando com dificuldade entre os convidados no tumultuado salão. Nicolai riu e disse para Harrison, enquanto observava o pequeno tumulto que se iniciava.

– Que vexame! Era só o que faltava para animar este início de festa.

Harrison olhou cabisbaixo para o amigo.

– Nicolai, você se lembra da Natália?

– Sua ex-namorada da faculdade? Como iria me esquecer? Ainda mais depois do espetáculo que ela fez quando vocês terminaram. Ela tinha uma obsessão por você. Lembro que até viraram manchete em alguns jornais.

– Pois é... A obsessão ainda não acabou. Foi ela quem derrubou o garçom e está vindo em minha direção. Pelo visto, você irá assistir a um novo show.

17

"A melhor canção de ninar é a que cantamos com o coração."

Essa era a frase impressa em um quadro com dois querubins que seguravam uma faixa, com os dizeres bordados à mão. Aquele havia sido o último presente de Melany antes de morrer.

O quadro tinha uma moldura rosa e ficava preso em uma parede branca no quarto, que fora decorado de forma a transmitir conforto e tranquilidade.

Deitada na cama, Sophie tinha visão direta dos querubins. As pálpebras começavam a pesar, embriagadas pelo sono. Tinha uma admiração especial pelo quadro, pois ele a fazia recordar da mãe. Era uma das poucas frases que Melany havia deixado por escrito.

Eliza contava algumas fábulas de La Fontaine enquanto permanecia ao lado de Sophie, que adorava ouvir as estórias para no final tentar adivinhar a principal mensagem que a fábula tinha para transmitir.

Em alguns momentos Eliza começava a bocejar e a cabeça começava a oscilar, mas logo voltava à posição original, lutando contra o sono, sem interromper a história.

Atrás da cortina, um vulto passou sem ser notado, indo em direção à porta da cozinha.

Sophie já havia caído em um sono restaurador. O lençol de seda cobria o pequeno corpo com suavidade angelical.

Até que Eliza despertou. Teve a sensação de ter escutado a porta da cozinha se abrir.

"Devo estar sonhando ou estar ficando louca... Juro ter ouvido algum barulho! Os alarmes estão ativados e o único que conhece a senha é o jardineiro, que já foi embora há muito tempo" – pensou, enquanto certificava-se de que Sophie estava coberta.

Aproveitando a luminosidade do luar, caminhou pelo quarto recolhendo os brinquedos espalhados pelo chão. Foi quando encontrou uma folha de sulfite caída no chão. Caminhou em direção ao local mais iluminado do quarto enquanto observava o desenho.

Era uma figura colorida, desenhada à mão com giz de cera. Na folha, Sophie e Harrison caminhavam de mãos dadas na praia, próximos à uma pequena lagoa com alguns peixinhos delicadamente traçados. Ao lado, havia o desenho de Eliza dentro de um coração.

Ela respirou profundamente, deixando todo o ar sair dos pulmões enquanto murmurava em voz baixa:

– A filha que não tive. Essa menina é um anjo.

Mal terminou de concluir o pensamento e sentiu a grossa lâmina de uma faca militar pressionar-lhe o pescoço, enquanto o pânico percorria-lhe o corpo, fazendo-a estremecer. Lembrou-se do barulho que havia escutado na cozinha. A voz não saía. Podia sentir e ouvir a respiração ofegante do agressor, enquanto o fio afiado da lâmina era pressionado cada vez mais forte contra o pescoço. Até que ouviu o sussurro no ouvido de uma voz masculina.

– Fique quieta, sua vadia! Se quiser sobreviver, ouça com muita atenção o que tenho a lhe dizer. Estou com uma arma apontada para você – disse, enquanto pressionava o silenciador da pistola nas costas de Eliza. – Qualquer movimento em falso, você e a menina morrem. Vou tirar a faca de seu pescoço, mas a arma estará o tempo todo apontada contra você. A menor tentativa de fuga ou qualquer outra gracinha serão seu último e mais grave erro. Fui claro?

Eliza sentiu a lâmina se afrouxar. As pernas enfraqueceram. Apenas olhava para Sophie, que dormia como um anjo sem ter ideia do que estava acontecendo.

– Deus, me ajude! Proteja Sophie – rezou baixinho.

As mãos de Eliza foram puxadas para trás e amarradas com um resistente lacre de plástico, enquanto um grosso adesivo foi colocado na boca.

Sentiu o corpo ser dobrado e silenciosamente arrastado com facilidade, recostando-a na parede do quarto, logo abaixo do quadro predileto de Sophie.

As pernas foram amarradas com o mesmo lacre e envoltas pela fita. Sentia as mãos formigarem pela falta de circulação.

Então, por meio do luar, pôde ver o vulto negro de um homem musculoso, vestido de preto e usando uma touca ninja, guardar a faca militar na bainha presa à cintura da calça.

Viu colocar as mãos com luvas pretas no bolso e retirar um pequeno frasco, umedecendo-o um pequeno lenço com seu conteúdo em seguida.

Aproximou- se silenciosamente de Sophie e brutalmente pressionou o lenço sobre o nariz e a boca da menina, que despertou, debatendo-se enquanto travava uma intensa luta na busca de oxigênio. Passado alguns minutos, viu o frágil corpo da criança que amava como filha relaxar completamente, já inconsciente da real situação.

Com a mesma fita amarrou os delicados braços e pernas de Sophie e de forma semelhante colocou o adesivo na boca da menina.

As lágrimas corriam pela face de Eliza, associadas à contínua sensação de um nó na garganta que a angustiava, cada vez mais, enquanto o tempo passava.

Uma vontade de lutar e gritar em defesa da menina a dominava, mas era em vão. Por mais que tentasse, não conseguia soltar-se das amarras do agressor.

Viu que ele caminhou até o pequeno criado-mudo e pegou o telefone celular de Sophie.

Colocou a criança dentro de um grande saco preto e, como um mórbido Papai Noel vestido de negro, colocou o volumoso pacote nas costas e seguiu em direção à Eliza. Foi então que visualizou os olhos castanhos sem vida a fitando, enquanto a mão do sequestrador empunhou a coronha de uma pistola com silenciador e golpeou com violência sua cabeça.

Tudo começou a girar. Sentiu uma náusea terrível enquanto o sangue escorria pela face. Já não conseguia mais pensar.

Após alguns segundos, a fria luz do luar foi substituída pela dolorosa escuridão.

18

MINAS GERAIS - BELO HORIZONTE

Já devia se aproximar das 23 horas.

Um veículo patrulhava a rua da casa de Nicolai, indo e voltando atento aos mínimos movimentos de pessoas ou carros estranhos que pudessem aparecer no local.

Um dos seguranças de dentro do carro iluminava os locais escuros com uma lanterna de forte intensidade na busca de qualquer sinal suspeito, enquanto o outro encaixava o pen drive na entrada USB do CD player.

Ambos vestiam-se de preto com uma pequena identificação gravada no peito, cumprindo as normas exigidas pela empresa de segurança.

— Não aguento mais a monotonia desse emprego! Hoje à tarde gravei algumas músicas interessantes para escutarmos. Estou cansado dessas rádios locais.

— Fique tranquilo, Maverick. Como fazemos há dez anos, amanhã cedo iremos para casa descansar. O máximo que poderá acontecer é presenciarmos uma briga de casal nesta rua ou nos depararmos com algum "aborrescente" bêbado.

— Nossa! Bem lembrado, cara... Você se recorda, no ano passado, daquela moradora gostosa ali na casa 165? Tinha brigado com o namorado e saiu com aquele baby-doll branco, atirando as coisas dele no meio da rua?

— Como iria me esquecer, Roosevelt? Que loira maravilhosa! Só que, cá entre nós, com um temperamento de cão raivoso.

— Isso não é problema. Só quero curtir mesmo... Apenas uma noite e nada mais.

— Com certeza. Uma noite e nada mais, pois na noite seguinte você seria colocado para fora! A propósito, qual foi a casa que o morador pediu para que vigiasse?

— Acho que foi a casa daquele médico que nunca dorme. Parece que viajou para o Rio de Janeiro. Ele fica com as luzes acesas durante a noite toda... Acho que o cara deve ser um vampiro! Imagina que legal, você ser mordido por um e vagar por toda eternidade nesta droga de carro patrulhando as casas. Ou você acha que vai encontrar um emprego melhor?

— Nossa, que droga que você usou hoje?! Você está delirando? Mas não seria uma má ideia ser vampiro. Pelo menos não teria sono... É aquela casa meio isolada logo ali na frente. Milagrosamente, as luzes estão apagadas hoje. Assustador, não é?

— Assustadores são o frio e sono que estou sentindo hoje. Espere aí... Pare o carro! Você viu aquilo?

Roosevelt apontou a lanterna para o portão que dava acesso à casa 177. Havia um homem sentado diante dele. Parecia que estava dormindo.

— Deve ser um bêbado. Vou parar o carro e fico aqui lhe dando cobertura. Você acha necessário chamarmos reforços?

— Você deve estar louco! Iríamos virar motivo de piada na empresa. Vão dizer que não fomos capazes sequer de chutar o traseiro de um bêbado.

— Só perguntei porque temos protocolos.

— Que se danem os protocolos! Não saio lá fora nesse frio por nada desse mundo. Nem ganho o suficiente para isso.

— Pode ser alguém que esteja passando mal... Vou lá para ver! Você me dá cobertura, tudo bem?

— Vai com fé. Enquanto isso, vou escolher algumas músicas interessantes.

Roosevelt desceu do carro, sentindo o vento gelado acariciar lhe o rosto na escuridão. Maverick permanecia dentro do veículo da empresa, dividindo o olhar entre o CD Player e o amigo.

Aproximou-se com cautela conforme havia sido treinado. Sentia-se confiante, pois além da arma de eletrochoque, que era semelhante a uma pistola, só que paralisava o agressor por meio de eletrodos disparados, seguido de uma intensa descarga elétrica, carregava também um velho revólver calibre 38. "Enferrujado, mas eficiente" – eram as palavras do avô.

Colocou a mão na arma de eletrochoque. Ao olhar para o homem caído no chão, viu que ele tinha uma pele branca e uma tatuagem de uma foice no punho direito chamou-lhe a atenção.

— Ei, você! Levante-se! Aqui não é lugar de dormir – disse, chutando os pés daquele desconhecido.

Antes que compreendesse, o desconhecido rasgou seu abdômen com uma faca militar, numa agilidade sem igual.

Maverick não teve tempo sequer de disparar a arma. Olhou para o rosto do agressor com a face pálida mais fria do que a noite de trabalho.

Percebendo que o mundo começava a rodar a sua volta, sentiu uma dor intensa enquanto aquele homem girava a faca com violência. Olhou para o carro da empresa. Viu Maverick, caído sobre o volante ao lado de uma figura assustadoramente idêntica ao mesmo homem que havia lhe ferido.

Tentou gritar por socorro, mas não tinha forças para falar.

O frio tornou-se mais intenso até desaparecer gradualmente, enquanto a morte o cobria com seu manto.

O gêmeo com a tatuagem no punho direito carregou o segurança até o carro, da mesma forma que um combatente na guerra carrega o parceiro ferido.

Ao aproximar-se do carro da empresa de segurança, fez sinal para o irmão, que abriu o porta-malas, escondendo os corpos ao mesmo tempo em que conferiam o perímetro, assegurando-se de que ninguém os observava.

A rua permanecia sem movimento. Entraram no carro. Um dos gêmeos sorriu para o irmão e retirou uma prancheta do porta-luvas. Nela, especificava o sistema de alarmes das respectivas casas que haviam contratado o serviço. Mantiveram o foco em uma casa especial: nº 177, de propriedade de Nicolai Sergey.

— Parece que nosso alvo viajou para o Rio de Janeiro – disse o gêmeo, segurando a prancheta, exibindo a tatuagem do martelo gravada no punho

— Iremos atrás dele?

— Não... Ele volta amanhã antes do meio-dia. Vamos desaparecer com esse carro e nos infiltrarmos na casa de nosso alvo, e aguardaremos pelo momento oportuno.

— E se a empresa acionar a polícia? Eles virão fazer perguntas aos moradores sobre o desaparecimento dos seguranças.

– Primeiro, eles irão tentar localizar o carro da empresa ou encontrar os corpos. Apenas irão dar a falta pela manhã. Somente após darem falta dos funcionários é que irão tentar localizá-los por meios próprios e depois acionarão as autoridades para iniciarem as investigações. O veículo não é rastreado; isso torna tudo mais fácil.

– Eu vou desaparecer com as provas, enquanto você invade a casa e espera pela chegada de nosso alvo. Está previsto que ele volte pela manhã.

– Isso nos dá tempo mais do que suficiente – respondeu o gêmeo, revelando o punho com a foice tatuada.

Um deles desceu do carro e aproximou-se do portão. Por se tratar de uma casa de localização mais isolada, a operação tornava-se mais fácil do que o previsto. Mesmo assim certificou-se de que não estavam sendo observados.

Conseguiu entrar com facilidade, desativando o alarme. Surpreendeu-se ao encontrar na sala com um cachorro yorkshire e uma gata que, antes mesmo de emitirem algum ruído, foram mortos por um tiro de precisão com uma arma PP 2000 com silenciador.

Começou a revirar a casa de Nicolai a procura do projeto Nephesus, enquanto um carro da empresa de segurança dobrava a rua em direção a uma das principais e movimentadas avenidas de Belo Horizonte.

19

RIO DE JANEIRO - CAPITAL

Eliza havia recobrado a consciência. Sentia uma forte dor de cabeça.

Torcia para que tudo tivesse sido um pesadelo, até que recordou toda a cena de terror que havia vivenciado.

Olhou para os lados e viu a cama desarrumada sem Sophie.

Começou a chorar, sem chances de gritar por socorro devido ao forte adesivo que selava os lábios. Tentou se levantar. Foi então que se deu conta de que as suas mãos e pés continuavam amarrados.

"Preciso chamar a polícia e avisar o Dr. Harrison urgente. Quanto mais o tempo passa, mais as chances de encontrar Sophie diminuem. Mas como vou conseguir me desamarrar?" – pensava, olhando por todos os lados, à procura de algum objeto que poderia libertá-la.

Começou a rastejar pelo quarto como uma minhoca, ao mesmo tempo em que os gritos eram abafados pelo potente adesivo. Conseguia mexer os dedos das mãos. Lembrou-se das aulas de balé que havia feito no passado. As mãos estavam amarradas para trás. Se conseguisse trazê-las para frente facilitaria para que conseguisse se levantar.

Após algumas tentativas frustradas e sentindo muita dor nas articulações, Eliza sentiu-se aliviada quando conseguiu passar as mãos por baixo da sola dos pés e trazê-las para frente.

Olhou para o display no receptor de TV a cabo que marcava 23h20min.

– Meu Deus! Fiquei desacordada pelo menos por uma hora...

Preciso fazer algo depressa. Não posso deixar que nada aconteça a Sophie.

Sentia um nó na garganta e sua vontade de chorar misturava-se ao desespero em salvar a menina que amava. Lembrou-se do estojo de Sophie que ficava sobre a cômoda com o material que ela usava nas aulas de arte. Há alguns dias a professora havia solicitado uma tesoura nova para ser utilizada para o recorte de gravuras.

91

O mundo parecia rodar. Tinha um objetivo em mente.

Arrastou-se até a cômoda e, com dificuldade, conseguiu pegar o estojo, até que percebeu que o fecho era com zíper.

Ainda sentada no chão, colocou o estojo entre os joelhos. Com cuidado foi abrindo-o até que conseguiu ver a pequena tesoura com cabo emborrachado e pontas não perfurantes.

Retirou-a do estojo. Com muita dificuldade, usou a tesoura aberta como um estilete, esfregando-a entre o lacre de plástico que mantinha suas mãos amarradas.

Sentiu a pele ser queimada em alguns locais pelo atrito entre a tesoura e o lacre. Uma sensação de alívio a dominou quando rompeu o lacre e viu as amarras de plástico caírem no chão. Retirou a fita da boca e com mais facilidade cortou o lacre que atava as pernas.

Procurou o celular de Sophie, até que se recordou que antes de perder a consciência havia visto o sequestrador roubá-lo. Lembrou-se do telefone fixo no quarto de Harrison, mas ficou paralisada enquanto colocava a mão na maçaneta.

— E se ele ainda estiver aqui? — pensava, quando se deu conta de que um filete de sangue escorria pela face.

Abriu com cautela a porta, até que a luz do corredor invadiu o quarto de Sophie. Certificou-se de que não havia ninguém. Sabia que a única chance de socorro era chegar até o telefone.

Caminhou sorrateira até o quarto de Harrison. O coração disparava enquanto as pernas tremiam. Colocou as mãos na boca, prendendo o choro.

"Sophie… Minha doce menina…"

Conseguiu entrar no quarto. Ficou mais aliviada após certificar-se de que não havia ninguém e então acendeu a luz.

Aproximou-se do telefone sem fio que estava sobre a cama.

— Graças a Deus! — murmurou, enquanto digitava os números da polícia.

Foi então que percebeu que o telefone estava sem sinal. Alguém havia cortado o fio do lado de fora da casa.

— E agora, Eliza? Pense…

Olhou para o laptop de Harrison. Sabia que ele havia instalado um programa recente que lhe permitia participar de vídeo conferências, bem como fazer ligações para números fixos. Precisava apenas de sinal de internet ou de uma rede Wi-Fi.

Sabia que o roteador da internet ficava na sala e que não havia conexão entre a linha de telefone. Os cabos de internet eram subterrâneos. Impossível que o sequestrador tenha pensado naquilo. Abriu o laptop de Harrison, que se iniciou com rapidez.

Digitou a senha de acesso e em poucos segundos já podia ver o ícone de vídeo conferência na tela.

Optou pelo modo de telefone e discou para a polícia.

Sentiu-se um pouco mais aliviada ao ouvir a voz rouca de um homem pelo autofalante do computador.

– Polícia, boa noite. Em que posso ajudá-la?

Angústia e desespero se misturavam ao pensar em Sophie. Começou a gaguejar, até que encontrou forças para pronunciar algumas palavras.

– Sequestraram minha menina! Pelo amor de Deus, me ajude! – disse, caindo em prantos logo a seguir.

***

Natália aproximava-se cada vez mais de Harrison, que havia reclinado a cabeça, fingindo não vê-la, enquanto cruzava os dedos para que os seguranças fossem efetivos.

Nicolai parecia se divertir com a situação embaraçosa do amigo. Aguardava o desfecho daquele encontro, prendendo com um elástico os longos cabelos, que constantemente caíam-lhe nos olhos.

Por sorte antes que Natália se aproximasse um dos seguranças a abordou. Havia sido a gota d'água que faltava para que a confusão se instalasse.

Natália parecia estar enlouquecida. Exclamava diversos palavrões aos seguranças que tentavam contê-la. Ela olhou para Harrison, embriagada, dizendo com uma voz arrastada:

– Não preciso me vingar de você. O próprio destino irá fazê-lo. Você irá pagar caro por ter me abandonado. Você sempre faz as escolhas erradas!

Em minutos os seguranças a imobilizaram e a retiraram do salão, chamando a atenção de todos os convidados.

Harrison sentiu-se angustiado. Não era digno de ouvir aquelas palavras que lhe pareciam soar como uma maldição. Nicolai olhou para o amigo e percebeu que ele não estava bem.

– Não dê ouvidos a ela. Está alcoolizada! Fico triste por isso...

Ouvi dizer que ela é uma excelente médica. Isso é simplesmente lamentável.

– No fundo eu me sinto culpado. Não deveria ter me relacionado com ela. Isso iria evitar essas cicatrizes tão profundas. Foi um relacionamento meio doentio, pois além de possessiva, ela queria tudo na mão. Sentia-me mais um mordomo do que um namorado. Acho que ainda consegui suportar por muito tempo isso. Sem contar a pressão que vivia. Na época, terminar foi a melhor decisão que pude encontrar. Depois disso, ela passou por outros relacionamentos conturbados. Todos eles também acabaram, pois Natália tem uma personalidade difícil e depressiva.

– Você fez a escolha certa, Harrison. Se ela está neste caminho é porque ainda não percebeu que o problema está com ela.

– É complicado. Durante todo o tempo em que estive com Natália, a única "segurança" que ela me passava foi a mesma de agora, ou seja, tudo o que eu vier a fazer irá dar errado.

Nicolai riu do amigo.

– Harrison, você não fez nada de errado, meu nobre colega! Olhe a sua volta. Você tem uma filha maravilhosa, mora em uma ótima casa e é invejado na sua área de atuação. Tem um caráter sóbrio e digno, além de sempre dizer a verdade. Basta se recordar de sua apresentação no último congresso a respeito do Alfa-NPTD. Concordo que alguns criticaram sua atitude, mas a repercussão pelo que venho acompanhando é que você fez o que devia ser feito. Deixou a razão e seu lado ético predominarem.

– Obrigado, Nicolai. Mas me culpo pela morte de Melany. Se eu não tivesse dado aquela medicação, talvez ela estivesse sentada junto a nós nesse momento e Sophie teria a mãe. Não consigo suportar a dor de minha filha ao ver que ela sofre pela perda da mãe que sequer teve oportunidade de conhecê-la.

"Compreendo sua dor... Por isso, estou aqui e optei em ajudá-lo" – pensou Nicolai.

– Harrison – disse Nicolai, olhando para os lados –, eu sempre lhe considerei como um grande amigo. Você sabe que durante todo o curso de Medicina a única pessoa com quem eu conversava além dos professores sempre foi você. Isso porque admiro seu caráter e coragem. Eu jamais teria força suficiente para enfrentar as situações que você enfrentou. Você é determinado e na área médica, sei que luta até o último recurso para nunca perder um paciente. É uma qualidade inata, que jamais podemos cobrar de um profissional. Quanto perda de sua esposa, temos que aceitar a verdade. Não foi você que a colocou em coma e tampouco o causador da eclampsia. Confesso que estou começando a acreditar que existe uma energia superior que nos rege. É meio complicado eu falar disso sem entrar nos conceitos de teologia. Mas, de qualquer forma, você lutou por ela até o último segundo e é capaz de compreender o que estou tentando lhe dizer.

– São verdade as suas palavras, mas acho melhor mudarmos de assunto antes que nossa conversa se transforme em uma sessão de psicanálise – respondeu Harrison, consentindo, enquanto colocava as mãos no bolso, percebendo que o celular estava vibrando.

– Um momento, Nicolai... Tenho que atender o celular. Estranho, estarem me ligando nesse horário... Hoje é meu day-off e sei que o plantonista que está no hospital foi um de meus professores. Não há razão para me ligarem.

– Esteja à vontade, meu amigo.

Olhou para o display do celular, que vibrava incessantemente nas mãos. Mostrava cinco ligações realizadas do laptop.

– Estranho... Eliza me ligando do laptop... O que será que está acontecendo? Alô. Harrison falando.

Foi então que ouviu a voz desesperada de Eliza.

– Dr. Harrison, algo terrível aconteceu! – disse em prantos.

– Acalme-se, Eliza. Conte-me o que está acontecendo.

– Alguém sequestrou Sophie. Um homem alto vestido de preto e com uma touca. Tinha os olhos castanhos-escuros e era muito alto...

– Eliza, fala comigo, pelo amor de Deus!

– Eu não sei o que fazer – respondeu, desesperada. – Fui amarrada e golpeada com a coronha de uma arma. Fiquei desacordada enquanto Sophie era sequestrada.

Harrison ficou mudo enquanto segurava o celular nas mãos trêmulas. Estava pálido.

— Estou indo até aí! — exclamou.

— Eu liguei para a polícia. Espero o senhor aqui.

Harrison desligou o telefone, desesperado.

Nicolai percebeu que algo de errado havia acontecido. Jamais havia visto Harrison daquela forma desde o dia do enterro de Melany.

— Está tudo bem, Harrison?

Harrison começou a chorar diante de Nicolai, enquanto as mãos trêmulas deixaram o celular cair sobre a mesa.

— Acabaram de sequestrar Sophie. Se algo acontecer com ela, minha vida não tem mais sentido. Não sei o que fazer...

— Harrison, fique calmo. Você não tem condições de raciocinar neste momento. Saiba que não está só e que faremos de tudo para ajudá-lo. Como foi que isso aconteceu?

— A polícia está indo para minha casa. Apenas Eliza viu o sequestrador. Disse que ele era alto e com olhos castanhos. Tenho que ir até lá!

— Eu irei também. Você não tem condições de dirigir — disse Nicolai, enquanto pegava o telefone do amigo. — Vamos até sua casa.

Levantaram-se da mesa. Nicolai pegou uma pasta preta e caminharam a passos largos até o estacionamento do hotel, onde o manobrista após alguns minutos estacionou o veículo de Harrison diante da luxuosa entrada. Conferiu a placa do veículo com o cartão entregue ao convidado. Entraram no carro e Nicolai assumiu a direção.

As lágrimas não paravam de escorrer pela face de Harrison.

— Harrison, você ainda mora na Barra, não é?

— Sim. Não me mudei, moro na mesma casa — respondeu cabisbaixo.

— Eu sei chegar lá... Neste momento, você tem que manter a calma. Tudo vai dar certo. Temos que analisar e compreender a situação para poder descobrir o real motivo disso. Você sabe que não está sozinho!

— Eu não sei o que fazer, Nicolai — desabafou, já com o carro em movimento.

— Harrison, pense. A parte lógica da situação é seguinte: alguém sequestrou Sophie por alguma razão. Ou acham que você é milionário, que em minha opinião não é o caso, ou por vingança ou porque você possa ter alguma informação que seja preciosa a outra pessoa.

Harrison ficou paralisado de medo. Encheu os pulmões de ar enquanto os acontecimentos da noite anterior passavam diante dos olhos, como em uma projeção na tela de um cinema.

Lembrou-se do assassinato e do HD. Também se recordou da palestra que havia feito e que resultou no suicídio de Neville. Porém, sabia que tal suicídio não fazia sentido naquela situação... Apenas o HD.

"Estou errado em esconder essa informação. Devia ter entregado esse disco a quem realmente poderia tomar providências concretas. Já não tenho mais nada a perder" – pensou enquanto secava as lágrimas dos olhos.

– Nicolai, você tem razão...

– Como assim? Em qual das opções o sequestro de Sophie se encaixa?

– Na noite anterior, depois do trágico lançamento do Alfa-NPTD, resolvi sair para uma caminhada. Estava muito estressado... Foi então que apareceu um sujeito que de inicio cheguei a pensar que fosse um criminoso. Ele me entregou um HD portátil. Só que ele estava ferido. Parecia que havia levado alguns tiros no abdômen. Ele me entregou o HD e disse que ali existiam informações que se eles soubessem que estavam comigo, iriam me matar.

– Isso faz sentido, Harrison. Você sabia quem devia ter acionado para resolver esse incidente. Por que não o fez?

– Não sei. Talvez medo. Preferi guardar o disco em segurança e decidir depois o que fazer.

– Tudo faz sentido. Estão querendo o HD, ou melhor, as informações contidas nele. E onde você o guardou?

– Está aqui no bolso de meu paletó. Eu o acessei, porém parece que encontrei a fórmula química original, só que ela foi modificada. Totalmente diferente do Alfa-NPTD que foi apresentado no congresso. Não tive tempo de analisá-la por falta do software específico, mas tudo indica que é a fórmula verdadeira.

– Você acessou o disco? O disco devia ter algum tracker ou Cavalo de Troia que enviou suas informações para o sequestrador. Ainda mais se você acessou com uma conexão de internet ativa.

– Sim, eu acessei lá de casa. Lá tenho internet por Wi-Fi. Só que me deparei com um arquivo chamado Caixa de Pandora. Não o abri, devido às citações mitológicas que retratam ser a caixa das maldições.

– Você me disse que está com o disco. Vamos examinar estes arquivos – respondeu Nicolai enquanto estacionava o veículo nas proximidades da Avenida Semambetiba, próximo à praia. Pegou a pasta preta que havia colocado no banco de trás do carro e retirou um laptop.

– Não temos tempo para isso, Nicolai. Tenho que ir para casa. A polícia está me aguardando. Preciso encontrar Sophie!

– Harrison, você vai ter que confiar em mim. Você sabe muito bem o que estou fazendo. Como eu já lhe disse, você não tem condições para raciocinar neste momento – afirmou, enquanto realizava a leitura de retina para acessar o laptop.

Pegou o HD e conectou-o em uma porta USB do computador, que lhe permitia acesso em alta velocidade. Imediatamente o sistema antivírus detectou um tracker, bloqueando o acesso imediatamente.

– Veja só, Harrison. Isso explica como o seu amigo descobriu a localização do disco rígido. Este programa é instalado em qualquer computador por meio do acesso a um arquivo específico. Depois de instalado, o tracker executa em background sem o usuário notar sua presença. Ele envia o endereço IP do computador infectado para o computador destino, dando a ele acesso total a quem configurou o tracker, sem deixar pistas. O endereço IP, se público, é um código único que identifica o computador do usuário em toda a rede mundial de computadores. Neste caso, ele estava instalado em um arquivo chamado Caixa de Pandora.

– Desculpe-me, Nicolai, mas tenho que discordar de você. Eu jamais acessei este arquivo.

– Negativo. O arquivo foi aberto. Está aqui, bem claro. O tracker foi acessado hoje pela manhã, precisamente às 09h40min.

– Neste horário, eu estava com Sophie na praia – afirmou Harrison. – Ao menos que... Não pode ser. É isso! Eliza tem minhas senhas de acesso e é ela que sempre está olhando minha agenda e organizando minha vida. Hoje pela manhã, quando Sophie entrou no quarto, eu estava com o laptop ligado, decidindo se iria ou não abrir o arquivo Caixa de Pandora. Porém, acabei me esquecendo de desligar o laptop e deixei este maldito disco ligado. Provavelmente ela deve ter entrado no quarto e acessado o arquivo.

— Através do tracker, fica fácil localizar o disco e espionar seu computador. Agora vamos examinar esses arquivos.

Nicolai parecia hipnotizado diante das fórmulas moleculares e estruturas bioquímicas complexas que surgiam e oscilavam na tela do laptop.

— Meu Deus! Não pode ser... Isso deve ser brincadeira! – pensou, soltando o seu rabo de cavalo.

— O que foi, Nicolai? – perguntou Harrison, percebendo que havia algo de errado.

— Harrison, essa fórmula é a do Alfa-NPTD, porém totalmente diferente daquela que você testou.

— Eu sei disso! – disse Harrison, olhando hipnotizado para a tela. – É incrível! Essas estruturas biomoleculares são perfeitas. É inacreditável, mas estamos diante da fórmula original do Alfa-NPTD.

— O Alfa-NPTD é um fracasso, Harrison! – disse Nicolai em voz alta, piscando os olhos – Eu li diversos artigos que associavam óbitos por causa desta droga.

— As que foram utilizadas no estudo da BioSynthex, sim. Mas esta daqui é completamente diferente, Nicolai. Posso lhe garantir que ela já foi testada em humanos com resultado promissor. Basta conferir estas fotos – sussurrou Harrison no ouvido de Nicolai.

Nicolai começou a analisar uma sequência de imagens da neurocirurgia de um paciente que havia sido baleado, causando perda de massa encefálica. Com o passar do tempo, após a aplicação do Alfa-NPTD, o tecido ia se regenerando até a recuperação completa. As imagens de tomografia mostravam o progresso da regeneração do tecido cerebral e, no final, fotos do paciente totalmente recuperado com os testes cognitivos normais.

— Isto não pode ser real! – sussurrou Nicolai, observando as imagens.

— Alguém está escondendo a verdadeira fórmula do Alfa-NPTD por algum motivo... – argumentou Harrison em voz baixa. – Talvez encontremos as respostas no arquivo Caixa de Pandora.

Nicolai abriu a pasta de arquivos. No momento em que clicou sobre o ícone, novamente o sistema firewall bloqueou a tentativa de envio do tracker para outro computador.

– De fato, alguém não esperava perder esse disco rígido portátil, porém tentou se defender caso ele caísse em mãos erradas. Vejamos o que tem aqui... – disse Nicolai, sem tirar os olhos da tela do laptop.

Ao abrir a pasta, uma lista de negociações de nomes de imponentes pesquisadores e pessoas importantes começou a surgir na tela.

- Lian Marx - chefe executivo - alvo. - situação final: exterminado.

- Andreas Nicodemus - cientista - alvo.

- Maxwell Obrain - diretor executivo - alvo - situação final: exterminado.

- Jean Neville - presidente - alvo.

- Murdoc - assassino profissional - alvo.

– De fato agora entendo por que estão querendo esse disco. Dentro dele existem informações comprometedoras que vão desde documentos fraudados a pessoas subornadas. Tudo para benefício de um nome comum. Inclusive existe uma lista de pessoas assassinadas, dentre elas Jean Neville: o ex-presidente da BioSynthex.

– Lista de pessoas assassinadas? Deixe-me ver isso! – Harrison começou a olhar para os nomes. – Não pode ser! Existe apenas uma pessoa que teria benefício com essas mortes... Karl Smith.

– Isso mesmo! Dê uma olhada aqui nestas imagens. Uma lista enorme de documentos que foram digitalizados e depois reeditados em nome de Karl Smith. Eis aí nosso sequestrador. Não se preocupe.

Sophie vai ficar bem... O alvo pelo visto não é ela e sim você. Basta se recordar de nossas partidas de xadrez na universidade. Sempre perdia de você usando a velha técnica de enxadristas experientes chamada de desvio de atenção, que nada mais é do que fazer você acreditar que irei atacar por um lado, mas na verdade a jogada que conduzirá a vitória é outra totalmente inesperada. É exatamente o que Smith está fazendo com você. Está usando sua filha para se aproximar e recuperar esse disco rígido que pode incriminá-lo.

– Faz sentido! Precisamos encontrá-lo. Eu sei onde ele mora! – respondeu, exaltado. – Aquele miserável matou Jean Neville para assumir a presidência. Tudo se encaixa... O único obstáculo que ele tem entre a presidência da BioSynthex está em minhas mãos... O HD. Por isso ele é tão valioso a ponto dele querer sequestrar minha filha.

– Brilhante dedução, Sherlock... Porém não é tão simples assim. Temos que agir com muita cautela. As informações deste HD são a garantia da liberdade de Sophie. Porém, se entregarmos essas informações a ele, mesmo que ele lhe entregue Sophie, ele irá lhe caçar pelo resto de sua vida, porque você sabe demais. A essa altura, até eu já estou envolvido nessa história.

– Então, o que vamos fazer? Entregar o disco à polícia?

– Não. Isso só iria piorar a situação. Acabaríamos com a carreira dele, porém colocaríamos Sophie em um risco maior. Temos que pensar.

Ficaram alguns segundos olhando para a tela do laptop. Uma enorme lista de desfalques, assassinos freelancers e até mesmo prostitutas destacavam-se entre os demais arquivos. Até que o silêncio foi interrompido pelo toque do celular de Harrison.

Ao olhar para o display, Harrison ficou pálido. Nicolai, ao observar o amigo, notou que as pupilas estavam dilatadas. Sabia que era uma resposta involuntária a uma ameaça.

– Quem é que está lhe telefonando?

Harrison continuava olhando para o display. Lembrou-se de que Eliza havia mencionado que o sequestrador havia roubado o celular da filha.

– É Sophie! – respondeu, trêmulo e com a voz entrecortada.

A tela do laptop de Nicolai continuava a exibir o arquivo com o nome Caixa de Pandora que fora aberto. Restou a tensão no ar.

20

A rua escura com pouco movimento estava mais fria.

No final da rua, próximo a uma área de reserva florestal, destacava-se uma casa que naquela noite fugia da rotina, permanecendo com as luzes apagadas.

Um cachorro e um gato mortos foram colocados sobre o sofá marrom de tecido que logo absorveu as manchas de sangue. Na escuridão, dois homens vestidos de preto e usando óculos de visão noturna, reviravam toda a mobília à procura de Nephesus. Tinham diretrizes a serem cumpridas.

Aperfeiçoaram a imagem dos óculos de visão noturna, que permitia observar um alvo térmico até 180 metros de distância durante a noite, gerando uma imagem de alta resolução.

– Que droga! Onde foi que ele escondeu esse maldito projeto? – esbravejou um dos gêmeos com a foice tatuada no punho direito, parcialmente escondido pela luva de couro preta.

– Irmão, verifiquei o computador do escritório e não encontrei nada. Olhei as estantes e nelas havia apenas livros idiotas nas prateleiras. Procurei até uma passagem falsa nos armários e nenhuma novidade. Tudo em vão.

– Falta apenas vasculharmos o quarto... Se não descobrirmos onde ele escondeu o projeto Nephesus, teremos problemas. Temos apenas 48 horas.

– Eu sei... Temos que esperá-lo. Não poderemos executá-lo enquanto ele não nos revelar onde escondeu o projeto – respondeu o outro gêmeo, ajustando a lente dos óculos de visão noturna.

– Pelo que verifiquei nas informações da empresa de segurança, ele deve voltar amanhã por volta do meio-dia. Teremos que esperá-lo.

O projeto tem que estar escondido aqui... Não é possível. Já ajustei a visão para localização de imagem térmica. Não encontrei nada que emanasse calor. Pelo contrário, ao lado do escritório existia uma área de frio intenso. Acredito que seja uma grande coluna de concreto – disse o gêmeo com a foice tatuada no punho direito, enquanto retirava os óculos de visão noturna.

– Vou checar o quarto. É nossa última esperança.

– Enquanto isso, irei procurar em locais menos prováveis. Fique atento, principalmente pela manhã, quando poderá chegar algum empregado. Não podemos ser surpreendidos. Lembre-se: execução rápida e limpa, exceto para Nicolai. Temos que capturá-lo vivo e fazê-lo dizer onde foi que ele escondeu Nephesus.

Ajustaram novamente a visão noturna e vasculharam por toda a casa.

No escritório, diversos livros haviam sido remexidos e jogados ao chão. Apenas alguns passaram despercebidos. Dentre eles, um cujo título era *Frankenstein*.

21

RIO DE JANEIRO - CAPITAL

Pela primeira vez Sophie conseguia ver a imagem de Melany. Era exatamente como as fotos que o pai havia lhe mostrado. Estava caminhando em um verde campo repleto de flores. Tentava correr em direção à mãe. Tudo o que queria era abraçá-la com força e nunca mais soltá-la.

Como o pai sempre lhe dizia, ao olhar para o rosto angelical da mãe, sentia que estava se olhando no espelho. Coelhos brancos saltitavam felizes pelo campo, dividindo espaço com borboletas azuis. Estava usando o seu vestido branco favorito, enquanto caminhava sobre o gramado feito de algodão-doce, em direção à sua mãe.

As árvores floridas tinham frutos de chocolate com morango. Jamais tinha visto algo parecido. Aproximou-se. Tentava dizer-lhe o quanto a amava, mas não conseguia ouvir a própria voz. Melany aproximou-se com um lindo vestido azul-claro que combinava com a cor dos olhos. Tinha longos cabelos loiros cacheados que iam até a metade das costas. As alças do vestido revelavam a pele branca e suave. Estendeu as mãos à Sophie. Correram pelo campo, brincaram de roda. Apenas conseguia ouvir a voz da mãe cantando as músicas que sempre sonhava que Melany um dia pudesse cantar.

O momento era sublime.

– Estarei sempre cuidando de você e seu pai!

Foram as únicas palavras que havia conseguido ouvir, até que uma desagradável sensação de frio e medo a dominou por completo. Sentia que algo tampava a boca. Percebeu que as mãos estavam amarradas e que estava em movimento. Podia ouvir o som de um potente motor. Foi então que se deu conta de que estava no porta-malas de um carro. Teve certeza quando viu reflexos das luzes de freio que eram acionadas constantemente.

Tentou gritar pelo pai, mas alguém havia lhe calado com um forte adesivo. As mãos e as pernas estavam amarradas. Um saco preto havia sido vestido até a altura da cintura. Sentia uma forte dor de cabeça.

Começou a chorar. Queria fugir, mas estava imobilizada, ao mesmo tempo em que sentia medo do ainda poderia acontecer. Já havia assistido diversos noticiários que falavam sobre sequestro. Sabia que isso tinha acontecido com ela.

– Papai, onde você está... Socorro! Eliza, por favor, me ajude! – gritava, com a voz abafada pela fita que lhe vedava a boca, enquanto tentava soltar-se sem sucesso das amarras que apertavam os punhos e as pernas.

Começou a se lembrar da imagem da mãe. Agora havia compreendido que havia ficado desacordada e que o encontro com a mãe não passara de um sonho. Ao menos as únicas palavras da mãe lhe davam forças para tentar superar o medo:

"Estarei sempre cuidando de você e de seu pai."

22

Um cinzeiro deixava dissipar a fumaça do cigarro cuja cinza já não suportava o próprio peso, enquanto diversos policiais circulavam pela sala da casa de Harrison.

Ainda recebendo os primeiros socorros, um paramédico suturava o corte na cabeça de Eliza. Enquanto isso, dois policiais de colete examinavam o cômodo à procura de pistas. O mais velho era calvo de pele branca e destacava-se pelo bigode ao estilo Charlie Chaplin. Já o outro, mais robusto e calado, era mais novo e tinha como característica mais marcante a mandíbula projetada para frente. Os dois eram policiais de elite. Em seu uniforme, via-se a sigla GAS estampada em amarelo, que significava Grupo Antissequestro.

— Eliza, acabou. Vou pedir que descanse e se sentir qualquer sinal de vômito, convulsões, cefaleia intensa ou qualquer outro sintoma do tipo, procure o atendimento médico com urgência. Irá ficar um pouco sonolenta, pois tive que medicá-la com um tranquilizante, já que estava muito nervosa. Tente se acalmar e deixe que a polícia faça o seu trabalho.

— Obrigada, doutor. Vou seguir a sua orientação.

O paramédico levantou-se e seguiu em direção à saída. No momento em que ele abriu a porta, Eliza pôde ver dois policiais carregando um saco preto. Entrou em pânico. Sabia que não era Harrison, pois havia conseguido se comunicar com ele há alguns minutos.

O policial mais novo aproximou-se.

— Boa noite, senhora Eliza. Meu nome é Henrique Cruz. Sou policial e sei que acabou de enfrentar uma situação muito difícil. Peço apenas que fique tranquila. O corpo que viu passar era do jardineiro, que foi encontrado morto próximo ao canteiro de flores — disse com uma voz grossa e rouca, enquanto amassava o cigarro no cinzeiro, interrompendo a fumaça.

— Meu Deus! Isso só pode ser um pesadelo — ela respondeu, em prantos.

O outro policial aproximou-se enquanto ajeitava o bigode com uma das mãos.

– Senhora Eliza, permita me apresentar. Também sou policial e me chamo Marques Carreira. Sei que o momento não é adequado, mas temos algumas perguntas e precisamos que esteja calma para respondê-las.

– Sim, eu irei cooperar. Só peço que encontrem Sophie, por favor! Ela é a minha menininha...

– Nós já estamos cuidando disso. Acho que a sorte está agindo ao nosso favor. Um de seus vizinhos, que não quer se identificar, disse que achou muito estranho um homem vestido de jardineiro sair da casa à noite, carregando um saco volumoso e colocando-o no porta-malas de um luxuoso carro preto. Por sorte, ele anotou a placa e toda a polícia do Rio de Janeiro já foi acionada. Pelo tempo que o seu vizinho o viu sair desta casa e a direção que seguiu, acreditamos que ele não deva estar longe. Fique tranquila que iremos encontrar a menina – disse Marques, confiante.

– Por que alguém iria querer fazer isso com a Sophie? Ela é apenas uma doce criança, que a considero como minha filha.

– Eliza, Sophie não fez nada. Alguém está querendo atingir Harrison, o pai da garota. E não é por dinheiro. Harrison sabe de algo muito incriminador ou tem informações que podem levar alguém ruína, ainda mais considerando o levantamento que fizemos da placa do veículo. Já descobrimos quem é o sequestrador e ficamos surpresos ao saber o poderoso cargo que nosso principal suspeito ocupa – respondeu Marques.

– De quem vocês estão falando? – perguntou, enquanto mostrava-se incomodada com o volumoso curativo na cabeça.

– Estamos falando de Karl Smith – interveio Henrique –, o novo presidente da BioSynthex. Analisamos o histórico dele, que apesar de limpo, parece que por onde ele passa diversas pessoas vêm sendo assassinadas. O mais suspeito é que ele sempre se torna a pessoa mais indicada para ocupar o novo cargo deixado pelo falecido. Hoje pela manhã houve uma explosão nas proximidades da lagoa Rodrigo de Freitas. Os explosivos foram colocados em uma valise e o alvo era um assassino freelancer. O celular da vítima estava intacto e às vezes a tecnologia atua a favor da polícia. Por ele ter um celular dos mais modernos, ele fazia diversas anotações no bloco de notas do aparelho, como o nome das pessoas cujos assassinatos haviam sido encomendados e dos clientes que solicitavam o serviço sujo. No caso, um deles foi solicitado pelo próprio Karl Smith. O último serviço feito pelo assassino: matar Jean Neville.

– Meu Deus! Mas por que vocês estão me contando tudo isso?

– Boa pergunta, Eliza – adiantou Marques, enquanto as luzes das viaturas estacionadas em frente à casa trespassavam as janelas, refletindo-se no calvo couro cabeludo. – Acreditamos que Harrison é o alvo principal e que ele está correndo risco de vida. Precisamos encontrá-lo, pois o próximo passo do sequestrador será tentar negociar o resgate. Tememos que Harrison não atenda ao telefone e tampouco queira se comunicar. Essas são as exigências mais comuns dos sequestradores, que sempre ameaçam matar a vítima caso a polícia seja acionada. Precisamos tomar frente à negociação enquanto nosso pessoal tenta encontrar o sequestrador e resgatar a menina.

– Por favor, não deixe que nada aconteça com eles. Eles são a única família que tenho. O doutor Harrison é um homem de grande coração e Sophie... – suspirou alto – Um anjinho. Sem ela, não sei viver – declarou enquanto secava as lágrimas que escorriam pela face. – Aqui está o número do celular do Dr. Harrison.

Henrique, sem hesitação, pegou o número do celular e discou-o. Enquanto isso o pequeno rabecão preto da perícia fechava as portas e dava a partida, saindo devagar e atravessando os jardins da casa de Harrison em direção ao necrotério da cidade, passando por cima das manchas de sangue pisado, próximo ao local onde o corpo do jardineiro havia sido encontrado.

23

BioSynthex. Uma das empresas mais emergentes da indústria farmacêutica.

Tudo havia começado com uma palestra há 24 horas sobre o lançamento do Alfa-NPTD, que fora arruinado. Alguém saiu no prejuízo.

Sentia que o destino de forma irônica começava a cruzar os caminhos, misturando motivos pessoais. Porém, diferente do esperado, tudo começava a tomar uma proporção imensurável. Desde a morte daquele estranho que havia lhe entregado o HD, com informações que causariam a ruína do vice-presidente que estava envolvido com a pesquisa da nova medicação. Depois a morte de Jean Neville, que fazia parte de uma lista de execuções secretamente guardadas no tal HD, junto com a verdadeira fórmula do Alfa-NPTD.

Alguém devia estar furioso a ponto de modificar a estrutura da nova medicação e arruinar a BioSynthex, escondendo a verdadeira fórmula ali, junto com provas incriminadoras que colocariam fim na carreira do mais alto executivo de uma das mais poderosas indústrias farmacêuticas. Provavelmente o homem que fora assassinado e havia lhe entregue o HD tinha suas razões para causar tamanho prejuízo a BioSynthex e gerar um grande incômodo ao futuro novo presidente.

O fracasso do Alfa-NPTD traria à companhia um grande prejuízo, que justificaria o aparente suicídio de Jean Neville. O crime perfeito! Ninguém melhor para fazer o anúncio da nova medicação do que um neurocientista respeitado, de boa índole e que jamais concordaria que a medicação fosse liberada no mercado. Alguém sairia ganhando com essa repercussão negativa. Tudo fazia parte de uma meticulosa conspiração planejada.

A BioSynthex iria necessitar de um novo presidente. O sucessor na lista já era alguém conhecido, que, no momento certo e com a verdadeira fórmula do Alfa-NPTD, iria relançar a substância no mercado com outro nome comercial e alcançaria o poder pleno, bem como seria o líder de um império farmacêutico.

Porém, essa pessoa não contava com o HD cheio de informações preciosas caindo em mãos erradas... As últimas peças do quebra-cabeça haviam se encaixado com perfeição, resultando na aterrorizante imagem de Karl Smith manipulando esse doentio jogo de poder.

Harrison olhava para o display do celular. Sabia que restava pouco tempo. Tinha que agir com astúcia. Nicolai estava certo... O alvo não era Sophie.

Conhecia a sede de poder de Karl Smith. A única forma de arruiná-lo seria entregando as informações para as pessoas certas.

– Harrison, é melhor você atender ao celular. Faça o jogo dele, mas tome cuidado que ele pode estar armando uma emboscada – disse Nicolai ainda pensativo, enquanto admirava a nova estrutura molecular diante da tela do laptop.

No momento em que ia atender ao celular, outro número desconhecido surgia no display. A prioridade era óbvia. Tinha que salvar a filha.

Com as mãos trêmulas, encostou o dedo na tela sensível ao toque, atendendo e ativando o modo de viva-voz. Nicolai fechou a tela do laptop, prestando atenção na conversa.

– Harrison falando.

Do outro lado, podia-se ouvir com clareza uma voz oca que já lhe era familiar, Karl Smith.

– Olá, Dr. Harrison. Algo me diz que estamos em uma grave situação de impasse. Eu tenho algo que lhe pertence e você tem algo que é meu. Ambos são de grande importância para cada um de nós...

– Quero falar com Sophie! Preciso ter certeza de que ela está bem! Se você encostar o dedo em um fio de cabelo dela, é melhor sumir do planeta. Irei procurá-lo, mesmo que seja no inferno!

– Isso irá depender apenas de você... Se seguir minhas instruções, acredito que terá todo tempo do mundo para aproveitar ao lado de sua filha. Isso é, claro, depois que me entregar o disco rígido. A propósito, nem tente copiá-lo, pois existe um mecanismo de segurança que se você tentar fazê-lo, destruirá todas as informações contidas nele. Dentro dele acredito que você já deva ter bisbilhotado, existe uma fórmula que muitas pessoas perderam a vida para encontrá-la. Se você destruí-la, jamais verá sua filha.

– Eu não quero saber deste maldito HD! Quero minha filha de volta o mais rápido possível.

– Então não há o que temer. Tudo será resolvido em breve, se você seguir minhas instruções. Ninguém precisa se machucar.

– Quais instruções? – perguntou Harrison, olhando para Nicolai, que gesticulava para que ele estendesse a conversa ao máximo.

– Simples. As regras são claras... Se você chamar a polícia ou não seguir minhas orientações, sua filha morre. Tudo o que quero é esse HD portátil que está com você. Entregue à mim que você poderá abraçar Sophie outra vez. Não tente trocá-lo, pois eu saberei se estou com o disco original.

– Ok. Como quiser. Só quero deixar claro que se machucá-la, você jamais terá seu disco de volta e eu lhe colocarei na cadeia, pois, pelos arquivos que andei acessando, eu lhe garanto que a sentença mínima que você ganhará em um julgamento será passar o resto de seus dias na prisão.

– Não me preocupo com isso, Harrison. Tenho os melhores advogados do Brasil ao meu comando. O que eu quero é a fórmula. Ela me trará a liberdade de qualquer prisão. Se quiser ver sua filha, siga para a praia onde o corpo de Andreas Nicodemus foi encontrado, em frente ao hotel, aquele mesmo em que você foi palestrante. Nos vemos lá em uma hora e não tente me impedir, caso contrário você irá chorar pela perda de mais uma pessoa que você tanto ama.

Harrison olhou para o display do celular, que havia ficado mudo. Karl Smith havia desligado.

– Harrison, muito cuidado. Ele pode estar armando uma emboscada...

– Eu sei... Mas é a única chance que tenho para tentar resgatar Sophie das mãos desse maníaco – respondeu Harrison, enquanto olhava para o número diferente que aparecia no display do celular e que insistia com a ligação.

– Acho que chegou a hora de chamar a polícia. Você não pode ir sozinho ao encontro. Estará colocando em risco sua vida e a de Sophie. É um médico muito conceituado e não tem treinamento tático para enfrentar esse tipo de situação. Deixe esse trabalho para ser feito pelos experts. Tenho certeza de que a polícia irá fazer o melhor para ter um final promissor no desfecho deste sequestro, para não cair na mídia no dia seguinte.

– Você tem razão... Mas que droga de celular. Não para de tocar! – exclamou, irritado, com o número desconhecido que não desistia.

– Cuidado, Harrison, pode ser uma emboscada...

Deslizou o dedo no display do aparelho e atendeu ao celular.

– Dr. Harrison? – perguntou uma voz grossa e rouca.

– Sim, com quem estou falando? – indagou Harrison, enquanto podia ouvir diversas vozes masculinas e a voz de Eliza totalmente abalada, dizendo ao fundo: Graças a Deus ele atendeu!

– Sou o policial Henrique Cruz, do Grupo Antissequestro daqui do Rio de Janeiro. Estamos cientes de que sua filha foi sequestrada e já sabemos quem é o sequestrador. Saiba que ele é perigoso. Acredito que ele irá entrar em contato com o senhor pedindo resgate ou algo de muito valioso que provavelmente seja o motivo que o levou a sequestrar sua filha.

– Ele já entrou em contato. Marcou um encontro daqui uma hora na praia, em frente ao hotel em que fui palestrante ontem à noite.

– Sim, eu sei onde é. Vamos nos encontrar. Temos uma hora para armarmos uma emboscada e capturarmos o sequestrador. Onde você está?

– Estou à 20 minutos de casa, estacionado aqui na avenida Sernambetiba, próximo a praça Nelson Ribeiro Alves.

– Ligue o pisca-alerta do carro que estamos indo até aí. Não faça nada e não atenda mais o telefone. Estamos indo ao seu encontro. Devemos chegar em 7 minutos.

Harrison olhou para Nicolai, que consentiu com a cabeça.

– Ok. Estarei esperando – respondeu e logo em seguida guardou o celular.

– Nicolai, você ouviu a conversa. Se algo acontecer com Sophie, minha vida não terá mais sentido. Não suportaria a perda de minha filha. Algo me diz que não devia ter chamado a polícia.

– Meu amigo, como eu já lhe disse, você não tem nenhum preparo militar. Você é só um médico e um brilhante neurocientista. Sua área de atuação é outra e nisso sei que você é expert. Agora deixe que a polícia faça o trabalho dela. Já está vindo uma equipe do Grupo Antissequestro aqui da cidade do Rio de Janeiro. Eles são os melhores no que fazem e posso lhe garantir que não irão querer ver nas manchetes dos jornais do dia seguinte um desfecho negativo do sequestro de sua filha, ainda mais envolvendo um ilustre médico.

– Você tem razão... Acho que não estou em condições de tomar qualquer atitude. Tenho medo de minha reação quando estiver frente a frente com Karl Smith. Meu desejo é de matá-lo! Imagine os momentos de terror que Sophie deve estar passando nas mãos deste miserável.

– Harrison, ele não irá machucá-la. Você é o alvo. O que ele quer é apenas o HD. Basta entregá-lo, a polícia estará lhe dando cobertura e assim que Sophie estiver em segurança, ele será preso e tudo terá terminado.

– Assim espero... Amo minha filha. Por ela daria minha vida se preciso fosse.

Temos que fazer uma cópia deste disco. Mas pelo que entendi este disco rígido apresenta um programa que, quando alguém tenta copiá-lo, todas as informações contidas neste dispositivo serão perdidas.

– Precisamos dele intacto. A vida de Sophie depende dele.

– Sim. Mas também precisamos reunir provas das informações contidas neste disco... Desde pequeno, sempre fui um aficionado pela tecnologia e pela nossa evolução tecnológica. Cada dia surgem aparelhos cada vez menores, de alta complexidade – disse, enquanto tirava um celular do bolso. – Já que não podemos copiar as informações do disco rígido, nada impede que eu as fotografe por meio da tela do laptop. Teremos todas as informações registradas em meu celular. Digamos que seria um backup não convencional.

– Os dados desse HD são preciosos. Por intermédio dele, conseguirei colocar esse psicopata atrás das grades pelo resto da vida – comentou, enquanto via Nicolai fotografar com o celular todas as informações que passavam na tela do laptop.

Antes mesmo que Nicolai pudesse dizer algo, a atenção foi tomada pela imagem de cinco viaturas militares pretas, com a sigla do Grupo Antissequestro se aproximando em alta velocidade. As luzes das sirenes eram uma explosão de cores quebrando a rotina da noite carioca. Os carros que transitavam pela avenida Sernambetiba paravam, permitindo a passagem dos veículos em direção a um luxuoso veículo que mantinha o pisca-alerta ligado.

O som do atrito dos pneus rasgou o silêncio da noite, misturando-se ao cheiro de borracha queimada. No horizonte, as águas do oceano refletiam o brilho da lua cheia.

24

A espécie humana, por natureza, tende a temer o desconhecido. Porém, Harrison sabia que a situação que estava vivenciando aguçava seus sentidos, colocando-o em estado de alerta. Tinha pavor só em pensar na possibilidade de perder Sophie.

Lembrou-se da frase de Ralph Waldo Emerson que dizia: "Faça aquilo que você receia e a morte do medo será certa". Mas naquele momento estava de mãos atadas.

Sentia o coração acelerar enquanto colocava as mãos no bolso, na tentativa de disfarçar o tremor. As viaturas da polícia estacionaram e dois policiais usando colete à prova de balas com os dizeres GAS aproximaram-se do carro, enquanto os outros permaneceram dentro de suas respectivas viaturas ostentando mini-uzis. Era uma das armas preferidas no Rio de Janeiro, principalmente em operações especiais em algumas favelas.

Nicolai desligou o pisca-alerta do carro, enquanto Harrison saiu do veículo.

Aproximou-se de um dos policiais, que se destacava pela robustez e por apresentar um queixo avantajado. Usava um boné preto, com GAS destacando-se em amarelo.

– Dr. Harrison? Somos do Grupo Antissequestro. Sou o policial Henrique Cruz e conversei com o senhor agora a pouco pelo telefone. Lamentamos pelo que aconteceu com sua filha e viemos aqui para ajudá-lo.

– Obrigado! Preciso do apoio de vocês. Temos que salvá-la. Ela apenas uma criança e deve estar apavorada nas mãos do sequestrador – respondeu Harrison, deixando as lágrimas percorrerem a face por entre os curtos fios de barba.

– Doutor, eu também tenho uma filha. Posso imaginar a situação pela qual está passando. Saiba que iremos fazer de tudo para que em breve você esteja ao lado dela. O senhor me disse que ele marcou um encontro em Copacabana?

– Sim. No mesmo local onde encontraram o corpo daquele homem que foi assassinado – disse cabisbaixo.

– Fique tranquilo, doutor. Já sabemos quem é o sequestrador. Agora é apenas questão de horas para colocarmos esse criminoso atrás das grades. Nossa única preocupação no momento é garantir a integridade de Sophie. Mas para podermos desenvolver um plano tático, necessitamos saber o que ele lhe pediu de resgate. Peço que me conte tudo o que sabe de forma resumida, pois estamos correndo contra o tempo.

– Bem, é uma longa história... Ontem à noite, após o congresso ao qual fui chamado para o lançamento de um novo medicamento, detectei que a substância era nociva à saúde pública. Como médico, tive que intervir de imediato, relatando os efeitos adversos de tal medicamento. Karl Smith parecia estar abalado, porém retirou-se do congresso. Então fui fazer uma caminhada como de costume na praia de Copacabana. Foi então que apareceu um sujeito e me entregou um HD portátil. Quando me dei conta, percebi que ele estava gravemente ferido. Sabia que nada poderia ajudar a salvá-lo naquele momento. Mesmo assim, fui até um telefone público e avisei a polícia.

O policial Marques olhou para o parceiro e disse:

– O tal telefonema anônimo... – comentou, voltando a prestar atenção nas palavras de Harrison.

– Guardei o HD portátil comigo. Ao verificar as informações contidas nele, encontrei uma lista de pessoas que Karl Smith mandou matar. Ele usava documentos falsificados para ocupar o cargo de maior prestígio das pessoas que lhe atravessavam o caminho. Karl Smith contratou um assassino freelancer para executá-las a sangue-frio. Ele colocou dentro do disco uma forma de rastreá-lo quando conectado a um computador com internet.

– Agora sei que ele é o sequestrador de minha filha, porque me disse no último telefonema que, se contasse à polícia, eu jamais a veria.

– Sim. Tudo o que você me diz faz sentido. Já sabemos que Karl Smith é o sequestrador. Já não é de agora que ele vem sendo investigado, porém nunca conseguimos reunir provas para prendê-lo. Tínhamos que agir com cautela e esperar que ele cometesse um deslize. E foi o que aconteceu. O homem que morreu na praia chamava-se Andreas Nicodemus. Era um brilhante cientista. Antes de morrer ele postou uma carta à polícia, dizendo que se algo acontecesse com ele o culpado seria Karl Smith. Como se não bastasse, hoje pela manhã houve uma explosão em um quiosque nas proximidades da lagoa Rodrigo de Freitas e uma pessoa foi morta devido a explosivos colocados em uma valise. Fomos investigar quem era o sujeito que havia morrido e tratava-se de um assassino freelancer, também procurado pela polícia. Por sorte conseguimos resgatar a lista das pessoas que foram assassinadas e gravadas no bloco de notas do celular, que estava intacto após a explosão. No documento constava o nome dos alvos e do mandante, que no caso era Karl Smith. Só essa informação já é suficiente para prendê-lo. Haviam montado uma operação para capturá-lo amanhã. Isso antecipou nossa ação. Por sorte, um de seus vizinhos achou estranho um homem vestido de jardineiro carregando um volumoso saco preto, colocá-lo no porta-malas de um carro luxuoso e sair dirigindo. Ele anotou a placa e fizemos o levantamento do veículo. Descobrimos que ele pertence a Karl Smith. Também encontramos o corpo do seu jardineiro, que foi assassinado friamente nos jardins de sua casa, explicou Henrique, enquanto Marques ajustava a frequência do walkie-talkie.

– E agora, o que iremos fazer? – perguntou Harrison aflito.

– Vamos fazer o jogo dele – respondeu, olhando para o relógio.

– Ainda temos 40 minutos. Você irá ao encontro, usando um colete à prova de balas por baixo de seu paletó. Entregaremos a ele um disco rígido falso.

– Não podemos trocar por um disco falso – interveio Harrison.

– Ele disse que saberá como reconhecer o verdadeiro HD.

– Sem problemas… Você entrega o disco verdadeiro e quando Sophie estiver em segurança prendemos Karl Smith e recuperamos o disco com as provas. Venha comigo, nosso tempo está se esgotando. A propósito, quem é aquele homem que está com você? – perguntou ao ver Nicolai sair do carro.

– Ele é um velho amigo. Está me ajudando e gostaria que ele viesse comigo.

– Positivo. Mas ele ficará com nossos agentes até resgatarmos Sophie e Karl Smith for preso. Temos que ser rápidos.

Seguiram para uma das viaturas. Marques dava instruções pelo rádio, já solicitando que os atiradores de elite fossem ao local de resgate e se posicionassem de forma a não chamarem a atenção, unidos a policiais à paisana. Ainda tinham 38 minutos. As ordens eram claras: se infiltrar. A foto de Karl Smith já aparecia na tela de LCD das viaturas para reconhecimento do sequestrador.

Um helicóptero havia sido acionado de apoio aéreo e voava iluminando o caminho a fim de abrir passagem para o comboio de cinco viaturas, que rasgavam a avenida Sermambetiba no sentido a Copacabana.

25

BELO HORIZONTE

A Spetsnaz é considerada uma das unidades mais bem treinadas do exército Russo e destaca-se por estar entre uma das melhores tropas de elite mundiais.

Já na admissão inicia-se a rigorosa seleção dos candidatos a integrarem a Spetsnaz, que exige um condicionamento físico perfeito, semelhante ao de um atleta olímpico. Após a primeira fase de seleção, os não eliminados participavam de um treinamento intensivo e, se aprovados, eram submetidos a um treinamento ainda mais rigoroso nos limites da condição física. Cabe ao candidato mostrar um grau de inteligência acima da média, bem como dominar pelo menos um idioma estrangeiro com fluência.

Criada para a penetração em território ocidental, além de um treinamento intensivo focando o desenvolvimento da resistência física e mental, os spetsnaz eram submetidos a treinamentos com explosivos, técnicas de combate, sobrevivência na selva e em ambientes hostis, reconhecimento e desativação de dispositivos de segurança, técnicas de infiltração e invasão, dentre outras.

Não podia haver falhas. Um erro poderia significar o desligamento da brigada.

O gêmeo com a foice tatuada no punho retirou os óculos de visão noturna. As gotas de suor escorriam próximas à região das órbitas oculares.

— Maldição! Já reviramos tudo nesta casa e não encontramos nada do que viemos procurar — disse, sentando-se no sofá ao lado dos animais mortos e estirando a perna sobre uma pequena mesa de centro.

— Eu sei, irmão — respondeu o gêmeo com martelo tatuado no punho.

— Ainda temos tempo até que nosso alvo volte. Vamos aproveitar para descansar. Eu fico na vigília no primeiro horário e você assume o segundo.

– Não é uma má ideia. Afinal, fizemos uma longa viagem – respondeu o gêmeo com a tatuagem de foice, colocando os óculos de visão noturna sobre a mesa e aproveitando para ajeitar-se almofadas no sofá.

O gêmeo com o martelo tatuado no punho colocou os óculos de visão noturna e começou a caminhar pela casa. Olhou para o irmão, que se deitou no sofá usando os animais mortos como apoio para o pés, mostrando ser a única fonte viva que podia ser vista com emanação de calor naquele local.

Aquela noite tornara-se especial. Sentia orgulho de juntamente com o irmão serem considerados como uma arma humana, capaz de executar as mais complicadas missões em qualquer território. Se conseguissem resgatar o projeto Nephesus seriam condecorados e lembrados por toda a brigada e lembrados como armas letais humanas. A máxima patente. Conquistada por poucos.

Mais de nove batalhões haviam lançado seus candidatos em diversas missões. Era como uma olimpíada interna. Apenas os melhores dos melhores participavam.

O gêmeo com o martelo tatuado no punho caminhou um pouco mais.

Com os óculos de visão noturna, olhou para o próprio bíceps e o contraiu, revelando uma grande emanação de calor.

– Os melhores dos melhores e uma arma letal humana... Em breve, meu irmão, seremos eternizados em uma das mais conceituadas tropas de elite do mundo. Só precisamos esperar Nicolai – sussurrou, enquanto mantinha a ronda e atenção ao menor dos movimentos.

26

RIO DE JANEIRO

O objetivo da guerra é a paz.

De alguma forma as palavras de Sun Tzu, um dos maiores estrategistas do século IV a. C., faziam sentido. Porém, antes de qualquer tentativa ofensiva, o primeiro passo seria buscar a paz.

Havia tentado negociar com Karl Smith a troca de sua filha. Tinha uma chance de resgatá-la ilesa dando ao sequestrador tudo o que ele queria: o HD portátil.

Se fizesse isso, teria a chance de recuperar sua vida de volta. Por ironia, o mesmo hotel, que no dia anterior havia sido sede para um dos congressos mais aguardado pela comunidade científica mundial, tornara-se naquela noite um refúgio sigiloso cedido pela administração para que o Grupo Antissequestro desempenhasse seu papel de forma magistral. A única recomendação pedida era de que a equipe fosse o mais discreta possível, pois sobre os tapetes persas daquele nobre espaço circulavam ilustres hóspedes de toda a parte do mundo, atraídos pelo glamour de Copacabana. Com vista para o mar, a janela do apartamento onde estavam que habitualmente cedia espaço para uma vista romântica, naquela noite havia dado lugar para diversos equipamentos eletrônicos, deixando um amontoado de fios conectados a terminais de laptops dispostos sobre o aparador situado sob a janela.

O aroma suave de café era exalado por algumas xícaras dos policiais, que mantinham os olhares atentos nos monitores, enquanto outros davam instruções explícitas pelo rádio em prol do sucesso da operação.

A cama de casal king size havia se transformado em apoio para as mochilas dos equipamentos e roupas usadas pelos oficiais, que estariam disfarçados, estratégia usada para se camuflar à população local.

Uma pequena luminária de fabricação francesa tornava discreto o ambiente, para que não chamasse a atenção das pessoas que transitassem pela avenida Atlântica.

Marques Carrera instalava na camisa de Harrison um sistema de microfones e uma diminuta câmera de vídeo foi colocada em um dos discretos botões dourado. Ele já estava com um colete à prova de balas, para que não corresse riscos.

– Está tudo pronto, Dr. Harrison. Estaremos lhe dando cobertura. Temos diversos atiradores de elite posicionados, prontos para atingir o sequestrador a qualquer instante. Ao menor movimento em falso, ele morre. Para sua segurança, o senhor está usando um novo colete a prova de balas, produzido com seda de aranha conhecido como bioaço, que chega a ser até vinte vezes mais resistente do que o seu equivalente em fio de aço. A escuta e o vídeo já estão transmitindo em tempo real. Toda a conversa será gravada. Também ativamos o sistema de GPS de seu celular e estamos conectados. Para qualquer lugar que senhor possa ir, estaremos lhe rastreando no caso do sequestrador não trazer sua filha e propor uma troca em outro local.

– Faltam vinte minutos para o horário estipulado pelo sequestrador. Apenas peço que não olhe para os lados à procura da equipe. O menor sinal de insegurança de sua parte poderá nos denunciar e colocar em xeque nossa tentativa de resgatá-la com êxito. Chegou a hora, o senhor tem de ir.

– Pode ficar tranquilo. Não irei cometer erros. A vida de minha filha está em risco e depende do sucesso dessa operação.

– Antes que me esqueça, aqui está o HD portátil. De fato, não conseguimos copiá-lo. Existe um engenhoso mecanismo de segurança instalado que, na menor tentativa de copiarmos os arquivos, destruiria todas as informações. Um de nossos agentes do departamento de ciência da computação nos relatou que necessitaria de mais tempo, o que neste caso não temos. Pensamos na possibilidade de substituí-lo por outro, porém descobrimos que esse disco rígido apresenta um pequeno dispositivo eletrônico que faz conexão imediata com outro aparelho, que não sabemos qual, em posse do sequestrador. É dessa forma que ele saberá se o disco rígido portátil em suas mãos é o verdadeiro. A propósito, coloque esta escuta na sua orelha esquerda. Ela é imperceptível. Esta é uma forma de ficarmos conectados e assim poderei lhe instruir a melhor forma de proceder durante a negociação.

Harrison pegou o disco e o colocou em um dos bolsos do paletó, enquanto ajustava a escuta na orelha conforme havia sido orientado.

Nicolai observava toda a movimentação. Aproximou-se de Harrison, arrumando com insistência os cabelos que caíam sobre os olhos.

— Meu amigo, estarei por aqui acompanhando e torcendo para que tudo termine bem. Seja calmo! Tudo vai dar certo! Basta entregar ao sequestrador o que ele quer. Se necessitar, você sabe quem contatar.

— Obrigado, Nicolai. Não tenho palavras para lhe agradecer pela sua ajuda.

— Não se preocupe com isso. Agora vá. Você não pode se atrasar.

Harrison atravessou a porta do quarto em direção ao elevador. Alguns funcionários do hotel que transitavam pelos corredores mantinham a cordialidade e cumprimentavam Harrison ao vê-lo. As portas do elevador se abriram e, em poucos minutos, Harrison estava atravessando a luxuosa recepção do hotel. Olhou para os lados e percebeu que estava sendo seguido por uma mulher loira, com os cabelos sobre os ombros, usando uma sandália de couro e jeans. Em seguida ouviu um ruído até que conseguiu identificar a voz grossa e rouca de Henrique Cruz, que havia ouvido pelo celular há algumas horas, enquanto marcava o seu primeiro encontro com o Grupo Antissequestro.

— Dr. Harrison, acho que as instruções foram repassadas de forma clara ao senhor sobre a segurança de nossa operação. A garota que o senhor acabou de olhar é uma de nossas agentes. Assim que você atravessar a porta do hotel, haverá inúmeros agentes na mesma situação. Não olhe para os lados. Não tente identificá-los que, ao fazer isso, você estará colocando em risco a vida de sua filha.

— Está bem! — respondeu Harrison, sem jeito, enquanto atravessava a porta do hotel e em direção à praia.

— Tenho que manter a calma... — respirou fundo — Tudo vai terminar bem. Daqui a pouco você estará com Sophie e depois nos mudaremos de cidade. Iremos para um local onde irei trabalhar menos e ficar perto dela — pensava enquanto atravessava a avenida. E mais uma vez podia ver a imagem da Lua, que se refletia nas águas do mar, misturando-se ao cintilar das luzes de alguns navios turísticos que estavam ancorados a alguns quilômetros de distância.

Ao chegar, pôde ouvir o barulho das crianças que preferiam o frescor da noite para jogar futebol na beira do mar.

Aproximou-se do local onde havia lhe sido entregue o HD. Olhou para a areia da praia e conseguiu identificar algumas manchas de sangue ressecado misturadas na areia da noite anterior.

Olhou para o relógio... Faltavam 10 minutos para o horário estipulado.

Caminhou até a praia. Lembrou-se da sensação de água gelada das ondas do mar escorrendo por entre os dedos dos pés na noite anterior. As lembranças do sonho que havia tido com Melany eram claras...

Proteja-a.

– Se eu não tivesse ido ao congresso ou se tivesse ficado em casa hoje à noite em vez de ir para o encontro com a turma de faculdade... Talvez nada disso tivesse acontecido – pensava enquanto sentia seu sapato afundar na areia molhada.

Lembrou-se da infância tumultuada. A mudança para o Brasil, a conquista de ser aprovado no vestibular da faculdade de Medicina. O casamento com Melany e o nascimento de Sophie. Jamais se esqueceria da sensação de cortar o cordão umbilical da própria filha. Um momento de felicidade intensa, seguido de tristeza após a confirmação da morte de Melany, algumas horas depois.

Um ruído de estática começou a soar no seu ouvido esquerdo, seguido da voz de Henrique.

– Dr. Harrison, chegou a hora. Um de nossos agentes acaba de nos comunicar que já viu o carro do sequestrador estacionar próximo ao calçadão à beira-mar. Segundo informações, ele abriu o porta-malas do veículo e retirou uma menina de aproximadamente 10 anos, cabelo loiro e pele branca. A descrição confere com a foto que sua governanta nos mostrou. Segundo nosso agente, sua filha está bem. O sequestrador conversou com ela e colocou uma tiara na cabeça dela, para prender o cabelo, e retirou a fita que estava colada na boca da menina. Ele está com uma arma por debaixo do cabelo de sua filha e estão caminhando em direção ao local de encontro. Precisamos de mais provas. Faça-o falar o máximo que puder. Quando mais ele falar, mais estará se condenando. Não faça movimentos rápidos ou que ele possa interpretar como ameaça. Mantenha-se olhando para os olhos do sequestrador. Não entregue o disco de forma apressada, até ter certeza de que sua filha está em segurança. Ele está usando um sobretudo preto por cima da roupa de jardineiro. Interromperei durante a conversa se for necessário. Agora, aproxime-se do local combinado que você irá ver sua filha surgindo com nosso alvo à sua direita.

– Por favor... Não deixem que nada aconteça a Sophie!

– Ela vai ficar bem... Tudo irá correr conforme o plano. Nossos atiradores de elite estão posicionados e com ele na mira. Por enquanto, não podemos fazer nada, pelo menos enquanto ele estiver com a arma apontada para sua filha. Não o interceptamos quando parou o carro, pois não sabíamos se ele estava com Sophie. Tente manter a calma e lembre-se de não olhar para os lados. Mantenha o contato visual e tente manter-se calmo.

Harrison olhou para a direita e de fato, como o policial havia lhe informado, viu a imagem de um homem de 1,80 m se aproximar ao longe, até conseguir identificar com nitidez os cabelos ondulados. Ele estava de fato com um sobretudo preto e com uma das mãos por baixo do cabelo de Sophie. O policial estava correto. Estava escondendo uma arma de forma a não levantar suspeitas.

Sophie estava assustada. A pele branca do seu rosto naquele momento estava mais pálida do que antes. Os olhos que sempre irradiavam alegria haviam perdido o brilho. Permaneceu em silêncio mesmo quando viu o pai.

– Karl, está tudo terminado. Solte minha filha! Ninguém precisa se machucar – adiantou Harrison, assim que ficaram frente a frente.

O sequestrador caminhou um pouco mais até conseguir ver o rosto de Harrison com nitidez, mas mantendo uma distância segura. O tempo todo mantinha a mão escondida por trás da cabeça de Sophie, que continuava calada e dominada pelo medo.

– Dr. Harrison. Mais uma vez cruzamos nossos caminhos. Mas fique tranquilo que não é nada pessoal. Como pode ver sua filha está bem. Acredito que ainda um pouco zonza, pois tive que sedá-la para tirá-la de sua casa sem sermos notados.

– Harrison, sou eu, Henrique Cruz. Fique calmo. Não seja prematuro. Ele está sob a mira de nossos atiradores, que estão aguardando o momento perfeito. Faça com que ele continue falando. Estamos gravando tudo. Ele está engolindo a isca...

– Por que tudo isso, Karl Smith? Bastava apenas ter pedido o disco que eu lhe entregaria. Não precisávamos chegar a esse ponto.

– Harrison, um dia você irá compreender que o homem sem poder não é nada. Quem o possui está no patamar mais alto. Todos o respeitam. Sabe por que você veio até aqui? Simples. Por causa do "poder" que eu tenho para tirar a vida de sua filha. Desde pequeno fui adepto de jogos de estratégia, apaixonado por explosivos e dispositivos eletrônicos, como você já deve ter descoberto ao examinar meu HD...

– Ótimo! Continue o assunto... – Harrison ouviu a voz do policial.

Posicionado no telhado de um dos quiosques na beira da praia, um homem vestido de preto e usando um rifle equipado com luneta de ampliação e visor termográfico estava com a cabeça de Karl Smith na mosca. Podia enfiar-lhe uma bala dentro do ouvido com precisão e ninguém seria capaz de ouvir qualquer disparo. Os dedos já estavam prestes a puxar o gatilho. As ordens eram claras: assim que tivessem uma posição limpa sem colocar em risco a vida do refém, estavam autorizados a disparar. Apenas aguardavam o momento oportuno para conseguir ver as duas mãos do sequestrador e o disparo seria feito. Usando um headphone, comunicou-se com a base para informar a situação.

– Bravo um para base. Estou com o alvo na mira. Posso retirar-lhe a cera do ouvido com uma bala. Tiro único. Execução limpa e precisa. Câmbio?

Após um período de chiado, conseguiu apenas compreender algumas palavras entrecortadas.

– Bra... Ag... Cuid... Rar.

– Maldição! – disse, jogando longe o fone de ouvido. – Ainda dizem que nós temos os melhores equipamentos... Agora é com você. Já estou com o cretino na mira. É só esse otário mostrar as duas mãos e ele irá jantar no inferno...

Novamente o visor termográfico exibia com precisão o rosto do alvo. Os dedos pressionavam o gatilho, prontos para puxá-lo a qualquer instante.

– Anda, imbecil... Tira a mão do pescoço da menina!

– Smith, já lhe disse que estou com o HD. Solte minha filha.

– Ora, ora, ora... O ilustre doutor implorando para salvar mais uma vida. Você está aflito, não está, Dr. Harrison? – disse, com ironia. – Como é que você se sente em saber que a vida de sua filha está em minhas mãos? Eu sei a resposta. Você está com medo e agora me respeita. Entendeu qual é o verdadeiro significado de ter o poder? Pois saiba que não sou idiota como você pensa. Antes de sequestrar sua mocinha eu fiz um pequeno presente para ela. Sou especialista em explosivos. Hoje você deve ter ouvido nos noticiários o funcionamento de uma de minhas obras de arte. Proporciono uma morte limpa. Um único alvo executado com precisão. A isca que usei foi a ganância. Não sei se você já ouviu falar em hexametilenetetramina.

– Do que você está falando? Solte a Sophie agora!

– Calma lá, doutor Harrison. Um pouquinho de aula de química básica. A hexametilenetetramina era um antigo antibiótico usado por vocês para tratamento de infecção urinária. Após alguns estudos, foi descoberto que essa substância é fundamental para a produção de dois tipos de explosivos, dos quais o meu predileto, o RDX, conhecido como um explosivo de demolição real. Misturado a outros aditivos, temos nada mais nada menos do que C4. Uma arma perfeita que pode ser moldável, molhada e é resistente ao calor. Porém, uma simples faísca elétrica é suficiente para detoná-la. Precisei apenas de 50 gramas de C4 para destruir aquele quiosque. Presenteei sua filha com essa tiara, mas se ela tentar retirá-la, BUM, ela explode. A energia que será liberada na cabeça de sua linda mocinha é semelhante ao de um atropelamento por um trem. A genialidade deste explosivo é que o gatilho deste dispositivo está conectado em um pequeno aparelho acoplado ao meu corpo, se ele detectar que houve uma interrupção em meus batimentos cardíacos, um pequeno pulso elétrico será enviado para a tiara de sua filha e adeus, Sophie. Ela irá conhecer a tão querida mamãe de perto.

Harrison ficou imobilizado. Sabia que existiam atiradores de elite posicionados por toda parte. Então conseguiu ouvir a voz rouca do policial do Grupo Antissequestro gritando com todo o centro operacional.

– Avisem a Equipe Bravo para não atirarem. Ele colocou explosivos na cabeça da menina. Se o coração dele parar, o explosivo será acionado. Acionem o Esquadrão Antibombas! Harrison, sei que pode me ouvir. Fique calmo. Entregue o HD. A prioridade é Sophie. Assim que sua filha estiver sem os explosivos e em segurança iremos atrás dele. Já acionamos o Esquadrão Antibombas.

– Está bem, Smith, você venceu. Por favor, lhe imploro para que solte minha filha. Eu amo essa menina e sem ela minha vida estaria arruinada. Por favor!

– Calma, Harrison. Ninguém irá se machucar. Basta você me entregar o disco rígido. Assim que eu puser as mãos nesta fórmula, serei o homem mais rico do mundo e a BioSynthex a maior indústria farmacêutica do planeta. Mostre-me o disco. Saiba que eu sei reconhecer se esse disco é o verdadeiro, pois instalei junto com o tracker um microcircuito, que me mostrará em um raio de 10 metros se o disco o verdadeiro.

– Diga a ele que você irá pegar o disco no bolso do paletó. Caso contrário, ele irá achar que você está armado.

– Karl, vou pegar o disco no bolso de meu paletó.

– Não tente me surpreender, ou sua filha morre! – disse, ainda com as mãos colocadas atrás do pescoço de Sophie. Harrison retirou o HD do bolso.

– Está aqui! – respondeu Harrison, mostrando o dispositivo nas mãos.

Karl Smith olhou para o display do relógio, que conectou-se com o HD. Mostrava que Harrison não estava mentindo. O disco era o verdadeiro.

– Bom garoto! Continue assim, doutor, e o sucesso será apenas uma consequência! Coloque-o sobre a areia e caminhe para trás. Não tente nenhuma gracinha, senão sua filha morre.

– Obedeça às instruções dele. Porém o faça bem devagar para que ele se sinta seguro – aconselhou o policial.

Harrison colocou o HD na areia da praia e caminhou lentamente para trás, com os braços erguidos enquanto olhava para o rosto aflito de Sophie. Havia compreendido por que a filha estava em silêncio. Ela também sabia do explosivo que fora colocado na tiara.

Sob a luz do luar e a brisa marítima, o soldado mantinha sua visão termográfica do alvo. Em nenhum momento o sequestrador havia retirado as mãos do pescoço de Sophie. Queria um tiro perfeito. Lembrava-se de uma das primeiras lições da academia de polícia, que orientava o disparo único apenas quando as mãos do alvo pudessem ser vistas e jamais colocar em risco a vida do refém.

– Vamos lá, seu idiota. Solte a garota e ganhe uma bala. Amanhã serei herói do pelotão com mais um tiro preciso, mortal e silencioso.

Percebeu que o sequestrador e a vítima começaram a se movimentar em direção ao objeto que o pai da menina havia colocado sobre a areia da praia.

– Mais um pouco... Você vai ter que soltá-la para pegar o objeto, seu imbecil... Vamos lá! Mais um pouco...

Então o sequestrador aproximou-se do objeto. Como ele havia previsto, o alvo soltou a vítima para abaixar-se e pegar o HD. Aumentou o zoom do visor. Podia detectar os movimentos cardíacos do sequestrador no visor termográfico.

– Hasta la vista, otário! – disse, enquanto os dedos calçados com uma meia-luva preta puxaram o gatilho.

Como era de se esperar, ouviu apenas um leve estalido abafado até que viu o corpo do sequestrador cair na areia da praia.

– Sou um herói! – pensou, orgulhoso de si.

Então ouviu os gritos desesperados do pai da criança, seguido de um clarão associado ao som de uma pequena explosão. Olhou novamente para o visor termográfico e viu a criança caída ao lado do sequestrador e o pai correndo em direção à filha para ampará-la. No chão, ao lado do quiosque, o headphone do Atirador de Elite Bravo era coberto pela areia, trazida pela suave brisa marítima, enquanto o luar continuava com seu majestoso brilho refletido no espelho das águas oceânicas.

27

A sensação era de que a cabeça estava prestes a explodir.

Caminhava ainda um pouco desequilibrada pelo interior do próprio apartamento, à procura do interruptor de luz. Perdida no breu absoluto, por sorte conseguiu sentir o botão, acionando-o de imediato.

Assim que as luzes se acenderam, sentou-se no sofá da sala, jogando a bolsa de lado.

– Meu Deus... Abusei da bebida como das outras vezes, mas mesmo assim... – pensou enquanto sentia o estômago se revirar misturado à sensação de náusea.

Olhou para a televisão desligada. A sala parecia estar girando como um carrossel.

Em alguns momentos tinha algumas lembranças da noite anterior, da festa de reunião de turma, dos seguranças colocando-a para fora da comemoração. A cena se repetia, desta vez na resenha com as amigas, do manobrista recusando-lhe a entregar as chaves do próprio carro devido ao grau de embriaguez aparente. Chamaram um táxi e a mandaram de volta para casa.

Retirou o vestido prateado, ficando apenas de calcinha e sutiã de cor preta, sentada no sofá, refletindo por alguns instantes. Olhou ao redor. Um sentimento de inutilidade a dominava.

– Olha para você, sua idiota. Trabalhou a vida inteira e tudo o que conseguiu comprar foi esse pequeno apartamento. As melhores frases que ouviu foram: "Parabéns, Dra. Natália. A senhora é uma excelente médica."; "Doutora, você fez um milagre naquela cirurgia"; "Doutora, você é a melhor neurocirurgiã que já conheci...". Queria que isso tudo fosse à merda! – disse, atirando o controle remoto em direção à televisão. – Estou cansada dessa vida e se existia um fio de esperança para que eu ficasse com Harrison, "parabéns, doutora", pois você conseguiu enterrar suas chances na cova mais funda do cemitério mais esquecido! Mas console-se, doutora, afinal você é uma médica genial.

Levantou-se do sofá e caminhou em direção à cozinha. Aproximou-se da máquina de café expresso. Colocou o sachê no porta-filtro, encaixando-o na máquina. Pôs a xícara com algumas gotas de adoçante e selecionou o café curto. Vaporizou o leite enquanto um cremoso café começava a tomar volume na xícara. O aroma peculiar de café parecia afastar a náusea.

Despejou o leite já vaporizado sobre o café, formando uma imagem semicircular. Era apaixonada por cafés e tinha orgulho em preparar café expressos com a técnica de latte art. Desenhou uma pequena folha sobre a superfície do café com o leite vaporizado e aproximou-se da janela da pequena cozinha.

Um vizinho de longe ficou estático ao ver a bela silhueta da mulher segurando uma xícara usando apenas calcinha e sutiã. Ela, sem se importar com os olhos indiscretos do vizinho, inebriou-se com o cheiro suave e aromático do café que acabara de preparar.

Começou a lembrar da época em que estava junto de Harrison. Reconhecia que tinha uma personalidade difícil e que fora a causa do término de muitos relacionamentos. Mas Harrison era especial. Um homem inteligente e objetivo com seus ideais. Isso sem falar de que era o pai perfeito para qualquer filho que pudesse ter tido. Mas era tarde. Não tinha mais esperanças. Tentou diversas vezes se controlar e ter um gênio menos explosivo, mas não tinha como. Era um defeito nato. Ao menos conseguia tirar proveito deste problema na área médica, onde as emergências exigiam que tivesse garra e atitude, principalmente durante os procedimentos cirúrgicos.

– Um belo café é um dos melhores remédios para a ressaca – disse enquanto saboreava a delicada folha desenhada na superfície da xícara.

Voltou para a sala. Colocou a xícara sobre a pequena e delicada mesa de centro. Seguiu até a televisão e resgatou o controle que havia jogado longe. Ligou a televisão e começou a procurar algum canal com algo interessante.

Passageiros do aeroporto de Confins nas proximidades de Belo Horizonte reclamam do atraso dos voos no Aeroporto. Alguns dizem que a causa do atraso se devia a dois modernos caças que fizeram parte de um voo experimental e tiveram que pousar naquele aeroporto, causando uma série de atrasos. A força aérea brasileira diz desconhecer o caso.

– Nossa! Hoje em dia não se acha nenhuma informação que preste nos canais.. Só bobagens! – exclamou, desligando a TV.

Pegou o celular e olhou para o display. Nenhuma ligação. Apenas um lembrete: "Hoje: sobreaviso plantão neurocirurgia hospital".

– Putz... Parabéns, Natália! Você conseguiu ter a capacidade e a incompetência de se esquecer de que hoje você está de sobreaviso no plantão. Muito legal você ser chamada para participar de uma neurocirurgia com hálito de vinho! Acho que preciso de mais café... Aceite que você tem problema com o álcool.

Levantou-se e antes de chegar à cozinha sentiu náuseas. Correu até o banheiro, ajoelhou-se diante do vaso sanitário e começou a vomitar.

28

O quarto no luxuoso hotel, base de operações se tornou pequeno diante de tanta dor. Os gritos de desespero de Harrison, associados à imagem do rosto angelical de Sophie inconsciente e coberta de sangue, amparada pelo pai, eram transmitidos em alta resolução pela pequena câmera colocada na roupa de Harrison, em tempo real.

Henrique Cruz arremessou com força o walkie-talkie de encontro à parede.

— Maldição! Vocês estão ouvindo esse grito? Se alguém aqui dentro tiver filho, quero que imagine a dor que o Dr. Harrison está sentindo! — vociferou, enquanto caminhava a passos firmes em direção ao parceiro.

Todos ficaram calados, pois a operação havia sido um fiasco. Sabiam que a repercussão negativa daquele sequestro acabaria sendo manchete de destaque nos principais jornais do país, inclusive na televisão. Com muita sorte, talvez a assessoria de imprensa conseguisse abafar um pouco a dimensão que o fracasso da ação tática policial poderia desencadear, manchando o nome da corporação.

— Eu havia dado ordens expressas para não atirarem! Será que vocês são surdos? Uma criança de 10 anos pode estar morta neste momento! Ao menos alguém aqui teve a dignidade de chamar a ambulância? — gritou, dando um soco sobre o aparador, que estava logo abaixo da janela. — Chamem o Bravo Um. Quero saber por qual motivo este imbecil contrariou minhas ordens! — esbravejou Henrique.

— Sim, senhor! — respondeu um jovem recruta recém-integrado ao GAS.

Nicolai aproveitou a distração dos policiais e seguiu em direção ao elevador.

— Espero que Sophie tenha sobrevivido... Harrison não iria suportar mais essa perda! — pensava enquanto observava as luzes do elevador piscarem diante dos seus olhos, antes de as portas se abrirem.

Passou correndo pelo saguão do hotel. Uma multidão de curiosos estava na porta, conversando sobre as viaturas de polícia e ambulâncias que se aproximavam na orla de uma das praias mais belas do Rio de Janeiro.

Nicolai atravessou a avenida Atlântica, indo em direção ao local do encontro.

As luzes coloridas das ambulâncias começaram a reluzir e seus sons agudos tornavam-se mais intensos a cada segundo. Um grupo de policiais havia cercado o local e um deles tentou barrar a aproximação de Nicolai ao local.

– O senhor não pode passar! – disse, colocando a mão no peito de Nicolai.

– Eu sei. Sou médico e estava com seus superiores dentro do hotel acompanhando toda a operação de resgate. Nesse momento, sou a única pessoa habilitada a prestar os primeiros socorros especializados à vítima até a chegada de alguém capacitado.

Os policiais se entreolharam e checaram os documentos de Nicolai.

– Pode passar.

Nicolai correu ao encontro do amigo. Sentia o atrito da areia, que se acumulava entre a meia e a palmilha do sapato. Ao se aproximar, viu que Harrison estava sentado sobre areia da praia com Sophie no colo. Acariciava o delicado rosto da filha, que estava inconsciente, estendida sobre as pernas do pai. Balançava a menina para frente e para trás, enquanto chorava. Por ironia, ao lado estava o corpo de Karl Smith, junto ao HD, que havia sido destruído pelo disparo do projétil.

– Ela está só dormindo! Diga-me que ela está dormindo, por favor! – gritava Harrison, com as mãos abraçando o corpo inerte da filha.

Nicolai aproximou-se com muito cuidado. Colocou um dos dedos na região carotídea de Sophie e percebeu que ainda havia pulso, mas estava muito fraco. Sabia que se não intervisse de imediato a menina iria morrer em instantes. Olhou para o lado e viu que a equipe de socorro aproximava-se com rapidez pela praia.

– Harrison, Sophie está viva. Deixe-me ajudá-la. Vou fazer de tudo para que ela sobreviva – disse Nicolai, olhando para os olhos do amigo.

Harrison levantou-se e viu que a equipe de socorro de aproximava.

– Coloco minha vida e a de Sophie em suas mãos. Se ela morrer, saiba, meu amigo, que eu também morrerei – respondeu, enquanto ajoelhava-se na areia e com as mãos contraídas. Erguia a cabeça, olhava para o céu e dizia:

– Por favor, Melany. Esteja você onde estiver, eu lhe imploro! Não me deixe perder nossa filha! Por favor...

Um dos socorristas, percebendo que Harrison estava em estado de choque, retirou-o com auxílio de dois policiais e o levaram para uma das ambulâncias. O outro aproximou-se de Nicolai.

– Me disseram que o senhor também é médico. Pobre menina. Morreu com explosivos colocados na cabeça...

Os olhos de Nicolai pareciam querer saltar para fora da própria face, enquanto os cabelos longos cobriam-lhe parte do rosto.

– Ela ainda está viva. Depressa, temos que ventilá-la. Ela está com dificuldade para respirar... – gritou Nicolai.

– O quê? Rápido! Tragam o material e a bala de oxigênio.

Em poucos instantes, Nicolai havia inserido um tubo flexível na traqueia de Sophie com maestria e a ventilava com uso de um ambu[11] conectado à bala portátil de oxigênio. A enfermeira havia ligado o soro ao braço de Sophie, enquanto administrava com cautela uma pequena quantidade de soro, junto da medicação, conforme a instrução de Nicolai.

Imobilizaram Sophie em uma prancha longa e a conduziram até a ambulância, onde conectaram os monitores no tórax de Sophie, mostrando que o pequeno coração ainda resistia à imensa lesão. Nicolai, com o auxílio de uma pequena lanterna, iluminou as pupilas de Sophie. Estavam ambas dilatadas. Sabia que a ausência de resposta a um estímulo luminoso era um mau sinal. Havia uma extensa área queimada no couro cabeludo e uma importante artéria sangrando.

– Rápido! – disse Nicolai, enquanto comprimia a lesão, interrompendo o processo hemorrágico. – Precisamos levá-la imediatamente para um hospital de referência em trauma onde tenha uma equipe de neurocirurgia e tomografia.

O motorista da ambulância ligou a sirene que emitia um som contínuo e intenso, misturando-se ao das viaturas policiais. Na outra ambulância, Harrison havia sido sedado e era conduzido ao mesmo hospital que Sophie.

---

[11] Ambu - Equipamento em forma de "balão" utilizado para promover a ventilação artificial, enviando ar comprimido ou enriquecendo com oxigênio, para o pulmão do paciente na ausência de respiração espontânea ocasionada por injúrias diversas.

Então, as viaturas da polícia do Grupo Antissequestro abriram caminho para as ambulâncias na avenida Atlântica. O helicóptero que havia sido acionado para a operação iluminava a avenida, fazendo com que os poucos carros que ainda trafegavam abrissem passagem ao comboio, que, em alta velocidade, cruzava até os sinais vermelhos.

***

Dentro de um dos maiores hospitais-referência em trauma da cidade do Rio de Janeiro, no pequeno quarto dos médicos, havia três beliches dispostas de forma a ocupar o menor espaço possível para que os plantonistas pudessem descansar.

A pequena televisão colorida, fruto de uma divisão financeira dos médicos do hospital, estava ligada. Porém, a imagem cheia de chuvisco permitia a visão de alguns fantasmas da emissora aberta local.

A equipe de neurocirurgia havia acabado de sair do bloco cirúrgico após atenderem um paciente baleado trazido ao centro de trauma por paramédicos que atuavam naquela região. A uma hora da madrugada, dividiam as fatias de uma fria pizza de calabresa e bebiam um refrigerante quente, pois a geladeira do serviço estava quebrada.

Apesar de pertencer ao sistema público de saúde, a equipe médica local era uma das mais conceituadas da cidade do Rio de Janeiro. Muitas vítimas de trauma grave, incluindo até pessoas famosas, eram direcionadas àquele hospital até a estabilidade do quadro e só depois eram encaminhadas a outros hospitais privados para continuidade do tratamento.

Entre risos e algumas piadas, dois residentes de neurocirurgia e um velho professor e neurocirurgião da faculdade de Medicina saboreavam o lanche da madrugada, sentados em suas respectivas camas. Havia passado cerca cinco horas dentro do bloco cirúrgico e não viam a hora do plantão se encerrar.

Até que o toque do telefone do aposento dos médicos fez com que toda a equipe ficasse em silêncio.

– Só pode ser brincadeira! – resmungou um dos residentes.

– Faltam apenas seis horas para acabar o plantão... – disse o outro residente, ainda com a boca cheia de pizza.

O velho professor levantou-se e atendeu ao telefone.

– Dr. Dorian falando.

Os alunos permaneciam atentos à fala do velho professor, que permanecia calado.

– Está bem. Já estamos descendo. Peço que chame a Dra. Natália. Que ela venha até o hospital o mais rápido possível. Diga a ela que a paciente é a filha do Dr. Harrison que Natália irá compreender. Ela é a melhor para conduzir esses casos... Enquanto isso, eu irei cumprindo os protocolos – falou ao telefone.

A seguir, desligou o aparelho e ficou pensativo.

– Espero que vocês, meus queridos alunos, tenham saboreado a pizza, pois temos uma paciente gravíssima sendo conduzida a este serviço. É uma criança de 10 anos, vítima de explosão por C4. Ao que parece algum louco tentou explodir a cabeça de uma criança colocando o explosivo em uma tiara. Por sorte, a carga era muito pequena e não arrancou a cabeça do lugar, mais foi o suficiente para colocá-la em coma.

– E eu que achei que já havia visto de tudo na área médica – disse um dos residentes, limpando a boca.

– O pior, meus amigos, é que essa mocinha é filha do brilhante Dr. Harrison Owen. Acho que vocês já ouviram falar dele.

– Do Dr. Harrison? – disse um dos residentes, deixando a pizza escorregar entre os dedos e cair no chão. – Ele foi meu professor...

Ele é um gênio! Coitado. Deve estar vivendo momentos de terror.

– Por isso eu mandei chamar a Natália. Ela pode ter uma personalidade difícil, mas é a única que pode encontrar uma luz no fim do túnel neste caso. Ainda não vi os exames. Parece que um velho aluno meu a está acompanhando até aqui e ajudou nos primeiros socorros. Seu nome é Nicolai Sergey. Sei que ela está em boas mãos. Agora deixem o lanche de lado e vamos descer para nos prepararmos para a chegada da paciente. Pelo que fui informado devem estar aqui em 20 minutos.

Os residentes levantaram-se, deixando para trás os pedaços da pizza e seguiram para a emergência, na qual uma equipe de trauma já estava preparada, aguardando a chegada da ambulância.

Natália caminhava de mãos dadas com Harrison pelos corredores da faculdade de Medicina.

Em algum momento sentiu-se incomodada com a presença de Melany, ainda mais por ter sido alertada por algumas amigas da faculdade de que Harrison parecia estar arrastando as asas para cima da rival. Apertava as mãos de Harrison de forma a segurá-lo. Não queria perdê-lo. Todos os colegas da faculdade não tiravam os olhos de Harrison e Melany. Parecia que algo de errado estava acontecendo.

Por mais que se esforçasse não conseguia manter as mãos de Harrison seguras. Sentia como se alguém estivesse puxando-o e ela não conseguia mais segurá-lo.

De forma repentina, viu a imagem de Melany aproximar-se. Mas por mais que tentasse não conseguia falar. Sentiu uma terrível sensação de angústia, até que pôde ouvir a voz suave de Melany.

– Não crie dificuldades e seja tolerante com Harrison. Eles precisam de sua ajuda.

Então conseguiu ver a imagem de Sophie no colo de Melany, que se aproximou de Natália e entregou-lhe a filha, que parecia estar dormindo.

Após alguns segundos viu a imagem de Melany se afastando lentamente até desaparecer por completo. Procurou por Harrison, mas não o viu. Até que um toque que parecia familiar começou a soar de forma ininterrupta.

Ao abrir os olhos, viu que o celular estava vibrando e tocando.

Sentia ainda um gosto de café amargo misturado ao vômito.

– Que sonho estranho! – exclamou, enquanto caminhava em direção ao celular.

Ao atender, reconheceu a voz fina e irritante da secretária do hospital.

– Dra. Natália, aqui quem fala é Janice.

– Olá, Janice, deixe-me ver se adivinho... O idoso do Dr. Dorian está velho e cansado demais para assumir algum paciente grave que esteja chegando aí no hospital. Como serei eu quem irá rendê-lo no plantão de amanhã cedo, ele pediu para me chamar para ir mais cedo e propondo repor minhas horas quando precisar.

– Pior, doutora... Temos uma criança que irá dar entrada aqui no hospital daqui a pouco. Parece que houve uma explosão e que ela está com lesão neurológica grave. De fato foi o doutor Dorian quem me pediu para que lhe chamasse, mas não propôs nenhuma troca de plantão ou compensação de horas. Apenas pediu para que você venha o mais rápido possível para o hospital. A criança que está vindo é a filha do Dr. Harrison. O Dr. Dorian disse que a senhora iria compreender quando lhe dissesse, além de que você é a melhor para lidar com esses tipos de casos.

– O quê? A filha de Harrison?

– Sim, doutora Natália, isso mesmo. Apenas disseram pelo rádio que o quadro dela é muito grave. A equipe da emergência já está toda preparada para recebê-la. Pediram para lhe contatar com urgência.

Natália permaneceu muda por alguns instantes, até ouvir a voz estridente da secretária.

– Alô, Dra. Natália? A senhora está me ouvindo?

– Sim. Chego aí em 15 minutos...

Desligou o telefone. Correu para o quarto e vestiu uma calça jeans e uma blusa de gola branca. Calçou um tênis confortável e pegou o jaleco. Após alguns minutos já estava no elevador, em direção à garagem.

– Estranho... Muito estranho esse sonho e depois essa notícia. Eu, hein... – pensou enquanto as portas do elevador se abriam para recebê-la. Seguiu até o carro e saiu cantando os pneus em direção ao hospital.

– Pois é, Natália, como o mundo é irônico. Quem poderia imaginar que você está indo para salvar a filha do Dr. Harrison. Só espero que tenha sorte... – disse em voz baixa, enquanto dirigia. No primeiro sinal vermelho, aproveitou para retocar o batom com o auxílio do espelho retrovisor do carro.

30

De acordo com a medicina militar, o efeito de uma explosão no corpo humano apresenta-se com lesões diretas ao organismo, em especial em órgãos ocos.

O principal processo que gera a explosão decorrente do deslocamento de ondas de pressão, que faz com que ocorra o rompimento das vísceras ocas, associado a lesões térmicas provocadas pelo calor e arremessamento do indivíduo contra outras estruturas ou artefatos contra a própria vítima. Lembrou-se do velho professor de medicina militar que dizia:

– Numa explosão temos três fases. A primeira é a ruptura dos órgãos e vísceras ocas. A segunda são as queimaduras provocadas pelos explosivos, que sempre liberam grande quantidade de calor. E a terceira e última são as lesões provocadas pelo deslocamento da massa de ar, devido às ondas de pressão, que faz com que estilhaços resultantes da explosão sejam arremessados contra a vítima e, dependendo da intensidade da onda de pressão, faz com que o indivíduo também se comporte como um projétil, sendo arremessado contra outras estruturas.

No caso de Sophie, foi pouca a quantidade de explosivo empregada, porém capaz de causar um grande dano. Além das queimaduras no local que ocorreu a explosão, a maior preocupação era o impacto que seu cérebro havia sofrido. A sobrevivência dela, bem como a presença de sequelas, iria depender do resultado do exame, associado a uma intervenção imediata da equipe de neurotrauma.

Nicolai olhava para a filha do melhor amigo. Sabia que as chances eram muito remotas.

– O que será de Harrison se ele perder a filha? Ele não irá suportar tamanha dor – pensava, observando os números e ondas exibidas pelos monitores conectados à Sophie.

Então o médico que estava próximo do motorista da ambulância aproximou-se de Nicolai.

– Estamos chegando. A equipe de trauma já foi acionada e está nos aguardando – informou-o, enquanto a ambulância estacionava diante do hospital.

Assim que desceram da ambulância, prontamente uma equipe de médicos abria passagem por entre os repórteres e os flashes fotográficos, enquanto os policiais do Grupo Antissequestro colocavam as mãos diante das câmeras, evitando as fotografias.

Apressados entraram no hospital em Copacabana, empurrando a maca de Sophie e driblando a equipe de reportagem e os policiais.

Seguiram em direção ao centro de trauma. O socorrista acompanhava o médico-chefe do serviço, enquanto detalhava o caso e a medicação feita durante o transporte.

Nicolai seguiu até a ambulância de Harrison, ignorando o tumulto entre os policiais e a equipe de reportagem. Ao se aproximar, porém, percebeu que o pai de Sophie ainda estava dormindo.

– Ele deve acordar daqui a alguns minutos – afirmou o médico que estava responsável por Harrison. – Ele estava muito agitado, por isso tivemos que sedá-lo. Acho bom você ficar aqui por perto, pois assim que ele acordar irá sentir-se um pouco sonolento e poderá ficar agitado.

– Tudo bem. Vou ficar – respondeu Nicolai.

"A alma humana é a semente de Deus. Se a alma de Sophie se perder, Harrison jamais verá a filha de novo. Enquanto ainda existir vida no corpo de Sophie, existem chances..." – pensou enquanto caminhava em direção a uma máquina de refrigerantes na entrada do hospital. – Se ela morrer, tudo estará perdido. Pobre Harrison.

Colocou uma moeda na máquina de refrigerantes e em instantes ouviu o som de uma lata caindo. Retirou-a, abriu a lata e saciou a sede com o refrigerante gelado até que viu que o médico da ambulância fazia sinal.

Aproximou-se do veículo. Harrison havia acordado.

Estava sentado na beira da maca.

– Olá, Harrison, como você está? – perguntou, olhando para o amigo, que tinha a face abatida. Os olhos cinza haviam perdido o brilho e as olheiras tomavam espaço no rosto com a barba ainda por fazer.

– E Sophie, como ela está? Preciso vê-la! – respondeu, tentando ficar em pé. Porém apresentou vertigens e teve que se sentar.

– Ela está viva... – disse Nicolai, pensativo – Acabou de dar entrada no centro de trauma. Acredito que já deva estar sendo avaliada pela equipe de neurotrauma.

– Preciso ir vê-la. Tenho que ajudá-la!

– Harrison, você não está em condições de ajudá-la agora. Deixe a equipe de trauma fazer o trabalho que lhes compete. Você tem um forte vínculo emocional com sua filha, isso atrapalharia na tomada de decisões. A equipe que está a assistindo sabe que Sophie é sua filha. Irão fazer de tudo para salvá-la. O melhor que podemos fazer neste momento é aguardar pelas notícias e cruzar os dedos para que tudo dê certo.

Harrison, com o auxílio de Nicolai, seguiu até a recepção do hospital, atravessando as portas de vidro, que se abriram por inter-médio do sensor de movimento. Os repórteres haviam sido retirados pelos policiais do Grupo Antissequestro, com o auxílio da segurança do hospital.

Marques Carrera aguardava a entrada de Harrison e aproximou-se ao vê-lo.

– Dr. Harrison, peço desculpas pelo fracasso da operação. Um de nossos atiradores perdeu o contato por meio do rádio e não chegou a ouvir a ordem de cessar fogo. Como ele tinha o sequestrador na mira, de forma que não colocasse em risco a vida de sua filha, ele disparou. Estamos com o disco rígido destruído e Karl Smith está morto. Conversei com a equipe médica. Estão cuidando de sua filha.

Ela está fazendo alguns exames. Disseram-me que após os exames irão lhe dar notícias. Lamentamos o ocorrido e compreendemos sua dor – explicou, cabisbaixo.

Harrison apenas olhou para o policial, ainda apoiado em Nicolai, e sem dizer nada seguiu até a recepção. O policial colocou um cigarro na boca, resignado, retirando-se do hospital.

– Nicolai, parece que tudo está rodando. Tenho que sentar.

– Você foi sedado. Você ainda deverá permanecer meio sonolento por algum tempo.

– Quanto tempo eu fiquei dormindo? Preciso ter notícias de Sophie. Conheço poucos médicos deste hospital.

– Você ficou dormindo por trinta minutos. Acordou alguns minutos depois que Sophie deu entrada no hospital. Agora são 2 horas – respondeu Nicolai, olhando para o relógio.

Harrison levantou-se e, ainda arrastando os pés, seguiu em direção à recepção do hospital.

– Aonde você vai?

– Nicolai, preciso ver Sophie. Tenho que estar presente. Ela é minha filha e tudo o que tenho de mais importante nesta vida. Sem ela nada teria sentido.

– Eu irei com você. Acho que já devem ter alguma informação. De qualquer forma, meu amigo, você deverá ser forte para enfrentar as notícias, sejam elas boas ou ruins.

Harrison seguiu em direção à recepção, ainda amparado por Nicolai. Uma morena com traços indígenas o atendeu.

– Boa noite, em que posso ajudá-lo?

– Senhora, sou médico. Trouxeram minha filha para este hospital há pouco. Preciso vê-la – disse, mostrando a identificação do conselho de medicina.

– Sim. Sua filha acabou de sair da tomografia. A neurocirurgiã já havia dito que o pai de Sophie iria nos procurar e que era para o senhor subir, que ela irá encontrá-lo na sala de espera do bloco cirúrgico no quinto andar. Tome este crachá de visitante. Ele irá liberar a sua entrada.

– Meu amigo é médico e também está comigo. Foi ele quem realizou o primeiro atendimento de Sophie.

– Sim, eu o vi chegando com os enfermeiros. Apenas preciso ver a identificação dele e irei liberar a entrada de vocês.

Nicolai também mostrou a carteira de registro e recebeu outro crachá.

Seguiram até o elevador. Harrison ainda estava meio sonolento e algumas vezes apoiava-se em Nicolai.

Ao saírem do elevador, já estavam no andar do bloco cirúrgico. Havia uma recepcionista e diversas cadeiras vazias. Apenas uma pessoa estava sentada na recepção, aguardando notícias de outro paciente.

Seguiram em direção à recepcionista, mas antes de chegarem a falar com ela, a dupla e pesada porta de um dos blocos cirúrgicos se abriu. Natália saiu, vestindo uma roupa azul, usada em bloco cirúrgico, e com uma touca verde volumosa, que mostrava que o cabelo havia sido preso.

– Boa noite, doutores! – disse Natália, ainda olhando para a tomografia.

Nicolai apenas observava, surpreso.

– Olá, Natália. Preciso que salve minha filha. Não tenho condições emocionais para assumir o caso e reconheço que você é uma das melhores médicas em neurotrauma que já conheci. Não imaginava encontrar você por aqui. Desculpe-me se disse algo que lhe magoou naquela noite.

Quanto a nossa festa, não se preocupe. Sei que tenho uma personalidade difícil. Também não imaginava atender sua filha, Harrison. O que foi que aconteceu para que ela tivesse um ferimento tão grave?

Harrison baixou a cabeça, enquanto as lágrimas lhe percorriam a face.

– É uma longa história, Natália. Há dois dias estava no local errado e na hora errada. Para piorar, Sophie foi sequestrada e houve uma tentativa frustrada de resgate. Agora me diga, Sophie vai ficar bem? Ela terá sequelas? Preciso de sua ajuda. Por favor, não a deixe morrer!

"Pobre Harrison. A pessoa que tanto amo, sofrendo nessa magnitude... Mas tenho que ser profissional" – pensou Natália, enquanto se aproximava de um dos homens a quem mais admirava.

– Harrison... – disse Natália. – Você terá que ser muito forte para o que vou lhe dizer agora. Sophie ainda está viva, só que ela sofreu lesões neurológicas muito graves. Houve lesão importante no lobo parietal, parte posterior do lobo frontal e lobo temporal, associado a dois volumosos hematomas extradurais, o que agrava a hipertensão intracraniana. Também tivemos outra importante lesão no tronco cerebral pelo efeito de deslocamento de onda de pressão provocado pelo explosivo. Isso sem contar as inúmeras micro hemorragias ventriculares. Neurologicamente, Harrison, você sabe tão bem quanto nós, que não há nada que possa ser feito, apesar de termos drenado os hematomas e estancado a hemorragia. Consideramos Sophie em um quadro de morte encefálica. Os órgãos estão funcionando graças ao suporte mecânico de vida. Amanhã a equipe de neurologia irá repetir os testes e então, após nova confirmação do quadro, iremos desligar os aparelhos. Vou autorizar sua permanência ao lado de sua filha nesta noite. Sinto muito. Queria que tivesse sido diferente...

Harrison abaixou a cabeça e caminhou em círculos, seguindo em direção a uma parede, na qual apoiou a cabeça e, a seguir, caiu em prantos.

Nicolai aproximou-se de Natália, que, cabisbaixa, olhava para Harrison.

– Natália, não há nada que possa ser feito?

– Infelizmente não, Nicolai. Só pela destruição do tronco cerebral ela jamais iria respirar de novo e sequer teria consciência devido à perda da substância reticulada ascendente. Fora as outras estruturas que foram lesadas. Sophie neurologicamente está morta. Sinto muito por Harrison. Queria que essa história tivesse um final diferente, mas somos mortais. Todo conhecimento médico termina no processo da morte. A partir desse momento nada mais pode ser feito. É uma limitação divina.

"É o que você pensa... A Medicina pode ter limitações, mas Nephesus não. Quebraríamos os protocolos, mas por uma nobre causa" – pensou enquanto olhava para o amigo, que estava sentado no chão da sala de espera em prantos.

– Natália, se Sophie for mantida em ventilação mecânica, quanto tempo os órgãos dela ainda suportariam até que parassem por completo e ela fosse declarada morta?

– Acredito que no máximo 12 horas. Isso com muita sorte.

Nicolai olhou para o relógio de pulso, que marcava 2h20min da madrugada. Ajustou o timer do relógio digital que usava e ativou a contagem regressiva: 11h59min59s, seguido de um bipe.

– O que você está fazendo, Nicolai? Por que colocou seu relógio em contagem regressiva?

– É que quero ficar com Harrison até o último minuto, de forma que eu não perca meu voo pela manhã. A propósito, podemos entrar para ver Sophie? Acho melhor eu ficar perto dele, pois será um momento muito difícil.

– Claro, vamos até lá. Irei deixá-los a sós com Sophie. Se precisarem de algo é só me chamar... Venha comigo – disse Natália, enquanto caminhava em direção a Harrison, que continuava sentado no chão com as mãos na cabeça.

– Vamos até o CTI. Como lhe disse, irei deixar que fique ao lado de sua filha o tempo que for necessário. – afirmou Natália.

Harrison levantou-se e caminharam até o CTI. Atravessaram algumas portas e seguiram por um longo corredor, que mais parecia um labirinto. Alguns enfermeiros acompanhados de técnicos de enfermagem atravessavam o corredor carregando recipientes com medicações e materiais para outros procedimentos, preparados para serem administrados. Algumas vezes o toque digital dos telefones quebrava o silêncio que se misturava ao cheiro suave de álcool hospitalar. Calçaram os protetores para os pés e colocaram uma touca, de forma a reduzir a infecção. Lavaram as mãos até que foi permitido o acesso deles ao CTI.

Harrison reconheceu a sala. Era reservada apenas a um único paciente, em especial aos pacientes sem prognóstico[12] médico, naquele caso, de morte encefálica. Sabia que não tardaria para que viessem falar sobre a possibilidade de doação de órgãos da mesma forma que haviam feito com Melany no passado.

A sala era pequena e as paredes brancas tornavam o ambiente ainda mais frio.

Havia um respirador mecânico conectado a um tubo orotraqueal, que fornecia o suprimento necessário de oxigênio aos pulmões de Sophie. O monitor cardíaco anunciava com um pequeno e uníssono bipe cada batimento do coração da filha de Harrison. Um acesso venoso estava conectado no braço direito dela e o soro lentamente gotejava a medicação rigorosamente pré-calculada por meio de uma bomba de infusão. Uma pequena janela bem no alto da sala mostrava a lua cheia. Uma atadura havia sido enrolada na cabeça de Sophie e o longo cabelo loiro cacheado havia sido cortado. A pele branca e delicada ainda mantinha o brilho de alguém que havia caído em um sono profundo, sem resposta a qualquer estímulo externo.

Um lençol cobria o frágil corpo até a altura dos ombros, deixando de fora apenas os pés que vestiam a meia cor-de-rosa com estampas de coração pintadas em branco por todo tecido.

Pouco acima do equipamento de ventilação mecânica havia um cartaz com a seguinte inscrição: "Doe órgãos. Você pode salvar outras vidas!".

Harrison aproximou-se de Sophie e segurou as mãos frias da filha, enquanto Nicolai permanecia encostado na parede, respeitando a dor do amigo.

---

12 Prognóstico é o conhecimento ou juízo antecipado, prévio, feito pelo médico, baseado necessariamente no diagnóstico médico e nas possibilidades terapêuticas, segundo o estado da arte, acerca da duração, da evolução e do eventual termo de uma doença ou quadro clínico sob seu cuidado ou orientação. É predição do médico de como a doença do paciente irá evoluir, e se há e quais são as chances de cura.

– Me perdoe, filha... Eu falhei como pai. Nada disso era para ter acontecido se não fosse por minha causa. Não sei viver sem você... – disse antes de arrastar uma cadeira que estava próxima e sentando-se ao seu lado. – Desde que perdi sua mãe, viver tornou-se difícil, mas ao menos a sua presença iluminava meu caminho. Sempre cuidei de você com todo amor que um pai pode oferecer a um filho. Se ao menos eu não tivesse ido naquele maldito baile de formatura ou naquele congresso, talvez nada disso tivesse acontecido! Mas agora sei que é tarde. Não se preocupe, minha filha. Em breve estarei junto de você e de sua mãe...

Então, Harrison levantou-se e aproximou-se do rosto de Sophie, depositando-lhe um suave beijo e deixando gotejar uma lágrima, que percorreu a fria e pálida face da filha.

Sentou-se, deixando o silêncio ser quebrado pelo som contínuo e intermitente dos monitores.

Nicolai estava calado. Olhava para Harrison e em alguns momentos fitava o display do relógio, mostrando que o tempo continuava a reduzir: 11h43min55s.

"Não posso deixar que Harrison sofra dessa forma. A morte não é o fim! É apenas um novo começo, que ainda é desconhecido pela ciência moderna em seus diversos ramos teofilosóficos. Eu tenho a chave em minhas mãos... Harrison sabe disso. Talvez seja a única chance de ajudá-lo para ter a filha de volta. Sempre acreditei no conhecimento científico e temos o conhecimento para trazer a alegria de volta ao meu grande amigo. Já perdi minha família. Não quero que ele passe pelo mesmo... Um novo começo, uma nova chance, ao menos enquanto ainda existir vida no corpo de Sophie..." – pensava Nicolai, olhando para o display do relógio, que de forma harmônica continuava a contagem regressiva.

Nicolai aproximou-se do amigo, que havia se sentado e continuava a segurar a mãos da filha.

"Tenho que ajudá-lo. Não posso permitir que ele sofra dessa forma!" – pensava enquanto olhava para a triste imagem de Harrison sentado, segurando as mãos inertes de Sophie.

A luz fria era refletida no pôster de incentivo para a doação de órgãos, enquanto o silêncio era quebrado pela orquestra rítmica do som emitido pelos monitores.

145

31

BELO HORIZONTE - MG

O velho artesanal relógio cuco alemão, produzido em madeira de carvalho, mantinha os ponteiros em 2h36min.

Deitado no sofá, um dos gêmeos dormia tranquilo enquanto o outro caminhava pela casa usando os óculos de visão noturna.

Aproximou-se da cozinha e percebeu que o fogão era a gás canalizado. Retirou os óculos de visão noturna, pegou uma lanterna do bolso e começou a examinar a saída de gás.

– Interessante... – disse ao analisar a estrutura que se ramificava em quatro, para pontos distintos da casa.

Voltou para a sala e pegou uma velha mochila que havia trazido após livrar-se dos corpos dos seguranças. Iluminou o conteúdo, deixando revelar na penumbra parte da tatuagem do martelo gravada no punho.

– Ótimo! – exclamou, retirando um pequeno pacote.

Voltou para a cozinha, colocou a lanterna sobre a mesa de forma a clarear o conteúdo da mochila. Dentro havia explosivos C4, podendo ser acionados por um pequeno controle remoto com alcance de um raio de 500 metros. Retirou-os da mochila e ativou o timer de contagem regressiva para cinco minutos.

Caminhou pela casa, localizando pontos estratégicos próximos ao sistema de condução de gás e implantou os explosivos em diversos cômodos de forma discreta e praticamente imperceptível. Após fazer isso, prendeu o pequeno controle remoto na cintura.

"Não restará nenhuma prova... Aqui tem C4 suficiente para transformar essa casa em um amontoado de poeira. Após acionar os explosivos, eu e meu irmão teremos 5 minutos para sair daqui, antes de tudo voar pelos ares. É tempo mais do que suficiente... Serviço limpo e sem provas" – pensou, enquanto retornava para cozinha.

– Missão fácil... Matar um civil e encontrar Nephesus. O problema é saber onde foi que esse infeliz escondeu essa droga de projeto. Já procurei em todo lugar. Não sei mais onde procurar... A menos que esteja em outro lugar... Nesse caso, terei que torturar Nicolai e fazê-lo falar. Tenho meus métodos – murmurou, abrindo a geladeira e retirando uma embalagem com leite integral.

Abriu o recipiente, despejou o leite em um copo e bebeu como uma criança ávida de fome. Limpou o canto da boca e seguiu até a sala.

– Estou cansado desta droga de monotonia. Preciso de um pouco de ação! – resmungou, olhando o irmão, que dormia.

O velho relógio cuco mantinha o som contínuo e sincronizado do ponteiro dos segundos. Ele aproximou-se do irmão, apertando-lhe o dedo polegar. O gêmeo com a foice tatuada despertou, assustado.

– O que houve? Nosso alvo chegou?

– Não, meu irmão. Temos um problema. Revirei a casa inteira atrás de Nephesus e não encontrei nada. Não podemos matar Nicolai até que ele nos revele onde escondeu essa droga de projeto. Já estou cansado e ainda temos dois caças que valem milhões em nossa responsabilidade. Temos que ocultar esses animais mortos de forma que, quando ele chegue, possamos capturá-lo e fazê-lo dizer onde foi que ele escondeu Nephesus.

– Relaxe! Tudo vai dar certo. Tente descansar um pouco e deixe que eu assuma a vigia a partir de agora. Fique tranquilo que iremos encontrar logo esse projeto e cumprir nossa missão. Em breve seremos os melhores dos melhores! – exclamou o gêmeo, enquanto se espreguiçava exibindo a tatuagem da foice.

– Sim, mas não podemos deixar nenhum rastro. Devemos redobrar a atenção pela manhã, pois algum empregado pode aparecer. Se isso acontecer, teremos que executá-lo e também esconder o corpo. Estou exausto e preciso dormir um pouco. Aquela viagem acabou comigo. A propósito, fique com o controle remoto. Conforme o protocolo, implantei cinco pontos de explosivos em lugares estratégicos espalhados pela casa, no caso de algo dar errado – disse o gêmeo com o martelo tatuado no punho, sentando-se no sofá enquanto o irmão carregava os animais entre os braços.

– Sem problemas. Agora descanse que qualquer novidade eu lhe acordo. Vou continuar a vasculhar essa maldita casa e ver se encontro algo – disse o gêmeo com a foice tatuada.

Escondeu os animais mortos no banheiro da sala e colocou os óculos de visão noturna. Começou a vasculhar a casa.

– Meu irmão tem razão... Se encontrarmos Nephesus, tudo fica mais fácil. Basta executar Nicolai e voltar para Moscou. Caso contrário, teremos que fazê-lo falar e isso poderá se transformar em um problema.

Observava com atenção todos os detalhes na visão infravermelha. Foi até o escritório e uma área fria apareceu nos óculos de visão noturna, porém continuou caminhando sem dar atenção.

32

RIO DE JANEIRO - RJ

A sala da casa de Harrison estava com as luzes acesas. As cinzas do cigarro jaziam sobre o cinzeiro, juntamente com a sensação de vazio que se misturava ao silêncio da noite.

Eliza, por mais que tentasse, não conseguia parar de pensar em Sophie e preocupava-se com Harrison, mesmo sentindo-se sonolenta devido ao tranquilizante que o paramédico havia lhe administrado.

A última notícia que havia recebido era de que os policiais do Grupo Antissequestro haviam ido ao encontro de Harrison na tentativa de resgatarem Sophie. Pelo que havia conseguido compreender, parecia que Harrison tinha algo que o sequestrador queria.

Caminhou pela sala apoiando-se na mobília, ainda sentindo dor no local da contusão. Jamais iria se esquecer do olhar frio do sequestrador...

Olhou para o cinzeiro e ao lado havia um cartão com o número do Grupo Antissequestro, que tinha deixado caso necessitasse.

– Preciso ter notícias... Dr. Harrison e Sophie podem estar carecendo de ajuda... Ainda mais Sophie, que deve estar apavorada com esta situação toda – disse, pegando o telefone que um dos policiais havia emendado o fio para que voltasse a funcionar. Discou para o número impresso no cartão.

Após algum tempo, pôde ouvir uma voz feminina do outro lado que não conseguiu evitar um bocejo assim que atendeu ao telefone.

– Grupo Antissequestro, boa noite. Em que podemos ajudar?

– O policial Henrique Cruz deixou um cartão comigo com este telefone. Precisava ter notícias sobre uma criança chamada Sophie, que foi sequestrada ontem à noite. Ele me falou que havia conseguido identificar o sequestrador e estavam no encalço dele. Pediram-me que não ligasse para o telefone de Harrison e desde então estou sem notícias.

Percebeu que a atendente se calou por alguns instantes.

— A senhora é jornalista?

— Não. Eu que cuido dela desde que a pobrezinha perdeu a mãe ao nascer. Acabei sendo como uma mãe para ela e trabalho com o Dr. Harrison, pai de Sophie. Preciso ter alguma notícia. Esta angústia está insuportável.

— Qual o nome da senhora?

— Eliza. Dois agentes do Grupo Antissequestro estiveram aqui comigo hoje.

— Um momento, por favor, que vou confirmar...

Após alguns minutos, Eliza ainda conseguiu ouvir a voz grossa já conhecida de um dos policiais autorizando a atendente a dar-lhe informações.

— Bem, senhora, desculpe-me por fazê-la esperar. Infelizmente a tentativa de resgate de Sophie não foi bem-sucedida e ela foi ferida.

— Como assim? O que aconteceu? Onde ela está?

— Ela está internada, sob cuidados médicos. Ao que me consta, o pai está com ela e ele poderá lhe dar mais notícias. Sinto muito.

— Em qual hospital ela está? Preciso ir até lá o quanto antes. Eles podem estar precisando de minha ajuda neste momento.

— Está em um hospital em Copacabana. Não posso dar mais informações.

— Ela está bem? Como assim, foi ferida?

— Senhora, infelizmente não posso lhe dar maiores informações. Somente o hospital poderá lhe dizer sobre o estado da menina. Tenha uma boa noite.

Então o telefone ficou mudo. A atendente havia desligado. Eliza caminhava cambaleando de um lado para o outro. Sabia que não tinha condições de dirigir.

Pegou o telefone e tentou ligar para Harrison, porém o celular estava desligado. Tudo que ouvia era apenas uma mensagem eletrônica pedindo para deixasse um recado.

Sentou-se no sofá e como criança pôs-se a chorar. Amava Sophie de forma imensurável.

33

Carregada de um forte simbolismo, a morte, para muitos, se resumia no fim.

Desde a antiguidade, apesar de temida, sempre trouxe o fascínio ainda que abordada em diversas ramificações místicas, mágicas, científicas e teosóficas.

O que chamava a atenção era que poucos ramos de pesquisa dedicavam-se ao estudo da morte. Havia cientistas que diziam que se a chave da imortalidade fosse descoberta não haveria espaço no planeta para a população mundial. Era um erro grosseiro, discordado por outras correntes, onde relatavam que a imortalidade traria um forte controle da natalidade, porém, o conhecimento que seria adquirido e armazenado, colocaria o atual avanço científico da humanidade anos-luz adiante de um novo e magistral desenvolvimento tecnológico e intelectual.

Desde os primeiros projetos de criogenia, que consistiam na conservação de corpos humanos em temperaturas extremamente baixas com o ideal de reanimá-los futuramente, houve um forte impacto na comunidade científica, colocando em xeque o velho conceito de que a morte era o fim.

Nicolai não aceitava tais teorias por uma simples razão: todas estavam erradas. Ele conhecia a verdade e tinha diante de si a oportunidade de poder ver se Nephesus realmente funcionava, testando-o com o primeiro ser humano. Se desse certo, poderia talvez mudar o destino de Harrison... Só não sabia se Harrison iria concordar. Nephesus ainda estava em fase de testes. Tinha muitos parâmetros a serem ajustados.

Sabia que a vida do melhor amigo seria outra se Sophie estivesse viva. Já havia sentido dor semelhante no passado. Tinha protocolos a seguir, mas por outro lado a obrigação moral em ajudar Harrison era maior.

Harrison há aproximadamente 40 minutos mantinha-se estático, segurando as mãos da filha. Por diversas vezes, o único movimento que via o amigo fazer era o de enxugar as lágrimas, afagar a fria e pálida face da filha e recostar a cabeça no peito de Sophie para ouvir os batimentos cardíacos... O único som involuntário que a filha podia emitir.

Olhou para o display do relógio, que harmonicamente o tempo continuava em contagem regressiva. Uma hora havia passado. Pelos cálculos de Natália, ainda restavam 11 horas para que a vida de Sophie fosse ceifada pela eternidade.

– Não, desta vez não. Talvez Nephesus possa ajudar... Estaremos quebrando todos os protocolos, mas é a única chance de Sophie. Danem-se a ética e os protocolos! – murmurava Nicolai, enquanto olhava para a mensagem na cabeceira da cama de Sophie. – Temos a chance de vencer a morte. Por ironia tenho uma descoberta revolucionária e jamais estaria contrariando meu código de ética médica, que é salvar vidas.

Caminhou em direção a Harrison, que se mantinha cabisbaixo.

– Harrison, preciso falar com você. Sophie ainda tem uma única chance de sobreviver, mas teremos de ser rápidos! – exclamou, olhando para o relógio.

– O quê? Natália foi clara! Ela está certa. Está tudo acabado, Nicolai... Em breve o coração de Sophie irá parar. As lesões neurológicas de Sophie são uma catástrofe. Transferiram ela para esta sala porque sabem que ela irá morrer. Não há nada mais que possa ser feito – respondeu pressionando os olhos, tentando conter as lágrimas.

– Você está errado, Harrison! Estou querendo ajudá-lo. Eu sou sua última esperança para que sua filha possa sobreviver – respondeu enquanto certificava de que as portas estavam fechadas, porém sabiam que a conversa de alguma forma poderia estar sendo interceptada. Tinham que cumprir os protocolos, mesmo na atual situação.

– Você está louco, Nicolai? Tenho que aceitar as limitações da medicina. Acho que esse não é o momento. Compreendo sua intenção em querer ajudar, mas temos que aceitar...

É o fim. Nada mais faz sentido... Hoje será a morte de Sophie, em breve será a minha.

– Acorde, Harrison! – gritou Nicolai, aproximando-se do amigo, que recuou assustado. – Vou te contar a verdade. Meu verdadeiro nome não é Nicolai. Eu me chamo Dimitri Komovich. Sou filho de Mikail Komovich e Sasha Komovich. Meus pais eram brilhantes cientistas russos e foram assassinados de forma brutal a pedido do governo russo, por resgatarem um projeto chamado Nephesus. Uso o nome falso de Nicolai para sobreviver, pois sou procurado pela inteligência russa em diversos países.

— Você está louco! – respondeu Harrison. – Saia daqui! Deixe-me a sós com minha filha – levantou-se, olhando com frieza para Nicolai. "Não acredito que esteja fazendo isso... Ainda mais agora!"

— Sim, eu vou sair, mas antes você terá que me ouvir. A única verdade em minha vida é que o considero como meu grande amigo e quero ajudá-lo. Sou a única pessoa na face da terra que pode lhe socorrer neste momento. Primeiro me ouça, depois se quiser eu desapareço de sua vida. Mas antes escute o que tenho a lhe dizer.

— Está bem... Você tem 10 minutos – respondeu Harrison, olhando para o relógio.

— A Rússia é uma das maiores economias do mundo e um dos maiores países em poderio militar. Somos detentores de armas nucleares bem como possuímos uma das maiores reservas de armas em destruição em massa do planeta. Porém, temos um sério concorrente ao longos dos anos... Os Estados Unidos da América. É uma antiga rivalidade, que piorou após a corrida espacial... Fomos o primeiro país a realizar o voo espacial humano, com Yuri Gagarin, mas muitos de nossos governantes sentiram-se humilhados quando os EUA proporcionavam umas das cenas mais espetaculares da Terra, anunciando ao mundo o momento que a nave Apollo 11 pousava em solo lunar e Neil Armstrong entrava para a história ao pisar na Lua no dia 20 julho de 1969. Era o fim da corrida espacial. E a Rússia havia perdido...

— Como se não bastasse, os Estados Unidos, no governo de Ronald Reagan, anunciaram ao mundo o projeto Guerra nas Estrelas, isso sem falar na demonstração cruel e fria do poderio bélico com as armas nucleares no Japão, em Hiroshima e Nagazaki. O governo russo ficou em silêncio, mas não de mãos atadas...

— O que o mundo não sabia foi que, na mesma época da corrida espacial, um projeto secreto era desenvolvido pelo governo russo, chamado de Nephesus, nome inspirado da palavra em hebreu nephesh, que aparece no velho testamento da bíblia hebraica como "vida" ou "alma". Não há corpo sem vida ou alma. Esse é o princípio básico. O projeto Nephesus consistia em pesquisar a alma humana e compreender a morte.

— O projeto Nephesus, da mesma forma que algumas missões Apollo fracassaram a princípio foi posto de lado e considerado inviável. Até que a inteligência russa ficou sabendo das brilhantes pesquisas de meus pais, publicadas nas mais conceituadas revistas da comunidade científica, e reconsiderou a viabilidade do projeto, decidindo então reunirem-se secretamente com eles no Kremlin, junto com o presidente da Rússia, Anatoly, e os representantes da inteligência. Após calorosas reuniões seguidas de um estudo minucioso do projeto que discutiram a viabilidade de Nephesus, decidiram retomá-lo, com enfoque na pesquisa sobre a alma humana e o poder de trocá-la de corpo. Concluíram que era possível, mas iria requerer mais tempo de pesquisa. Uma verba milionária foi liberada para que o projeto continuasse.

– O projeto secreto, foi desenvolvido nas proximidades de Moscou. Uma mina de níquel foi transformada em um imenso laboratório de pesquisa, preservando a velha fachada. O local tinha uma forte vigilância e quem se aproximasse podia ser detido sem nenhuma explicação. Para afastar os curiosos, a inteligência russa achou melhor implantar alguns explosivos de baixo poder de destruição, alegando que aquela região havia sido transformada em um campo minado para treinamento do exército russo. Isso afastaria os curiosos e justificaria o grande número de tropas armadas que circulavam pelo local.

Harrison observava Nicolai com atenção, sem soltar as mãos de Sophie.

– Foram convocadas as mentes mais brilhantes para o projeto Nephesus, na qual os cientistas ficaram reclusos dentro do monstruoso laboratório durante anos. Foi dentro daquele gigantesco laboratório secreto que fui concebido e passei dezessete anos de minha vida sendo educado pelos mais geniais professores e preparado desde cedo para dar seguimento à pesquisa. Até o dia em que meu pai descobriu que o projeto não tinha o objetivo de encontrar a solução para imortalidade, mas sim fazer com que fosse possível a troca de corpos.

– Troca de corpos? – interveio Harrison, com um olhar surpreso. – Você me perdoe, Nicolai, mas é muito complicado em acreditar nessa sua história – "Ele só pode ter enlouquecido... Ele está quebrando as regras. Por que logo agora? No momento mais crucial da vida, ao lado de minha filha quase morta, ele decide fazer isso. Ao menos quê..."

– Primeiro me escute, depois tire as conclusões que quiser – respondeu Nicolai em um tom áspero.

– As pesquisas apontavam que o corpo nada mais era do que uma matéria orgânica, cujos átomos que a compunham e suas unidades celulares eram apenas uma sequência de mapeamento para aderência de um fluxo energético conhecido por vocês como alma. Cada corpo agia como um receptáculo com uma identidade única. Apoiado na velha lei de Lavoisier de que na natureza nada se cria, nada se perde, tudo se transforma, fortalecida com a teoria de Einstein de que a massa poderia ser transformada em energia ou vice-versa. Após longos estudos, descobriram uma forma de captar esta energia e poder armazená-la. O estudo iniciou-se com cobaias e de fato, após elas serem colocadas em Nephesus, tornou-se possível armazenar a energia vital e aprisioná-la em cápsulas isoladas, graças a um dispositivo engenhosamente concebido, que foi batizado de condensador ectoplásmico. Porém, o corpo tinha que ser guardado em temperaturas frias, pois as pesquisas indicavam que após a retirada da "alma" ocorria um desarranjo atômico-molecular, dando início a um processo de decomposição semelhante à morte e que apenas baixas temperaturas eram capazes de tornar inerte esse processo. Neste ponto entrava a segunda linha de pesquisa conhecida como preservação criogênica. Os Estados Unidos sequer imaginavam o quanto a Rússia havia avançado no processo de preservação criogênica. Após anos de estudos, conseguiram retirar as energias de algumas cobaias, armazená-las em pequenas cápsulas com sucesso e devolvê--las aos respectivos corpos quando quisessem. O espantoso foi que descobrimos em animais de que poderíamos devolver a "alma" em corpos diferentes. O espantoso foi descobrir que alma de um gato no corpo de um cachorro mantinha o comportamento do gato. Era como se um felino "vestisse" o corpo de um cão e vice-versa. Então, a inteligência russa, apoiada nessa nova descoberta, quis dar-lhe um novo uso após torná-la aplicável em humanos. Foi neste ponto que surgiu a teoria da conspiração. Planejaram que na visita do presidente dos EUA à Rússia ele fosse capturado durante a noite e levado para Nephesus. Lá teria a "alma" aprisionada em uma pequena cápsula, enquanto a "alma" de um governante e espião russo seria colocada no corpo do presidente americano. Ninguém suspeitaria e a Rússia secretamente estaria comandando a maior potência bélica mundial e teria todo o apoio russo nas decisões até se fundir e criar um governo único, mesmo que tivesse que usar a força. Essa troca de alma se estenderia a outros governantes de outros países, até que a Rússia tivesse um representante exclusivo governando secretamente cada país e tudo chegasse a um governo único mundial. Tudo já estava meticulosamente preparado. Sabiam onde o presidente dos EUA ficaria hospedado e de forma sigilosa foram instalados dutos que transportariam halotano com o óxido nitroso, o famoso gás do sono. Todos adormeceriam e acordariam sem saber o que havia acontecido.

— Nicolai, isso não faz sentido. Se a Rússia quisesse governar o mundo, usando essa sua teoria maluca, por que então não deu continuidade no projeto?

155

– Simples, porque meu pai descobriu a teoria da conspiração e decidiu salvar a pesquisa, guardando-a a sete chaves em uma pasta. Foi aí que eles se prepararam para fugir. Destruíram todas as informações do laboratório russo e resgataram a pesquisa. Era o fim de Nephesus e do sonho do governo russo em dominar o mundo.

– E como foi então que você veio parar aqui no Brasil? Nada do que você está me falando faz sentido. É como se você quisesse que eu acreditasse que Papai Noel existisse. Perdoe-me, Nicolai. Você é um grande amigo, mas acho que este não é o momento... – afirmou, enquanto soltava a mão de Sophie.

– Harrison, estou terminando. Assim que acabar, se quiser, passarei através da porta deste quarto e você nunca mais terá notícias minhas. Quero lhe ajudar e posso. Respondendo a sua pergunta, é que desde pequeno fui treinado por militares nas minhas poucas horas de folga e aprendi com eles sobre como deveria agir em situações de perigo. Sabia que algo havia dado errado, quando meus pais desesperados, fugiram do laboratório de pesquisa russo e me deixaram para trás em um hotel, usando um nome falso que marcaria minha vida para a eternidade: Nicolai.

– Escolheram o Brasil por ser um dos países mais distantes deles. Em segredo, desde pequeno aprendi a língua portuguesa. Tinha tudo que precisava para fugir: dinheiro, informações e contatos que foram mortos da mesma forma que meus pais por terem me ajudado. Porém, morreram em prol de minha integridade física e do projeto. Meus pais, Harrison, foram assassinados pela inteligência russa em uma estação de metrô há 20 anos – disse, cabisbaixo, enquanto enxugava os olhos e aproveitava para arrumar o cabelo, que lhe atrapalhava a visão.

– Eu perdi meus pais, cresci sozinho e cheguei até a passar fome aqui no Brasil. Mas consegui vencer e dar continuidade na pesquisa com Nephesus. Estava tendo o problema em fazer o teste em humanos devido à regeneração do tecido cerebral. Mas você me trouxe a resposta. A solução para que Nephesus funcione é associada a Alfa-NPTD. Sua filha tem uma grave lesão traumática, você tem a chance de salvá-la e eu consigo lhe ajudar. Não quero que você sinta a dor da perda de Sophie da mesma forma que eu há 20 anos venho sofrendo. Quando Natália disse que Sophie teria 12 horas de vida, ela não estava brincando. Você também é médico. Sabe que o Alfa-NPTD é a única esperança para salvar sua filha.

Harrison levantou-se, saiu do lado de Sophie e aproximou-se do quadro de transplante de órgãos.

– Mas como é que o Alfa-NPTD irá salvar Sophie? – gritou e dando um murro quebrou o quadro sobre a cabeceira da filha, cortando as mãos. – Você acha que quero perder minha filha? Ela está nessa sala por uma simples razão: isso não tem cura. Ela irá morrer em breve. Esse projeto somente foi testado em cobaias e Sophie não é uma delas.

– Você está errado e podemos ajudá-la. Você sabe disso!

– exclamou, aproximando-se de Harrison. – Pare de gritar, senão daqui a pouco toda a segurança do hospital irá vir até aqui e seremos colocados para fora.

Harrison ficou calado por alguns instantes. Debruçou sobre a filha, pensativo por alguns minutos. Ao longo podia-se ouvir as sirenes das ambulâncias, que se aproximavam do hospital.

"Nicolai pode ter razão. O Alfa-NPTD poderá regenerar o cérebro de Sophie, mas a verdadeira fórmula é guardada em sigilo absoluto. Sintetizar essa medicação levaria tempo e isso Sophie não tem. Agora quanto ao projeto Nephesus, pode ser que Nicolai tenha razão. Ele realmente pode me ajudar enquanto houver tempo."

– De fato, reconheço que Sophie não tem mais chance. Apenas um milagre. Se Melany estivesse aqui, talvez nada disso tivesse acontecido... – murmurou Harrison enquanto olhava para a mão ensanguentada. Então se lembrou de o sonho que havia tido com a esposa na praia e das palavras de Melany: "Siga o seu coração".

Aproximou-se de Sophie e olhou para a filha. Amava-a de forma incondicional.

"Talvez, o Alfa-NPTD seja a única chance de minha filha sobreviver. Lembro-me de ter visto na tela do computador de Nicolai os resultados da pesquisa. Apesar de não ter analisado a fundo, parece ser a verdadeira fórmula desaparecida. Não foi à toa que Smith queria de qualquer maneira essas informações. Meu coração diz que Nicolai está querendo ajudar, ainda que para isso tenhamos que quebrar algumas regras. Se conseguirmos sintetizar essa substância, minha filha poderá sobreviver. Quanto ao Nephesus, se tudo correr como o planejado, talvez possa dar certo... Realmente é a única chance de Sophie. Temos que ser rápidos..."

Olhou para Nicolai, que ansioso observa o relógio.

– Tudo bem, Nicolai – disse, enquanto com uma pequena toalha de tecido estancava o sangramento da mão –, vou concordar com você. Só que para isso necessitaríamos ter as informações que estavam no disco rígido e ele foi destruído. Isso sem falar que precisaríamos de um laboratório para fabricar a medicação, o que demandaria tempo, que por sinal não temos.

– De fato, precisamos nos apressar se quisermos salvá-la. Eu tenho em Belo Horizonte um laboratório em minha casa. Lá pode-remos sintetizar o Alfa-NPTD. Não sei se você se recorda, mas eu fotografei toda a fórmula na tela de meu laptop, antes do disco rígido ser destruído. Fiz um backup das informações. Assim seremos capazes de sintetizar a substância, mas não podemos ficar parados! – respondeu olhando para o relógio. – Ainda temos 10 horas para levarmos Sophie para Belo Horizonte se quisermos salvá-la.

– Impossível! Você acha que eles irão dar alta para Sophie? Desligar os equipamentos seria morte certa para minha filha. Eles que a mantém viva.

– Harrison, você se esqueceu de que somos médicos? Já pensei em tudo. Na portaria do hospital tem algumas ambulâncias paradas. Três são de UTI móvel. Nela temos tudo que precisamos para remover Sophie até o aeroporto. Agora de lá teríamos que fretar um avião de transporte aeromédico para podermos ir até Belo Horizonte. Gastaríamos uma hora até o aeroporto e uma hora de voo até Belo Horizonte. Se chegarmos a tempo em meu laboratório ainda teremos 8 horas para trabalharmos no Alfa-NPTD e eu poderia colocar Sophie em suspensão criogênica pelo tempo que fosse necessário, até sintetizarmos a substância. Depois reverteríamos a suspensão criogênica e com a medicação já sintetizada curaríamos o cérebro lesionado até o momento de ressuscitá-la. Só que se ela morrer antes disso, nada mais poderá ser feito.

– Isso não faz sentido, Nicolai… Como iríamos tirar Sophie daqui? Roubar uma ambulância? Em poucos minutos teríamos a polícia do Rio de Janeiro atrás de nós. Isso sem contar que estaríamos violando todas as leis que conhecemos…

– Harrison, desta parte eu me encarrego. Preciso que você consiga o avião e uma ambulância com UTI para podermos trans-portar Sophie até minha casa em Belo Horizonte. Sem isso, realmente teremos problemas. Sei que você trabalhou por um período com transporte aéreo. Acho que isso facilitará muito.

– Sim, de fato. Tenho meus contatos. Mas é muito difícil. Ainda mais em uma hora destas!

– Harrison, se quiser que Sophie viva, você terá que fazer esse esforço. Também estou me arriscando. Se for preso, posso ter sérios problemas, pois sou um eterno procurado pelo governo russo. Irão descobrir que meu passaporte é falso e que meu verdadeiro nome é Dimitri. Se isso acontecer, estaria com minhas horas de vida contadas. Você precisa conseguir o avião. Vou descer e providenciar nossa saída até a ambulância. Aconteça o que acontecer, haja com naturalidade a partir desse momento.

Harrison olhou para a filha enquanto Nicolai saía do quarto a passos largos.

"Isso parece loucura, mas se conseguirmos sintetizar o Alfa-NPTD, minha filha, você realmente tem uma chance. Vou fazer de tudo para salvá-la. Nem que para isso eu tenha que sacrificar minha própria vida ou quebrar todas as regras" – pensou enquanto se certificava de que o sangramento da mão havia cessado.

O som dos aparelhos que monitoravam o coração de Sophie era contínuo, enquanto um ventilador mecânico fornecia oxigênio conectado em um tubo inserido na traqueia, oferecendo o suprimento vital de ar para que Sophie pudesse respirar.

Harrison sabia que em breve todo o equipamento seria desligado. Tudo era questão de tempo. Atrás do quadro quebrado, uma escuta eletrônica funcionava com perfeição sem ser notada.

34

Eliza havia caído no sono.

Sentiu o coração disparar quando ouviu que o telefone fixo estava tocando.

Levantou-se sem cambalear, mostrando que o efeito dos remédios já estava passando.

– Podem ser notícias de Sophie – pensou, indo em direção ao telefone.

Ao atender ao telefone, ouviu a voz trêmula de Harrison.

Sabia que algo havia dado errado. Temia pelo pior.

– Eliza, você está sozinha?

– Sim, doutor Harrison. E Sophie, preciso saber como ela está! Telefonei para o Grupo Antissequestro e disseram-me que ela foi ferida. Estou aflita sem notícias.

– Sophie está muito grave, Eliza, mas existe uma chance de salvá-la e eu irei precisar de sua ajuda.

– Grave? Meu Deus! Diga-me, por favor, o que aconteceu!

– O sequestrador conseguiu feri-la violentamente na cabeça. Não vou entrar em detalhes, pois não tenho tempo para isso. Preciso de sua ajuda, se quisermos salvá-la.

– Claro, doutor Harrison. Posso ajudá-lo no que for preciso.

– Veja bem. Preciso que faça contato com o doutor Marcus. Ele me deve um favor, pois consegui salvar a vida da filha dele. Chegou a hora de retribuir a ajuda que lhe prestei no passado. Ele é dono de uma empresa privada de transporte aeromédico. Diga que minha filha precisa ser transportada em uma UTI aérea com urgência para Belo Horizonte. Não há necessidade de que ele encontre um médico. Eu e Nicolai iremos fazer o transporte. Apenas preciso da aeronave com equipamentos de UTI móvel e o piloto. Essa aeronave tem que estar pronta para decolar em uma hora, no Aeroporto Santos Dumont. Preste atenção:

160

HÈRMESLÔURENÇO

– Na minha agenda você irá encontrar o telefone dele. Lá tem um número sinalizado com um asterisco. Esse número é do celular que fica 24 horas ao lado dele. Diga que é uma emergência e que Sophie tem uma cirurgia agendada para as 7 horas da manhã, mas ela tem que dar entrada no hospital daqui a 3 horas no máximo, a contar de agora. Também diga que irei precisar de uma UTI móvel para fazer o transporte terrestre em Belo Horizonte e principalmente para que ele guarde sigilo total sobre esse transporte. Ele compreenderá, pois a imprensa não me dá sossego. Também peço que caso qualquer pessoa, até mesmo a polícia, me procure, diga que não sabe onde estou.

– Tudo bem, doutor Harrison, mas encontrar um avião para transporte nesse horário é quase impossível. E se Marcus não conseguir essa aeronave?

– Não é impossível, Eliza. Ele irá compreender a minha situação, pois Marcus já passou por uma experiência semelhante onde eu fui o divisor entre a vida e a morte da filha dele. Como ele trabalha com transporte aéreo, sempre tem uma aeronave de reserva preparada para situações de emergência. Agora tenho que desligar. Não perca tempo. A vida de Sophie depende desse transporte. Assim que tiver conseguido me avise o quanto antes. Irei atender a partir de agora apenas os seus telefonemas. Também quero que você separe algumas roupas de Sophie. Dentro de minha pasta você irá encontrar uma quantia em dinheiro. Quero que pegue o primeiro voo logo pela manhã para Belo Horizonte. Irei lhe enviar em breve o endereço por mensagem. Te encontro lá. Qualquer problema, me avise.

– Está bem, doutor Harrison. Vou ligar agora para Marcus.

– Eliza, algumas pessoas poderão lhe procurar. Mantenha sigilo, diga que não sabe de nada. É para o bem de Sophie. Peço apenas esse voto de confiança. Eu sei muito bem o que estou fazendo e Nicolai também está me ajudando.

– Mas o que está acontecendo?

Nem havia terminado de falar quando percebeu que o telefone havia ficado mudo.

Harrison sempre sabe o que faz, pensou Eliza.

Caminhou até a estante, onde encontrou uma agenda telefônica com uma capa de couro. Folheou-a até encontrar o nome: Marcus.

– Fique tranquilo, doutor Harrison. Se for preciso irei até na casa do doutor Marcus. Farei de tudo para salvar nossa menina! – disse em voz baixa.

35

A televisão estava ligada, exibindo o jornal da madrugada de um canal de programação paga na pequena sala de estar dos médicos.

Naquela noite em especial, os residentes de neurocirurgia notaram que algo estava errado com a preceptora mais temida e mal-amada do hospital.

Perceberam que Natália não havia deixado espaço para nenhum diálogo, questionamento e muito menos dava atenção a eles.

Pela primeira vez a viram ficar diante de um prontuário lendo, relendo, fazendo anotações. Sabiam que tudo era em vão, pois o prontuário médico referia-se à menina de 10 anos que havia chegado ao hospital com um grave trauma de crânio sem nenhuma expectativa de vida.

Ao menos sabiam que os órgãos daquela menina poderiam ajudar outras crianças e não viam a hora de participarem da necropsia para acompanhar de perto a extração das nobres e vitais vísceras tão estudadas outrora nos atlas de anatomia. Era uma oportunidade ótima para recordarem-se dos primeiros passos após a admissão na faculdade.

Um dos residentes de aspecto nipônico olhou para os colegas fazendo um sinal. Aproximou-se de Natália.

– Olá, doutora. Desculpe-me importuná-la, mas percebemos que você já está um bom tempo atrás desse prontuário. Sabemos que se trata daquela menina vítima de explosão com traumatismo grave sem expectativa de vida.

Natália colocou o prontuário sobre a mesa. Pegou o controle remoto e desligou a televisão.

– Que as lesões são graves, isso não é nenhuma novidade. Também sei que ela não tem chance alguma. Estou lendo o prontuário em vez de ficar assistindo televisão, pois, como médica, quero ter absoluta certeza de que não existe nenhuma chance de sobrevivência para Sophie. Se existisse alguma possibilidade, por menor que fosse, eu batalharia por ela. Aprendi na minha época de faculdade, debruçada nos livros, que enquanto há vida temos esperanças.

– Concordo. Só que no caso dela seria melhor morrer do que se tornar um vegetal e dar despesas ao sistema de saúde.

– No dia que você tiver um filho e ele estiver na mesma situação que ela, gostaria de estar perto para ver quantas vezes você iria ler o prontuário. A verdadeira medicina vem de nossa alma. Os livros são apenas um alicerce para que você possa tentar alcançá-la. Sei exatamente a condição clínica que Sophie se encontra. Também sei que a Medicina chegou ao limite e acredito que daqui a 8 horas um ilustre médico estará conduzindo o corpo da filha para algum cemitério aqui do Rio para sepultá-la. Horas depois, entrará no quarto da filha e conviverá pelo resto da vida com lembranças, fotos e vídeos de momentos felizes que foram guardados nos álbuns de recordações. Isso o abalará para o resto da vida, pois Sophie é tudo que Harrison tem desde a morte da esposa. Coloque-se no lugar dele. O que você faria? – respondeu Natália, levantando-se e vestindo o jaleco.

O residente ficou cabisbaixo. Olhou para os amigos, que balançavam a cabeça com olhar de reprovação. Natália ligou a televisão e jogou o controle sobre o sofá.

– Vou tomar um café. Depois vou ao CTI para dar apoio psicológico ao Dr. Harrison para o que ele irá enfrentar.

Assim que saiu do quarto, todos ficaram calados. Até que o residente de aspecto nipônico disse, em japonês.

– Mal-amada!

Os outros, sem compreender as palavras do colega, reabasteceram suas xícaras de café e retornaram sua atenção à televisão.

36

Uma música clássica e som da vibração do aparelho celular quebravam o silêncio da madrugada.

Ainda com a vista embaçada tomada pelo sono, Marcus olhou para o display vermelho do relógio digital, que marcava 3h17min da manhã.

– Que merda! Quem é que está me ligando a uma hora dessas?! – pensou, enquanto as mãos descoordenadamente tateavam a cômoda à procura do telefone. Viu que o número era de Harrison.

Levantou-se e, orientado por alguns feixes de luz que atravessavam a janela do quarto, transformando a escuridão total em penumbra, seguiu para fora do quarto a fim de atender ao telefone para não importunar o sono da esposa.

Atravessou o corredor, chegando até o escritório e acendendo a luz logo a seguir. O vidro de uma janela captou o seu reflexo meio embaçado, revelando um homem usando um pijama longo azul-claro de seda, que delineava o corpo magro, contrastando com os cabelos grisalhos denunciando sua meia-idade.

– Estranho. Uma ligação da casa do doutor Harrison a uma hora dessas – murmurou, enquanto colocava os óculos de grau, que estavam sobre a escrivaninha.

Olhou para o telefone, que continuamente vibrava nas mãos ao som repetitivo de *Ave Verum Corpus* de Mozart.

– A uma hora dessas só pode ser emergência – concluiu, colocando os óculos de grau.

– Alô, Dr. Marcus falando.

– Graças a Deus! Doutor Marcus, quem fala é Eliza. Trabalho para o doutor Harrison. Ele me pediu para que eu lhe telefonasse, pois ele precisa de sua ajuda urgente. Caso de vida ou morte.

– Como assim? Não estou compreendendo nada. Harrison já trabalhou comigo faz um bom tempo…

– Eu sei disso. Ele me ligou há pouco pedindo que eu entrasse em contato com o senhor para solicitar um transporte aéreo para Belo Horizonte, pois a filha dele, Sophie, irá dar entrada no hospital de lá às 7 da manhã. O doutor Harrison me pediu para que o contatasse para providenciar o transporte aéreo daqui do Rio até Belo Horizonte. Ele me deu instruções para que fosse uma UTI e que em uma hora estivesse no Aeroporto Santos Dumont, para que ele possa embarcar com a filha. Em Belo Horizonte, ele também irá necessitar de uma ambulância com suporte para UTI.

– Você só pode estar brincando. Onde que eu vou encontrar um médico uma hora dessas para tripular esse transporte? Sou muito amigo de Harrison, mas o que ele está me pedindo é impraticável. Dê-me o telefone dele que vou ligar e passar a situação a limpo.

– Doutor Marcus, Harrison também me disse que um dia ele salvou a vida de sua filha e que você compreenderia a situação difícil que ele está enfrentando. Quanto ao médico para tripular o transporte já tem dois: o próprio doutor Harrison e o doutor Nicolai. Lamento, mas ele me pediu para que não passasse o telefone dele para ninguém. Apenas peço que acredite. Amamos Sophie e esta pode ser a única chance que ele tem para salvá-la.

Marcus respirou fundo por alguns segundos. Olhou para a foto da filha no porta-retratos que, com orgulho, ostentava o diploma de bacharel em Direito nas mãos.

Aproximou-se do porta-retratos e segurou-o por alguns instantes enquanto observava-o minuciosamente.

"Se não fosse por Harrison, minha filha não teria sobrevivido... O tempo passa rápido demais" – pensou, colocando-o de volta sobre escrivaninha.

– Senhora Eliza, sei que estou prestes a cometer uma loucura, mas posso imaginar o que Harrison esteja enfrentando, pois eu mesmo vivenciei uma situação semelhante. Saiba que o que ele fez por minha filha dinheiro nenhum no mundo seria capaz de pagar. Quando vi o número do doutor Harrison na tela de meu celular pude pressentir que ele precisava de ajuda. Como ele irá tripular a aeronave com a paciente, e sei que ele é muito experiente, os problemas já estão praticamente resolvidos. Tenho um jatinho já abastecido e equipado com uma UTI estacionado em um dos galpões do Aeroporto Santos Dumont.

– Que ótimo, irei comunicá-lo. Ele apenas pediu para que não divulgasse nenhuma informação sobre o destino, pois ele não quer a imprensa explorando a situação que ele está passando.

– Compreendido. Já vou ligar para o piloto e copiloto de plantão, pedindo para que eles deixem tudo preparado. Como estão em dois médicos, não há espaço para mais ninguém. Em uma hora a aeronave já estará pronta. Apenas diga para ele não se preocupar que haverá uma ambulância em terra para transportá-los até o hospital que estará aguardando a filha de Harrison. Comunique-o de que o local é o mesmo de embarque para os pacientes da época em que ele trabalhava comigo no transporte aeromédico.

– Estarei aguardando. Muito obrigada, doutor Marcus. Sou eu que cuido da filha do doutor Harrison e me considero como uma mãe, desde a perda de Melany. Eu sei que o doutor Harrison terá uma gratidão eterna com o senhor.

– Uma mão lava a outra, Eliza. Agora tenho que desligar se quiser que a aeronave esteja pronta a tempo.

Marcus aproximou -se do porta-retratos da filha. Percorreu a lista de contatos no aparelho celular, enquanto sentava-se em sua poltrona preferida atrás da escrivaninha.

– Devo ser louco mesmo… Mas faço isso por uma justa causa.

37

BELO HORIZONTE - MG
HORA LOCAL: 03H30MIN

Uma imagem fria persistia nos óculos de visão noturna, enquanto o gêmeo com a tatuagem em forma de foice continuava a vasculhar os cômodos da casa.

Já havia procurado em todos os lugares possíveis. Sabia que a inteligência russa não hesitaria em fornecer uma informação falsa, pois de acordo com o general Heinz os componentes necessários para a construção de Nephesus haviam sido comprados no mercado negro por Dimitri Komovich, filho dos dois cientistas mortos que estavam envolvidos no projeto.

– Onde foi que esse infeliz escondeu a droga desse projeto?! – exclamou, passando mais um pente-fino pela casa. – Já procuramos em todo lugar. Revirei as gavetas, armários, quartos, cozinha, banheiro, closets, copa e até a sala. Não é possível que Nephesus não possa emanar calor. Esse sensor de infravermelho iria detectá-lo!

Caminhou em direção à sala até que, ao se aproximar do escritório mais uma vez, uma imagem térmica de uma área de frio intenso surgia diante dos olhos.

– O que será essa área fria? Estranho, pois essa casa não tem sistema de refrigeração central. Todos os quartos são equipados com ar-condicionados e eles estão desligados. Acho melhor verificar mais uma vez.

Caminhou em direção ao escritório. Ao entrar, estava tudo como haviam observado. Os livros nas respectivas prateleiras em uma estante fabricada artesanalmente. No meio do escritório, a escrivaninha ocupava a posição central.

Aproximou-se dela e sentou-se na confortável cadeira.

– Pense... Se você fosse Nicolai, onde é que esconderia Nephesus?

Abriu a gaveta da escrivaninha e dentro havia alguns papéis e clipes. A visão infravermelha destacava as mãos segurando a gaveta. Foi então que percebeu que a base da gaveta parecia ser muito espessa para pouco conteúdo.

– Não pode ser! – exclamou enquanto sentia o coração acelerar.

Em uma arrancada, retirou a gaveta por completo dos trilhos da escrivaninha e despejou todo o conteúdo sobre a mesa. Tirou os óculos e com uma lanterna iluminou um fundo falso que caiu, surgindo uma foto e um pequeno caderno de anotações.

– Agora sim o jogo está começando! – comentou ao observar a foto de um jovem casal apaixonado, com a imagem do Kremlin com neve ao fundo, localizado no centro da cidade de Moscou. Virou a foto e por trás estava escrito, em russo.

Amado filho Dimitri Komovich,

Sempre lhe amaremos e saiba que, mesmo que o destino nos afaste, eu e seu pai estaremos ao seu lado por toda a eternidade. Lembre-se de que a chave da imortalidade consiste em saber como enganar a morte. Talvez essa resposta, para o bem da humanidade, um dia possa estar em suas mãos.

Com todo amor e carinho,

Seus pais,

Sasha Komovich e Mikail Komovich.

O gêmeo olhou para a sua tatuagem, com um semblante de orgulho.

– Tenho certeza de que encontramos o alvo certo. A inteligência russa não se enganou. Isso torna tudo mais fácil. Então, Nicolai, que na verdade é Dimitri, gosta de compartimentos secretos... Isso quer dizer que Nephesus só pode estar escondido aqui em algum lugar... Mas onde?

Abriu o caderno de anotações que também estava escrito em russo e começou a folheá-lo. Nele havia os contatos da compra de alguns componentes necessários para a construção do equipamento. Porém, os fornecedores eram de países diversos. Em outras páginas havia anotações sobre o desejo de testar Nephesus em seres humanos, porém temia pelos resultados, pois as pesquisas apontavam para lesões cerebrais graves na possibilidade de uso do equipamento. Ao lado havia alguns links de referências a pesquisas de regeneração cerebral, dentre eles a palavra Alfa-NPTD aparecia diversas vezes.

– Xeque-mate! – Exclamou o gêmeo. – Bem, agora é só esperar Nicolai chegar e fazê-lo confessar onde escondeu Nephesus.

Guardou o caderno de anotações e a fotografia no bolso. Levantou-se e vasculhou por todo o escritório à procura de mais pistas. Com o dedo pressionava os livros como se tentasse acionar algum dispositivo, até que o dedo parou sobre o título *Frankenstein*.

– Odeio esse livro! – murmurou enquanto continuava com o dedo a percorrer os outros títulos, sem sucesso. – Vou procurar outra vez no quarto de Nicolai. Quem sabe dessa vez eu tenho mais sorte.

Colocou os óculos de visão noturna. Olhou outra vez no escritório, mas as imagens eram as mesmas. Então seguiu pelo corredor em direção ao quarto.

38

RIO DE JANEIRO
HORA LOCAL: 03H45MIN

Alfa-NPTD.

Um composto que vinha sendo estudado pela BioSynthex há mais de 10 anos.

Inicialmente os estudos haviam sido um fracasso atrás do outro até que, após um vultoso investimento e contratação de renomados neurocientistas, finalmente o projeto começou a tomar uma nova direção, só que desta vez mais promissora.

O que a BioSynthex não contava era com a ganância e a mente doentia de Karl Smith. Ele guardava a suposta fórmula em segredo em um disco rígido. Como ele havia conseguido era um mistério, mas precisava saber se era a verdadeira fórmula. Por sorte as informações foram salvas e estavam em posse de Nicolai.

Da mesma forma que o Alfa-NPTD havia sido a causa prévia que gerou o incidente de Sophie, deixando-a sem perspectivas de sobrevivência, o destino de forma irônica abria uma porta, fazendo com que assim que sintetizada essa a substância, ela talvez pudesse trazer a salvação de Sophie.

Lembrou-se de as fotos que vira na tela do notebook de Nicolai. De fato, os resultados eram milagrosos. Uma luz no fim do túnel começava a brilhar.

– Meu Deus! Se Sophie morrer, tudo estará perdido! Nicolai tem razão. Esse plano só irá funcionar se Sophie conseguir chegar viva até o laboratório dele – murmurou enquanto acariciava a face angelical da filha. – Faço isso para salvá-la, minha filha. Sem você, minha vida perde todo o sentido.

Até que ouviu um bipe do celular. Olhou para o display, que mostrava uma mensagem de Eliza, dizendo:

"Doutor Harrison. Está tudo pronto. O embarque será em uma hora no Aeroporto Santos Dumont, às 4h45min, no local de sempre. Marcus pede para lhe avisar que conseguiu apenas os pilotos. Você é que será o responsável médico. Cuide bem de Sophie. Nos encontraremos em Belo Horizonte e não se esqueça de me enviar o endereço do hospital que vocês irão estar, para que eu possa encontrá-los. Eliza."

— Obrigado, Eliza, admiro sua eficiência! — exclamou, olhando para a filha.

Sabia que podia contar com Eliza. Era de extrema confiança e acabou se tornando uma mãe adotiva desde a perda de Melany. Então a porta do quarto abriu-se de forma brusca, batendo contra a parede. Era Nicolai, vestido com um jaleco branco, usando um estetoscópio pendurado em volta do pescoço. Empurrava uma maca e sobre ela havia todo equipamento hospitalar necessário para transporte de pacientes graves.

— Tome. Vista isso o mais rápido possível. A ambulância já está pronta — disse, jogando um jaleco nas mãos de Nicolai. — Você conseguiu o transporte aéreo?

— Consegui. Temos que chegar no Aeroporto Santos Dumont o quanto antes. Preciso falar com Natália, para que ela possa liberar o transporte até o aeroporto.

— Harrison, acorde! Você ficou louco? Você acha que Natália irá liberá-lo para sair deste hospital com uma paciente grave? Isso somente vai acontecer após ela lhe entregar o atestado de óbito e os órgãos de sua filha estiverem armazenados em um isopor com gelo, para serem encaminhados para outros pacientes que estão aguardando na fila de transplantes.

Harrison ficou por alguns segundos sem palavras. Sabia que a partir do momento que retirasse a filha daquele quarto de UTI, estaria cometendo todas as infrações éticas possíveis e iria responder criminalmente por tal ato.

— Mas, Nicolai, isso é crime! — comentou arrastando a cadeira e ficando em pé, sem sair do lado da filha.

— Crime seria deixá-la morrer sabendo que ela tem uma chance. Você é um médico e, assim como eu, sabe que temos que fazer o melhor por nossos pacientes. Estamos diante de uma possibilidade real de salvá-la e sabe disso melhor do que eu. Posso lhe garantir que essa é uma oportunidade única e você terá a chance de poder ver novamente o sorriso de Sophie. Vista logo esse jaleco e me ajude a colocá-la na maca e conectar os monitores. Você ficará responsável pela ventilação manual e eu cuidarei do resto.

— Você tem razão, Nicolai. Eu já não tenho mais nada a perder. Vamos lá, então!

Em poucos minutos, Sophie já havia sido colocada na maca.

Harrison manualmente controlava os movimentos respiratórios da filha. Um monitor de transporte foi colocado na base da maca, mostrando os dados vitais de Sophie. Ao lado do monitor havia uma caixa de emergência com todas as medicações necessárias caso tivessem alguma intercorrência até chegarem ao aeroporto.

– Preparado, Harrison? – perguntou Nicolai, retirando os cabelos que caíam diante dos olhos, exibindo a pálida face.

– Sim. Espero que esteja fazendo o que é certo, apesar de ainda achar que estou prestes a fazer uma loucura.

– Harrison, assim que passarmos através daquela porta, não tem mais volta. Poderemos ser presos ou poderemos salvá-la. Você está seguro do que estamos fazendo? Quero ajudá-lo e, dependendo dos resultados, teremos em nossas mãos um milagre para apresentar à humanidade. Considero-lhe como um irmão e também faço isso em memória de minha família.

– Eu sei o que estou fazendo, Nicolai. Tenho consciência de minhas atitudes e acredito que vale a pena correr esse risco.

– Então vamos. Não podemos perder mais tempo. Aja com naturalidade. Permaneça concentrado na ventilação de Sophie e deixe que a parte burocrática seja de minha responsabilidade.

Saíram da UTI, atravessando de forma discreta os corredores do hospital. Os funcionários e pessoas que circulavam pelo local abriam espaço para que Harrison e Nicolai passassem, ainda mais quando observavam uma criança gravemente enferma sendo transportada. No final do corredor que dava acesso à portaria central e a saída para as ambulâncias, Nicolai parou de empurrar a maca, enquanto Harrison continuava a oxigenar Sophie.

– O que houve, Nicolai? Por que paramos? – sussurrou, apreensivo.

– Harrison, baixe a cabeça e não olhe para o lado. Natália está vindo em nossa direção. Rápido! Cubra o rosto de Sophie!

Continuaram caminhando, ambos com a cabeça baixa, passando ao lado de Natália, que olhou de relance. Após alguns passos parou no corredor e novamente olhou para trás, até que viu a maca atravessar a portaria em direção a uma ambulância branca número 363.

"Estranho! Podia jurar que aquele médico se parecia com Harrison... Acho que andei bebendo demais. Ainda bem que daqui a pouco o plantão acaba e passo o pepino para frente. Pobre Harrison... Ao menos irei falar com ele sobre a possibilidade de doação de órgãos. Ele como um bom médico irá compreender e com certeza irá cooperar" – pensou, caminhando em direção à UTI.

Harrison sentia o coração disparar. Com todo cuidado, auxiliado por Nicolai, colocou Sophie dentro da ambulância que era iluminada por uma forte luz florescente. Conectaram os monitores e o respirador mecânico em Sophie, enquanto as gotas límpidas de soro lentamente gotejavam e percorriam o circuito de látex, hidratando o pálido corpo da criança.

Os monitores foram ligados. Um bipe uníssono invadia o espaço enquanto o traçado eletrocardiográfico podia ser observado em uma perfeita sincronia com os batimentos cardíacos que, em alguns momentos, misturava-se com os informes via rádio da rede interna da central de regulação de ambulâncias.

Nicolai desceu do veículo e fechou as portas, assumindo a direção. Foi então que Harrison se deu conta de que o motorista da ambulância estava inconsciente, sentado no banco da frente ao lado de Nicolai.

– O que você fez com o motorista, Nicolai? Você ficou maluco? – perguntou chocado, enquanto verificava os monitores, ajustando os parâmetros para o transporte.

– Fique calmo, Harrison. Ele está apenas sedado. Assim que pousarmos em Belo Horizonte, creio que ele deve acordar. Concentre-se em Sophie e que temos que chegar ao aeroporto o mais rápido possível.

– Espere, você irá dirigir? Como? Você não conhece bem o Rio de Janeiro!

– Harrison, lhe apresento uma das maravilhas criadas pelo homem. O GPS! Agora fique tranquilo e reze para que não sejamos interceptados pela polícia.

– Meu Deus! Eu devo estar ficando louco em ter concordado com isso. Só que agora já é tarde... Tomei minha decisão e é para o bem de Sophie – murmurou Harrison, enquanto olhava assustado ao redor, vendo que o veículo já começava a se movimentar, e a voz feminina do GPS orientava a melhor rota até o aeroporto.

Andaram alguns quarteirões, quando Nicolai parou de forma brusca.

– O que aconteceu, Nicolai? Por que parou?

– Fique tranquilo, Harrison. Eu sei o que estou fazendo – respondeu, descendo da ambulância.

173

Harrison continuou a ventilação de Sophie. Após alguns minutos, Nicolai estava de volta e, antes que Harrison fizesse qualquer questionamento, disse em tom seguro de voz.

– Estamos a caminho. Agora cruzemos nossos dedos para que Sophie resista até chegarmos a Belo Horizonte.

Harrison ficou cabisbaixo. Em poucos instantes, as luzes coloridas misturavam-se ao som estridente da sirene, abrindo caminho pelas principais avenidas da madrugada carioca.

***

A luz branca do corredor do hospital que dava acesso ao CTI misturava-se ao som de uma torneira que gotejava. Os anúncios eram emitidos pelas caixas de som que estavam distribuídas pelo hospital, para alertar a equipe médica às emergências hospitalares.

O cheiro de antissépticos mesclava-se ao álcool, fazendo com que as narinas rapidamente ressecassem. Natália aproximou-se da porta do CTI, carregando consigo o prontuário de Sophie em uma prancheta. Como de costume, deu três leves batidas na porta e a seguir entrou.

– Olá, Harrison. Desculpe-me incomodá-lo nesta hora, mas temos que conversar... – disse, enquanto acendia as luzes.

Foi então que percebeu que a voz ecoava no silêncio. Não havia mais nada naquela sala, além dos monitores desligados e um leito vazio.

– Isso não pode ser verdade! – exclamou, enquanto se aproximava da cama onde Sophie havia estado.

Percebeu que o vidro do quadro de transplante de órgãos havia sido quebrado. Checou a integridade da escuta que tinha instalado. Por sorte estava intacta. Teria que enviar as informações para os agentes da CIA ainda no final do dia. No piso frio de granito, algumas manchas de sangue. Alguém havia se ferido.

"Calma, Natália... Pense. Apenas pense... Ou Sophie morreu ou..."

Lembrou-se de ter passado ao lado de um médico no corredor que se parecia com Harrison. E um paciente, do tamanho de uma criança, estava com o rosto coberto.

– Como eu sou idiota! Harrison e Nicolai sequestraram Sophie. Mas por qual razão? Eles sabem que ela irá morrer. Tenho que chamar a segurança e encaminhar a conversa dessa escuta para meus superiores.

Caminhou em direção ao telefone e retirou-o do gancho. Antes de teclar o ramal da segurança, lembrou-se do sonho que havia tido com Melany, pedindo que ajudasse Harrison.

— Você só pode estar enlouquecendo, Natália — afirmou enquanto o dedo indicador permanecia congelado sobre o teclado do telefone.

Sentiu um gosto amargo na boca que se misturava à sensação de ódio por ter sido enganada. Sabia que, mesmo Harrison sendo o pai de Sophie, jamais poderia retirá-la do hospital. Havia infringido diversos códigos penais e éticos, colocando a própria carreira em risco. Respirou fundo. Apertou o telefone nas mãos enquanto sentia uma gota de suor percorrer-lhe a fronte.

— Me perdoe, Melany, mas não posso ser conivente com essa situação — disse determinada, enquanto o dedo pressionava o teclado do telefone.

Em instantes pôde ouvir a voz do chefe de segurança do hospital.

— Segurança, boa noite! Em que posso ajudar?

— Boa noite! Meu nome é Natália e sou a chefe do departamento do serviço de neurologia. Estou ligando para comunicar-lhe que uma paciente do sexo feminino de 10 anos de idade foi sequestrada deste hospital.

— O quê? — percebeu que a voz gaguejava do outro lado. — Se eu entendi direito, a senhora está me dizendo que uma criança foi sequestrada neste hospital?

— Isso mesmo. Avisem a polícia imediatamente — respirou por um momento antes de continuar. — Espere! Se me recordo bem, eles fugiram na ambulância deste hospital. O número dela é 363, a mesma que a trouxe.

— Ótimo! Com essa informação tudo fica mais fácil. Doutora, a senhora está no CTI?

— Sim, estou. Vocês têm que ser rápidos se quiserem interceptá-los a tempo.

— Não saia daí. Vou avisar a polícia e depois estarei indo até aí para levantar mais detalhes.

— Está bem. Fico no aguardo.

Desligou o telefone.

— Essa foi uma péssima ideia, Dr. Harrison. Minha admiração por você acaba aqui — disse Natália, cabisbaixa, enquanto afastava uma mecha de cabelo que cobria os olhos.

39

RIO DE JANEIRO
HORA LOCAL: 04H05MIN

Fundado em 1981, o Grupo Antissequestro, mais conhecido como GAS, ocupava como sede um andar inteiro em um dos edifícios nobres da cidade, localizado em Copacabana. Era conhecido por ter uma sala de operações táticas em um dos maiores cômodos do imóvel, com cadeiras dispostas em forma de "U" no auditório capazes de receber 50 convidados sentados confortáveis, facilitando a visualização do comandante de operações, bem como um telão e retroprojetores usados para o treinamento teórico.

Ao lado, havia a sala do comandante, iluminada pelas luzes do corredor que atravessavam a frágil janela de vidro.

O policial Henrique Cruz fitava uma xícara de café frio, apoiando um dos braços sobre alguns documentos que jaziam sobre a escrivaninha, enquanto ao lado um cinzeiro acumulava as bitucas retorcidas.

Ocasionalmente, um ponto vermelho tornava-se visível a cada tragada do cigarro que ainda restava em sua boca, dissipando a fumaça que vagava pela penumbra.

– A operação foi um fracasso! Não quero nem imaginar como será a primeira página dos jornais. Já terminei esse maldito relatório. Teremos de arcar com as consequências... – pensou, enquanto os pulmões eram insuflados pela viciante fumaça que inebriava os sentidos. Suas reflexões foram interrompidas pela abertura da porta.

Marques Carrera invadiu a sala do comandante.

– Temos uma chance de consertamos a burrada que fizemos – disse, aproximando-se da mesa e retirando o relatório que estava embaixo dos braços robustos de Henrique.

– O que está acontecendo?

176

HÈRMES LÔURENÇO

— Muito simples. A menina vítima da explosão há pouco ainda não morreu. Acabamos de receber uma ligação do departamento de segurança do hospital em que ela estava internada, dizendo que o pai e aquele médico cabeludo a sequestraram!

— O quê? O pai, o tal médico?

— Sim. Uma neurologista do hospital disse que eles fugiram em uma ambulância roubada do próprio hospital, levando com eles a garota. Ou seja, se algo sair errado a partir de agora, a culpa não é nossa e sim deles! Limpamos nossa imagem.

— Isso é ótimo, porém temos um problema. Sabemos que o pai tem total poder sobre a filha. Ele pode decidir sobre o que é melhor para ela e, para piorar, ele é médico. Ele tem autoridade suficiente para retirar a filha de qualquer hospital e levá-la para outra unidade hospitalar, desde que esteja fazendo seja para salvar a vida da paciente, que no caso é a filha — respondeu, apagando mais um cigarro no cinzeiro.

— Concordo com você, Henrique. Porém, isso não justifica o furto de uma ambulância associado ao sequestro do motorista, que está desaparecido! Tentamos contatá-lo via rádio, porém não tivemos nenhuma resposta. Ligamos para a esposa do motorista, que disse que era para ele ter voltado para a casa há muito tempo. Ou seja, temos uma ambulância e um motorista desaparecido, além de duas denúncias: do furto da ambulância do hospital, que saiu sem autorização e, provavelmente, com o motorista sequestrado. Isso nos dá o direito para intervir.

— Bem, aí a situação muda por completo. Marques, temos um crime! Porém, onde iremos encontrá-los? Existem diversas ambulâncias aqui no Rio circulando a uma hora dessas.

— Muito simples — respondeu Marques —, as ambulâncias são rastreadas, mas a médica que os viu fugir memorizou o número da ambulância: 363. Você terá que concordar comigo que assim fica bem mais fácil — respondeu o policial, exibindo um sorriso maroto.

— Você está coberto de razão. Dê ordem de prisão e peça apoio aéreo. Quero um pente-fino aqui no Rio de Janeiro na captura destes foragidos — ordenou ao oficial enquanto retirava o walkie-talkie da cintura. — Faça com que essa notícia vaze para imprensa. Acho que ainda temos uma chance de nos transformarmos em heróis antes que a mídia nos destrua.

– Já comuniquei a alguns repórteres. Eles estão como urubus à procura de carniça por mais informação.

– Perfeito! Venha comigo – disse Henrique. – Vamos à caça!

Saíram da sala do comandante, deixando apenas o cheiro da fumaça infestando o ambiente, ao lado de uma xícara de café frio.

40

RIO DE JANEIRO
HORA LOCAL: 04H20MIN

Localizado no bairro do Alto da Boa Vista, o Cristo Redentor situa-se no topo do Morro do Corcovado. Sua imagem é iluminada por 3 grandes feixes de luz, caracterizando-o como o mais famoso cartão-postal da cidade do Rio de Janeiro. É considerado uma das sete maravilhas do mundo moderno.

Surgindo sobre as mãos do Cristo Redentor e voando a 820 metros acima do nível do mar, um helicóptero esquilo e outro helicóptero Huey, blindados e adaptados para confronto nas favelas, voavam a 140 km/h, em direção à lagoa Rodrigo de Freitas.

Dentro de cada helicóptero havia três militares e um piloto, todos fortemente armados e mantendo-se em contato com as quatro viaturas do grupo de apoio tático, cujas sirenes ecoavam pelo túnel Rebouças, fazendo com que os carros circulantes dessem passagem.

— Atenção, Equipe Terra. A ambulância 363 com o sequestrador foi rastreada pelo GPS na avenida Borges de Medeiros, na orla da lagoa Rodrigo de Freitas, sentido rua Humaitá. A ordem é para não atirar e sim capturá-los com vida. O sequestrador do motorista da ambulância na verdade é o pai da criança, um médico com o psicológico abalado. Não há relatos de que eles estejam armados. Temos a informação de que o motorista da ambulância desaparecido talvez possa estar com eles. Assim que tivermos contato visual entro em contato. Câmbio!

— Positivo, Equipe Fênix. Estamos saindo do túnel Rebouças e bem perto da Rua Humaitá. Se avistarmos nosso objetivo, solicitaremos apoio aéreo. Câmbio e desligo.

Os dois helicópteros acionaram os holofotes e em poucos minutos estavam sobrevoando a orla da Lagoa Rodrigo de Freitas à procura de um contato visual.

179

Em terra, as viaturas com homens exibindo espingardas calibre 12 através das janelas das viaturas seguiram velozes pela rua Humaitá.

– Espere! Acho que vi a ambulância... É ela mesma! Está na nossa frente. A numeração confere: 363. Vamos interceptá-la! Comuniquem o apoio aéreo.

As viaturas seguiram em disparada, ao encalço da ambulância, que corria acelerada pela rua Humaitá, indo em direção à Avenida das Nações Unidas.

A ambulância estava apenas com as luzes piscando que de forma imprevista, acionou a sirene e acelerou. As viaturas então queimaram os pneus no asfalto, acelerando e seguindo a toda velocidade em direção ao alvo. Foi então que a rua começou a ser iluminada por holofotes, enquanto o som peculiar dos helicópteros tornava-se a cada minuto mais intenso.

A equipe aérea havia se aproximado e começou a sinalizar, apoiada pela Equipe de Terra, que com gestos incessantes ordenavam para que a ambulância parasse.

Uma das viaturas ultrapassou a ambulância, posicionando-se logo na frente, e começou a reduzir a velocidade, fazendo a ambulância ir parando, enquanto o helicóptero posicionava-se com os holofotes intensos, mirando diretamente através do para--brisa, cegando momentaneamente o motorista até que o veículo parasse por completo.

A ambulância 363 já não tinha mais para onde ir.

***

Henrique Cruz dirigia uma viatura policial em direção ao ponto de interceptação, até que o rádio de comunicação interna soou:

– Estamos interceptando a ambulância. Estão cercados e sem ter para onde ir. Apoio aéreo dando cobertura.

–Somos heróis. Fim da linha para o Dr. Harrison e seu aliado – disse Marques.

– Parece que a sorte está ao nosso favor. Mas reconheço que aquele pai está desesperado. Só me diz: por qual motivo ele sequestraria a própria filha do hospital? Ele é médico e sabia que a filha estava em um dos melhores hospitais de emergência no Rio de Janeiro – perguntou Henrique, sem desviar a atenção enquanto dirigia.

– Acho que iremos ficar sem resposta, até conseguimos recuperar a garota e averiguarmos a situação. É uma situação irônica, pois de um lado temos uma criança que foi sequestrada por um criminoso ficando em estado grave por causa do explosivo, e no final foi sequestrada pelo próprio pai, que além de tudo ainda é médico. De fato, Henrique, não faz sentido ele retirar a filha do hospital. Ele é médico e conhece melhor do que nós as implicações legais pertinentes a tal atitude.

– Tem algo nisso tudo que não está me cheirando bem. Por que eles roubariam uma ambulância com motorista e tudo? Nenhum motorista de ambulância iria fazer um transporte de uma paciente grave como aquela menina sem ter a autorização de uma central médica. Ele foi forçado. Isso é fato. Temos algumas testemunhas do hospital que disseram ter visto um homem caído na mesma ambulância. Também viram outro médico com uma criança grave que em poucos minutos saiu em disparada, burlando a segurança do hospital. O pior é que a descrição do cabeludo confere com aquele amigo do Dr. Harrison.

– Henrique, vendo por outro ângulo, temos um lado positivo nessa história. Não somos mais os culpados. O furo de reportagem de agora é sobre o sequestro e o roubo da ambulância por dois médicos loucos com uma criança enferma.

– Isso não está me cheirando bem... – respondeu Marques. – De qualquer forma, temos um longo depoimento para colher e já vou solicitar o resgate para transportar a criança para o hospital. Estão a nossa espera na rua Humaitá. Aperte o cinto que em alguns minutos iremos interceptá-los.

Afundou o pé no acelerador. Sentiram o corpo ser pressionado contra o banco da viatura enquanto o som da sirene ressoava por toda avenida.

41

BRASÍLIA
HORA LOCAL: 04H30MIN

Uma luz brilhava sobre o pequeno criado-mudo ao lado da cama, que se misturava ao som da vibração sobre a madeira.

Sandersen começou a procurar o smartphone na base do tato.

Olhou para o display do aparelho. Estava escrito ABIN.

Puta merda! Por que o pessoal da inteligência iria me ligar numa hora dessas?

Acendeu o abajur. Deitada ao lado havia uma prostituta seminua, usando um fio dental vermelho, que havia caído em sono profundo após a bebedeira. Os longos fios loiros mesclavam-se com mechas azuis e vermelhas. Sob uma das nádegas brancas observava-se escrito em letra cursiva: Propriedade de Sandersen.

Saiu do quarto. Sabia que se a agência de inteligência estava ligando naquele horário, não era um bom sinal. Vestido apenas com a cueca de seda samba-canção, seguiu em direção à sala do pequeno apartamento de três quartos localizado na Asa Norte.

Já fazia vinte anos que trabalhava na Agência Brasileira de Inteligência. Os cabelos grisalhos contrastavam com os olhos e a pele negra, que irradiavam força. Já a volumosa barriga era o fruto de uma dieta irregular nos horários de trabalho e da vida boêmia nos finais de semana. Correu o dedo na tela do smartphone.

– Sandersen falando! – disse em voz alta.

– Boa noite, Sandersen. São 4h32min.

A seguir o telefone ficou mudo. Sabia que aquela mensagem era um código solicitando que se conectasse o quanto antes, por meio de uma conexão segura com o serviço de inteligência. A ponta de um iceberg estava começando a tornar-se visível. A última vez que teve que fazer contato por intermédio de uma conexão criptografada havia sido há mais de cinco anos, numa ação que envolvia uma conspiração para assassinar o presidente da Venezuela em território brasileiro. Após uma operação tática bem elaborada, conseguiram capturar o atirador, que estava disfarçado como um dos agentes que realizaria a segurança da comitiva.

Seguiu até o quarto. Certificou-se de que a prostituta estava dormindo e fechou a porta. Foi até a sala, ligou o laptop, colocando um dos fones no ouvido. Inseriu a senha e, em poucos instantes, o brasão de armas do Brasil surgia na tela do aparelho, enquanto o reconhecimento facial e biométrico foi acionado.

Digitou a senha: "deltatango79".

O sistema iniciou-se e o software de vídeo conferência foi acionado.

Ativou o sistema de áudio. Em poucos segundos, conseguiu reconhecer a voz delicada e suave da colega de trabalho.

— Sandersen, sou eu: Katrina Sokalsky. Você está com visitas, por isso não ativou o vídeo?

— Afirmativo.

— Desculpe ter que conecta-lo a essa hora, mas estamos com um sério problema. Precisamos que vá para o aeroporto da agência. Um helicóptero estará lhe aguardando. Você irá para Belo Horizonte investigar por qual razão dois caças de última geração PAK FA T-50 russos estão fazendo em um aeroporto comercial.

— Espera aí. Acho que você contatou a pessoa errada. Entre em contato com o serviço de inteligência militar da Força Aérea. Isso não é de nossa competência.

— Você está enganado! Estamos sendo pressionados pelo departamento de inteligência americana, que acusa o Brasil de estar tentando contrabandear tecnologia bélica russa. Deram-nos um prazo de doze horas para esclarecermos essa situação. Acreditamos que um dos caças está carregando uma bomba nuclear. Desconhecíamos a existência deles aqui em território brasileiro. Suspeitamos que tudo isso esteja sendo acobertado por algumas pessoas da Força Aérea, motivo pelo qual as aeronaves russas estão em um galpão fechado do aeroporto civil em Confins, próximo de Belo Horizonte.

— Estranho, Katrina... Isso não faz sentido. Não compreendo por que a Força Aérea Brasileira acobertaria a presença destes caças. Ainda mais em um aeroporto civil. Isso é uma infração militar gravíssima.

– É aí que você entra, Sandersen. Existe um tratado de cooperação da Força Aérea Brasileira com o governo russo. Estaria tudo certo se essa aeronave pousasse em uma base militar e não em um aeroporto civil, só que sem explosivos atômicos... Fizemos alguns contatos com alguns brigadeiros do alto-comando da aeronáutica, porém eles desconhecem a presença dessas aeronaves. O Aeroporto de Confins parou por uma hora para chegada desses aviões com suporte de algum militar influente de dentro da própria Aeronáutica. O pior é que existe uma movimentação entre militares russos e alguns militares brasileiros, que estão de vigília no galpão que estão as aeronaves. Descobrimos que os dois pilotos russos são gêmeos e têm reservas em um luxuoso hotel em Belo Horizonte por 48 horas, só que até agora eles não fizeram sequer o check-in no hotel.

– Katrina, isso só pode significar que eles estão aqui para nos espionar ou à procura de algo que ainda não temos nem ideia do que seja. Podemos considerar que eles tenham vindo para eliminar algum alvo. Voo experimental... Conta essa lorota para outro!

– Bingo! É isso, Sandersen. Os EUA exigem uma explicação sobre o real motivo dos aviões terem pousado aqui no Brasil. Estamos tentando ganhar tempo fundamentado no tratado de acordo com a Rússia e usando a mesma alegação, que desconhecíamos a presença dessas aeronaves aqui em nosso país com o objetivo de voo experimental. Estou contatando a Rússia, mas consegui apenas falar com o general Heinz, que mantém a informação do voo e que a aeronave não traz nenhum armamento nuclear. Mas isso não está colando, Sandersen.

Portanto, precisamos de respostas e justificativas para não gerar uma indisposição diplomática entre Brasil e EUA ou até mesmo boicotes. Sua missão é descobrir o que eles realmente vieram fazer aqui no Brasil.

– Está bem, Katrina. Em alguns minutos estarei a caminho do aeroporto.

– Chegando lá você receberá mais instruções.

Sandersen desligou o laptop. Coçou a barriga, ao mesmo tempo em que bocejava. Caminhou até o quarto. A porta estava fechada da mesma forma que havia deixado.

Acendeu a luz, despertando a mulher que estava estirada na cama com um travesseiro entre as pernas.

– Meu amor... Que horas são? – disse ela, sentando-se na cama, sem se preocupar em esconder os peitos.

– Docinho, é hora de você ir para sua casa!

42

**RIO DE JANEIRO
HORA LOCAL 04H40MIN**

O cerco havia se fechado. Para a ambulância 363 já não havia mais saída.

Um helicóptero pairava no ar diante dela, fazendo com que as árvores da rua se curvassem diante do vento movimentado pelas hélices, enquanto o outro helicóptero dava cobertura aérea.

As equipes em terra haviam chegado e um atirador de elite com um rifle mirava na cabeça do motorista, cegado pela luz intensa dos holofotes. Como sabiam que o verdadeiro motorista da ambulância havia sido sequestrado, todo o protocolo de segurança havia sido acionado.

A ordem era de mostrar serviço e todos conheciam a razão: limpar a imagem do GAS. Tudo se tornara apenas uma questão de tempo até a chegada da imprensa local especializada em farejar podridão, empacotá-la e vendê-la transformada em escândalo.

Já tinham a descrição do motorista: um homem de olhos verdes, pele branca e longos cabelos loiros e lisos. O outro era o pai da criança doente: um homem de cabelo preto e liso, com aproximadamente 1,72 m, olhos cinza e barba por fazer.

Ambos eram médicos. Sabiam que haviam retirado do hospital uma criança gravemente enferma. Até então qualquer magistrado se renderia diante da complexidade legal em considerar como crime um pai médico sequestrar a própria filha do hospital, furtando uma ambulância. O complicador que justificava a ação do uso da força do GAS era apenas o sequestro do motorista da ambulância. Tinham que transformar aquilo em notícia, apagando o erro da tentativa frustrada do resgate de uma criança indefesa há horas.

Duas equipes de três militares usando toucas ninja e portando uma Mini-Uzi com a coronha recolhida caminhavam em formação na interceptação do motorista, deixando visível no colete a escrita em amarelo: GAS.

185

Assim que se aproximaram do motorista, o helicóptero que estava parado na frente da ambulância subiu, mantendo a iluminação necessária para que o grupo de elite fizesse o trabalho. Um dos policiais aproximou-se com cautela da ambulância.

– Você está preso! Coloque as mãos na cabeça e saia devagar da ambulância.

– Vocês estão loucos? Isso aqui é uma ambulância! Estou conduzindo um senhor idoso que enfartou para o hospital. Tem um médico lá atrás, junto com a equipe de enfermagem.

– Cale a boca e saia dessa ambulância. Isso é uma ordem.

Assim que o motorista se virou, observaram um homem de meia-idade com cabelos e um bigode grisalho, usando óculos de armação dourada, saindo lentamente do veículo, conforme lhe havia sido ordenado.

Ao mesmo tempo a outra equipe abriu com violência a porta traseira da ambulância.

Nela havia um jovem médico e uma enfermeira. Ambos de cabelos pretos, assessorados por uma auxiliar de enfermagem loira espantada com a ação militar.

O paciente de fato era um senhor idoso.

Um dos comandantes aproximou-se dos homens que vasculhavam a ambulância e, ativando o rádio para contato com o apoio aéreo, ordenou:

– Parem. Interceptamos a ambulância errada. Deixe-os ir.

O motorista de cabelos grisalhos, pisando duro, abriu a porta da ambulância com força. Deu a partida no veículo, enquanto a porta era fechada.

Em alguns minutos, podia-se ver a ambulância 363 com a sirene ligada, seguindo pela rua Humaitá em direção ao hospital, enquanto deixava as equipes táticas para trás, até que um carro do Grupo Antissequestro aproximou-se do grupo de militares, sem compreender a razão pela qual a ambulância havia sido liberada.

Os policiais Henrique e Marques saíram da viatura e se aproximaram do comandante.

– O que aconteceu? Por que eles foram liberados? – disse Henrique, aproximando-se do comandante, que era pequeno diante da robustez do policial do Grupo Antissequestro.

– Simples. Não conferiam com a descrição. Fomos enganados.

Marques caminhou em direção à viatura e com toda a força deu um chute no pneu.

– Maldição! Como é que eles conseguiram nos tapear? A médica afirmou que a ambulância era a de número 363!

Os helicópteros movimentavam-se no ar. Haviam recebido ordens para retornar à base. Enquanto voavam em direção ao Cristo Redentor, ainda puderam perceber diversos carros de reportagem, ávidos por notícias, que seguiam na direção das viaturas militares, que estavam paradas.

43

RIO DE JANEIRO
HORA LOCAL 04H45MIN

Fundado em 1936 e localizado em uma área privilegiada que facilita o acesso aos principais hotéis e pontos turísticos na cidade do Rio de Janeiro, o Aeroporto Santos Dumont foi construído nas proximidades da Baía de Guanabara e da Ponte Rio-Niterói. O acesso ao setor privado de embarque já havia sido liberado. Uma ambulância se aproximava do pátio, onde se encontrava estacionado um pequeno jato executivo adaptado para transporte médico. De longe podia identificar o piloto e o copiloto da aeronave, que vestiam camisas azuis de mangas curtas e usavam o tradicional quepe, ostentando insígnias douradas presas nas mangas, exaltando a experiência, que se misturava ao respeito transmitido pelos cabelos grisalhos.

— Harrison, chegamos! Como está Sophie?

— Até agora está tudo bem, Nicolai. Os dados vitais dela ainda permanecem estáveis. Só não sei por quanto tempo — respondeu cabisbaixo, retorcendo as mãos e ajustando o suporte de oxigênio, que era vital à filha.

— Está correndo tudo conforme o planejado. Ainda temos pelo menos 9 horas antes que o tempo de Sophie se acabe — respondeu, olhando para o relógio.

— Nicolai, você sabe melhor do que eu que esse transporte pode agravar o quadro. Então, não temos 9 horas…

— Sei disso. Estou trabalhando com uma margem de segurança de 4 horas. Na teoria teríamos até as 14h45min de hoje. Porém, eu me apressei por essa razão. Sei que o transporte pode diminuir o tempo de vida de Sophie, por isso, se tudo correr bem, temos uma hora de voo e mais uma hora de transporte até meu laboratório em Belo Horizonte. Gastaremos na pior das hipótese, duas horas e meia, já acrescentando os atrasos. Se tudo correr como planejado, às sete e meia da manhã, estaremos no laboratório e, pelos meus cálculos, estaríamos adiantados sete horas e quinze minutos. É uma ótima margem de segurança, não acha?

– Fico tranquilo... Só espero que não tenhamos contratempo. Porém o único fato que não compreendo é como foi que a polícia não veio a nossa captura. Infringimos diversos códigos de ética e cometemos um crime. Adotamos uma atitude errônea, mesmo eu, como pai e médico, agindo em estado supremo de necessidade responderei legalmente pelo roubo da ambulância e pelo sequestro do motorista.

Nicolai olhou para os pilotos, que já gesticulavam sinalizando que estava tudo pronto para o embarque.

–Simples, Harrison. Apenas usei um pouco de esparadrapo para resolver esse impasse.

– Como assim? – perguntou Harrison com o olhar surpreso.

– Assim que sedei o motorista da ambulância, já precavendo que alguém pudesse notar a nossa fuga do hospital, com um esparadrapo alterei a numeração da ambulância. Aproveitei o momento em que não havia ninguém na entrada do hospital. Na verdade, nossa ambulância é a de número 888. Com o esparadrapo transformei em 363. Por isso, assim que saímos do hospital, tivemos que fazer uma pequena parada. Simplesmente para retirar os esparadrapos e transformá-la novamente em 888. Assim a ambulância procurada seria sempre a 363, caso alguém nos visse e nos denunciasse à polícia. Acredito que Natália nos reconheceu, ainda mais quando colocamos Sophie na ambulância. Percebi que ela olhou para o número. Duvido que ela tenha ficado de mãos atadas.

– Nicolai, essas ambulâncias têm GPS... Eles deviam ter nos rastreado.

– Sei disso. Por isso também troquei os módulos de rastreamento. Algo simples, ainda mais no meu caso, já que tenho total conhecimento de mecatrônica. Na verdade, fui treinado por militares e aprendi muito com eles. Fiz com que o motorista solicitasse uma autorização para o transporte de outra paciente que vi no corredor do hospital, antes de sedá-lo. Tínhamos autorização de transporte, só que não para Sophie. Porém, já não posso dizer o mesmo quanto à ambulância 363. Jamais poderíamos ser capturados! Isso implicaria em atraso e risco iminente de vida para Sophie. Não poderia permitir que isso acontecesse.

– Nicolai, eu tenho a sensação de que ou estou fazendo algo genial ou a pior loucura de minha vida. Não tenho outra opção. Só espero ter feito a escolha certa.

– Compreendo. Eu no seu lugar me sentiria dessa forma. Porém, lembre-se: você está agarrando a única oportunidade de salvar a vida de sua filha e, no futuro, de milhares de doentes que se encontram na mesma situação. Agora vamos embarcar. Não podemos perder mais tempo!

Nicolai e Harrison com cuidado retiraram Sophie da ambulância, ainda conectada aos monitores portáteis, que registravam os sinais vitais. Seguiram em direção ao avião.

Após conferirem os documentos de identificação, o copiloto os ajudou a embarcarem na aeronave. Harrison conectou sua filha a um ventilador mecânico[13], enquanto certificava-se da regularidade dos parâmetros, medicações e demais equipamentos utilizados para emergência, caso surgisse algum imprevisto durante o transporte.

Após tudo conferido, Harrison olhou para Nicolai e consentiu com uma leve inclinação da cabeça. Os pilotos aguardavam a autorização médica. Sabiam que tinham prioridade para decolagem, pois não estavam em um voo comercial e sim em uma UTI aérea.

Após contato e autorização da torre de controle, em alguns minutos o pequeno jato já começava a taxiar em direção à pista de decolagem.

Ficou parado por alguns minutos, enquanto as orientações de segurança foram anunciadas. Então a aeronave seguiu em direção à pista e o som ensurdecedor das turbinas abafadas pelo isolamento acústico da aeronave converteu-se em velocidade.

Ao longe, podia-se observar as luzes do aeroporto cintilando até desaparecerem por completo, cedendo espaço para o reluzir

---

13 Ventilador mecânico: Aparelho utilizado para realizar a ventilação pulmonar, na qual "bombeia" o ar aos pulmões, possibilitando a sua saída, para atender as necessidades respiratórias do paciente com o máximo de eficácia e o menor risco de ocasionar qualquer tipo de lesão.

44

O quarto de Sophie nunca parecera tão vazio.

Eliza olhava para o local onde havia passado por momentos terríveis quando Sophie foi sequestrada.

Sabia que enquanto fosse viva jamais iria se esquecer da angústia em ver Sophie ser retirada à força da própria casa e levada por um criminoso.

Olhou para a parede branca onde estava pendurado o pequeno quadro com a frase: "A melhor canção de ninar é a que cantamos com o coração."

O último presente de Melany para a filha.

Não conseguia conter as lágrimas que percorriam a face morena, já sem o brilho peculiar que lhe era característico.

Como Harrison havia orientado, estava terminando de arrumar as malas de Sophie. Por sorte, havia conseguido um voo para Belo Horizonte que partiria do Aeroporto Galeão. Caso conseguisse sair antes das seis da manhã, escaparia dos congestionamentos.

Algumas roupas de Sophie ainda estavam sobre a cama. Pegou uma pequena blusa branca bordada com um botão de rosa vermelha. Sentiu o doce e suave cheiro do perfume da criança. Sentou-se na beirada da cama e pôs-se a chorar inconsolável, até que o som peculiar do interfone rompeu o silêncio da madrugada.

— Quem será a uma hora dessas? — pensou, enxugando os olhos com a manga da camisa. A uma hora dessas só poderiam ser más notícias... — Só peço a Deus que Sophie e o doutor Harrison estejam bem.

Caminhou até a sala e acendeu a luz. Sentia-se cansada, afinal de contas, as últimas horas haviam sido intensas. Ao atender o interfone, conseguiu distinguir a voz grossa e rouca do mesmo policial do Grupo Antissequestro, enquanto via no monitor a imagem dos mesmos policiais.

— Meu Deus, o que será que eles querem? — sentia o coração disparar. — Pois não? — respondeu ao interfone, com as mãos trêmulas.

— Eliza, somos nós, os policiais Henrique Cruz e Marques Carrera. Precisamos conversar com a senhora.

– Sim, vou abrir o portão. Podem entrar.

Destrancou o portão e seguiu até a porta da sala.

– O que está acontecendo? Por alguma razão esses dois policiais vieram até aqui... – pensou ela antes de recebê-los.

Ao abrir a porta, viu os agentes, usando o característico colete do GAS, se aproximando. Pareciam estar preocupados e olhavam por todos os arredores da casa.

– Boa noite. O que houve?

– Podemos entrar? – perguntou Marques, mexendo no pequeno bigode.

– Sim, claro. Espero que não tenha acontecido nada de grave, ainda mais por vocês virem até aqui neste horário – disse Eliza, enquanto os policiais sentavam-se no sofá.

– Senhora, estamos com um sério problema. Acredito que a senhora não esteja sabendo de nada, não é? – perguntou Henrique, com tom enérgico de voz.

– Do que você está falando? Estava dormindo e acabei de me levantar para recebê-los. Passei horas me revirando na cama, angustiada por saber que a minha menina está internada em estado grave.

Henrique e Marques se entreolharam.

– Acho que temos um problema. Eu e Marques acreditamos que a senhora não esteja a par das últimas notícias. Porém, lembre-se que se omitir alguma informação para nós seria um crime e lhe acarretaria sérias implicações legais.

– Pelo amor a Deus, me digam logo o que está acontecendo! – exclamou Eliza.

– O doutor Harrison está em casa? – perguntou Marques

– Não. A última notícia que tive dele foi que estava no hospital com a filha.

– Pois bem, senhora Eliza. Como lhe dissemos, estamos com um grave problema e pensamos que a senhora poderia nos ajudar – adiantou Marques.

"Calma, Eliza. Lembre-se de que Harrison pediu para que não comentasse nada, nem com a polícia. Ele sabe o que faz e tenho certeza de que é para o bem de Sophie" – pensou a governanta, fitando os olhares indagadores dos policiais.

– Ajudar de que forma, policial?

– Nos dizendo onde podemos encontrar o doutor Harrison. Acredito que a senhora saiba que ele retirou a filha em estado grave do hospital, sem consentimento da equipe, com a ajuda daquele outro médico que se diz amigo dele. Roubaram uma ambulância, sequestrando inclusive o motorista. Isso é crime e ele terá que responder na justiça por isso, ainda mais se a filha morrer.

– Policial Henrique, vocês estão se esquecendo de que Harrison é médico, além de ser o pai de Sophie. Se ele retirou a filha do hospital, não tenho a menor dúvida de que ele tenha encontrado alguma possibilidade de salvá-la, ainda mais considerando que o estado dela é grave, pelo que me foi passado. Nosso sistema é muito burocrático. Saiba que às vezes temos que ignorá-lo para obter êxito em algumas de nossas escolhas, desde que justas. Se soubesse onde Harrison está, ficaria feliz em ajudá-lo. Porém, quero lembrar que a vítima dessa história é uma criança e se vocês tivessem prendido aquele criminoso que andava solto pelas ruas, não estaríamos passando por essa situação toda. Por enquanto não poderei ajudá-los. Caso tenha alguma notícia dele, ficarei feliz em comunicá-los, desde que não ponha em risco a vida de Sophie e tampouco a de Harrison.

Marques aproximou-se, retirando um cigarro do maço e preparando-se para acendê-lo. Eliza o fitou, impassível.

– A propósito, policial Marques, gostaria que não acendesse este cigarro. A sala está impregnada com essa fumaça desde ontem e não preciso que contribua para piorar com isso.

Henrique percebeu que Marques ficou vermelho. Guardou o cigarro de volta no maço e, antes que ele dissesse algo de agressivo, decidiu intervir.

– Obrigado, senhora. Não vamos mais tomar o seu tempo. Sei que ontem foi um dia cheio. Já tem meu cartão. Se tiver alguma novidade, não deixe de nos comunicar. Tenha uma boa noite.

– Peço desculpas pelo meu mau humor. Se vocês estivessem em meu lugar e sido agredidos por um criminoso compreenderiam. Agora preciso descansar. Vou acompanhá-los.

Caminharam até a saída. Assim que o portão se abriu, Marques olhou para Eliza. Colocou o cigarro na boca e com seu isqueiro de tampa metalizada fez um rápido movimento, fazendo com que a tampa se abrisse e o fogo se acendesse o cigarro. Tragou-o com vontade, soltando a fumaça em direção à Eliza.

Sem dizer nenhuma palavra entraram na viatura que estava estacionada na rua, em frente à casa de Harrison.

***

— O que acha, Marques?

— Não sei... Que ela está mentindo, isso é óbvio. Sabe de algo e não quer nos contar.

— De qualquer forma, a notícia agora é sobre um médico que retirou a própria filha do hospital e está escondido em algum lugar aqui no Rio de Janeiro. Devemos encontrar o motorista sequestrado e assunto encerrado. Vou passar um rádio reforçando as ordens e colocar em alerta toda a polícia aqui do Rio de Janeiro.

— Ótima ideia, Henrique. Colocamos a polícia toda no encalço deles. Estou com a agradável sensação de que se ficarmos vigiando o portão, ela irá nos levar até Harrison.

— Vou estacionar a viatura em outro lugar e ficamos de vigília. A propósito, tem algo de comer aqui nesta viatura? Estou com muita fome.

— Acho que tem algumas rosquinhas no banco de trás. Só não tem nada para beber.

— Não importa. Depois compramos algo — respondeu Henrique, já estacionando a viatura em um local afastado, sem perder de vista o portão.

Perceberam que algumas luzes se acenderam e ficaram esperando algum movimento suspeito, até que o som do rádio dominou o interior do veículo. Marques respondeu:

— Marques na escuta, câmbio!

— Temos uma ótima notícia. Encontramos a verdadeira ambulância e o motorista.

— O quê? O motorista está vivo?

— Sim, mas não se lembra de nada do que aconteceu. A ambulância já foi devolvida para o hospital e ele disse que foi sedado por um médico cabeludo. Foi encontrado junto com o veículo no Aeroporto Santos Dumont. Os médicos com a criança ferida fugiram em um voo particular. Apenas estamos confusos, pois, segundo a administração do aeroporto, saíram pelo menos quatro voos particulares com destinos diferentes neste horário. Para Orlando, Belo Horizonte, Curitiba e Paris.

– Mas em qual voo eles estavam?

– Ainda não temos informações, mas sabemos que apenas dois desses voos transportavam doentes e estavam com médico a bordo. O motorista da ambulância não tem nem ideia de quanto tempo ficou adormecido e não se lembra de nada. Os voos com médicos a bordo eram para Paris e outro para Belo Horizonte. Contatamos o responsável pelo voo para Belo Horizonte e ele nos disse que no voo dele estavam levando uma senhora de 70 anos para fazer uma cirurgia cardíaca. Já sobre o voo para Paris não temos informação alguma até o momento.

– Ok. Estou retornando para a base. Continuem tentando obter mais informações sobre esse voo de Paris.

– Afirmativo! Câmbio e desligo – colocou o rádio de volta ao local e falou ao seu parceiro – Muito inteligente esses médicos. Indo para Paris. Totalmente fora de nossa jurisdição – afirmou Marques.

– Bem, de qualquer forma iremos ouvir o depoimento do motorista da ambulância. Depois arquivamos o caso. Ao menos para a polícia do Rio de Janeiro, Harrison é um criminoso e um dia irá responder pelos seus atos. Passaremos a bola para a Interpol.

– Concordo, Henrique. Veja o lado bom da situação. Ninguém poderá afirmar que a menina está morta e, se estiver, a essa altura já deve estar atravessando o Oceano Atlântico. Ao menos a imagem do GAS permanecerá positiva.

– Tenho que concordar com você, Marques. Fizemos nosso trabalho e nem tudo foi em vão.

Henrique deu a partida no carro e seguiram em direção à sede do Grupo Antissequestro.

Assim que viraram à direita no final da rua, a luz de um táxi surgia, estacionando na porta da casa de Harrison.

Minutos depois, Eliza saiu arrastando uma discreta mala com rodinhas, colocando-a no bagageiro. O táxi virou à esquerda na rua, no sentido da avenida principal, com destino ao Galeão.

Se alguém pudesse observar Eliza de perto veria que ela segurava em uma das mãos sua passagem aérea para Belo Horizonte.

45

O cintilar das estrelas podia ser percebido através da pequena janela da aeronave, que mantinha uma velocidade aproximada de 900 km/h em uma altitude de 20 mil pés.

O som da turbina era suave, graças ao sofisticado isolamento acústico, misturando-se aos bipes do monitor cardíaco.

Nicolai havia ligado o laptop e transferia as fotos do celular do Alfa-NPTD, enquanto Harrison cambaleava a cabeça de sono, tentando se manter em vigília, observando os tracejados eletrocardiográficos de Sophie, exibidos em um dos monitores.

O soro gotejava com a dose pré-calculada de alguns medicamentos que haviam sido colocados para manter a estabilidade de Sophie durante o transporte.

Em um movimento abrupto, a aeronave deslocou-se para a direita, fazendo com que caísse o laptop de Nicolai.

— O que está acontecendo, Nicolai? — perguntou Harrison, assustado.

— Não sei. Devemos estar passando por alguma turbulência.

Olharam para o display sobre a porta da cabine do piloto que mantinha o aviso luminoso: "apertar os cintos".

Outra vez, sentiram um novo movimento brusco, só que dessa vez para a esquerda.

Harrison olhava para Sophie enquanto o chão trepidava, como se estivessem passando por imensos buracos na estrada. Cumprindo as normas do protocolo de transporte, Harrison havia colocado o cinto de segurança em Sophie, imobilizando-a.

Os movimentos tornavam-se cada vez mais violentos sem seguir nenhum padrão, até que o anúncio com a voz do comandante ressoou por toda a cabine.

— Atenção, estamos desviando de uma intensa área de instabilidade. Pedimos que mantenham o cinto afivelado e em momento algum o desatem até segunda ordem.

A embalagem que continha o soro sacolejava de um lado para outro, junto com os fios dos monitores. Harrison mantinha o olhar fixo na filha.

— Se for para morrer, minha filha, nada mais justo do que morrermos juntos...

Nicolai havia ficado mais pálido. Era perceptível que estava apreensivo. Então, após alguns minutos, a aeronave recuperou a estabilidade e um semblante mais sereno surgiu na face de Nicolai.

Harrison observava os monitores, receando que a turbulência agravasse o quadro de sua filha. Ligeiro, segurou as mãos dela, como se tivesse detectado algo de errado.

— O que foi, Harrison, está tudo bem? — disse Nicolai, olhando para o mesmo monitor, tentando detectar algum parâmetro anormal.

— Estamos com um problema. A mão de Sophie está muito fria. Chequei o pulso e desconfio que a pressão arterial dela está muito baixa.

Ao se aproximar do monitor para ativar a mensuração da pressão arterial, os alarmes dispararam enquanto o monitor mostrava uma linha contínua em vez do tracejado rotineiro dos batimentos cardíacos.

— O coração dela parou! — gritou Harrison. — Me ajude! Prepare a adrenalina! — disse, soltando o cinto de segurança e começando a compressão torácica, tentando "massagear" o coração, fazendo com que o corpo da garota ainda mantivesse um pequeno fluxo sanguíneo que pudesse minimizar futuras lesões cerebrais.

Harrison comprimia o tórax da filha, iniciando uma luta contra a morte de Sophie, enquanto Nicolai administrava a medicação através do acesso venoso.

— Prepare o desfibrilador! — disse Harrison, que exaustivo mantinha as manobras de ressuscitação cardíaca, com o olhar fixo para o monitor cardíaco.

— Harrison, ela não está respondendo à adrenalina! Sabemos que a causa da parada cardíaca possa ser secundária ao trauma cerebral.

— Eu sei, Nicolai! — gritou em tom áspero de voz. — Pense, Harrison... Pense... O coração de Sophie parou em consequência ao trauma craniano. Lembre-se das aulas de trauma na faculdade. — vasculhou sua mente por um momento em busca da melhor solução. De repente, seus olhos brilharam. – Bingo! Só pode ser... Peço que Deus me ajude.

– Nicolai, a hipertensão intracraniana de Sophie piorou. Isso está fazendo com que o coração dela pare. Deixei uma seringa preparada com uma medicação caso isso acontecesse. Me dê ela agora! – ordenou, ainda mantendo as compressões torácicas.

Em alguns minutos, Nicolai administrou a medicação.

– Vamos, Sophie! Por favor, minha filha, não me deixe... – disse, enquanto as lágrimas gotejavam sobre o tórax pálido da menina conectada a diversos fios dos monitores. – Já basta perder Melany. Por favor, Deus... Ajude-me!

O rosto de Harrison havia perdido o brilho. O semblante estava fechado e pequenas gotículas de suor começavam a surgir por toda a face.

– Isso não pode acontecer. Ela tem que responder! – gritou.

De súbito a aeronave perdeu altitude. Harrison, que estava sem o cinto, foi arremessado contra os monitores, perdendo a consciência enquanto o avião turbilhonava em movimentos grosseiros e contínuos, fazendo com que a caixa com todas as medicações se espatifasse no piso.

46

As instruções eram claras, apesar de o som ensurdecedor ultrapassar os fones de ouvido. Um dos agentes, que era o copiloto do helicóptero, entregaria em suas mãos o relatório dos trinta minutos de voo decorridos.

Sandersen olhou para o velho relógio de bolso, que chegava a ser motivo de piada dentro da agência de inteligência. Porém, aquele era um modelo suíço cuja marca destacava pela precisão. O único inconveniente era que, em plena era digital, por alguns momentos era obrigado a "dar corda" para com que o relógio funcionasse.

Os ponteiros marcavam 05h10min da manhã. Sentia-se irritado, pois o pior transporte que poderia ter sido solicitado era o helicóptero, onde era impossível sequer tirar um cochilo.

Assim que o relógio marcou 05h11min, o copiloto virou-se para Sandersen e sem dizer uma palavra entregou-lhe um tablet. Sabia que tinha pouco tempo, pois depois que digitasse a senha, era questão de segundos para que as informações se apagassem.

Conectou o fone de ouvido no tablet e a seguir digitou a senha: "deltatango79". Imediatamente um player de vídeo surgiu no display do aparelho com uma imagem e voz totalmente distorcidas.

— Agente Sandersen, você foi designado para investigar o motivo pelo qual dois agentes da Spetsnaz, considerada a tropa de elite russa, estão aqui no Brasil. Katrina lhe passou algumas informações, porém estamos sendo pressionados pela NSA, Agência de Segurança Nacional, dos EUA, — para emitirmos um relatório sobre o motivo pelo qual dois caças de última geração PAK FAT P-50 estarem pousados aqui no Brasil em um aeroporto civil, sendo que um deles carrega uma bomba atômica. Sabemos que estes homens que aterrissaram em solo brasileiro estão em Belo Horizonte e não deram entrada em nenhum hotel, conseguindo despistar dois de nossos agentes que os aguardava. Também descobrimos a existência de agentes russos infiltrados na força aérea brasileira. Eles foram afastados de seus cargos e estão sob investigação. Para evitar um conflito diplomático, mantivemos as aeronaves sobre vigilância, em parceria com o governo americano. Nosso problema é a CIA, que exige explicações.

O vídeo pareceu travar por um momento, mas continuou:

– Tentamos levantar informações com o governo russo, porém continuam alegando que é apenas um voo de testes e que os pilotos têm instruções de retornarem no prazo de 48 horas, caso contrário seriam enviados dois pilotos para buscarem as aeronaves. Se isso acontecesse, seria aberto um inquérito para investigar o desaparecimento dos pilotos. Sabemos que eles não vieram a passeio e que não são apenas pilotos. Em nossas investigações descobrimos que eles pertencem a Spetsnaz e são altamente treinados, bem como comandados pela KGB. Sua missão é encontrá-los e nos comunicar de imediato. Não tente nada sozinho, pois se eles desconfiarem de sua presença poderão eliminá-lo. Estamos com uma equipe tática de elite em Belo Horizonte já preparada para capturá-los, aguardando apenas que você envie a localização. Eles serão presos, interrogados e depois deportados para a Rússia. Você tem 24 horas para nos enviar seu relatório. Boa sorte! Essa mensagem se apagará em 4 segundos…

Sandersen olhou para o display do tablet, que, depois de alguns segundos, mostrou que a mensagem havia sido apagada.

– Era só o que me faltava… KGB e NSA. Dois velhos inimigos se encontrando no Brasil. Eles fazem a merda e eu tenho que limpar! – resmungou Sandersen. – Agora, pense… O que essas aeronaves estão fazendo em território brasileiro? São dois caças de altíssima tecnologia que estão colocando em polvorosa a inteligência americana. Ninguém enviaria eles para o Brasil se não estivessem à procura de algo muito importante. Um caça para proteger o outro na tentativa de que alguém tente interceptá-los. Alta tecnologia, camuflagem de radar, velocidade supersônica, armamento de ponta e o desaparecimento dos Spetsnaz… Alguém está com pressa e à procura de algo. Vieram para retirar à força se for preciso. Eles são treinados ao ponto de pilotar esses caças… Mas o que eles querem aqui em Belo Horizonte? Duvido que tenham vindo de Moscou até aqui para tomar um café com rapadura e comer pão de queijo…

– Por onde começar, Sandersen? O governo russo não confiaria duas aeronaves top de linha para qualquer um. Algo me diz que devo começar pela aeronave… O prazo deles está se esgotando. Eles têm apenas – olhou para o relógio – 24 horas. Pense como um Spetsnaz. Onde você estaria mais seguro e poderia voltar mais rápido para casa sem riscos de ser descoberto? É obvio que é nos PAK FAT P-50. De qualquer forma, assim que chegar vou dar uma olhadinha nesses caças, já que o governo brasileiro em parceria com os americanos assumiu a vigília.

O sol nascente já começava a iluminar a faixa escura do horizonte, dando sinal de que em alguns minutos o alvorecer estaria completo. O helicóptero seguia veloz com destino a Belo Horizonte, enquanto Sandersen tentava cochilar ao som ensurdecedor da turboélice da aeronave.

47

A praia de Grumari estava mais bela do que nunca.

Harrison estava deitado na areia e, ao longe, conseguia visualizar a imagem de Sophie e Melany correndo de mãos dadas em direção ao mar.

Não conseguia ver os rostos, mas amava as duas de forma incomensurável. Sentia-se em paz e aliviado por estar próximo da amada esposa e da filha.

Olhou para a areia e nela havia um pequeno cardume de peixes multicoloridos preso em uma pequena piscina natural, próxima a algumas rochas. Eles nadavam, à procura de uma saída para o oceano, mas sem sucesso.

Até que as águas tornaram-se mais turbulentas. Em um movimento reflexo procurou pela filha e viu que Sophie estava sendo arrastada pelo oceano. Desesperada, Melany puxava pelas mãos a filha com toda força, mas não era suficiente.

Harrison correu em direção as duas. Gritava, mas era incapaz de ouvir a própria voz. A distância parecia cada vez mais longa e chegou a acreditar que iria perdê-las à medida que as ondas do mar tornavam-se intensas.

Uma tempestade começou a cair e o oceano parecia estar engolindo Sophie. Melany gritava por Harrison e pedia para que ele a ajudasse. Então viu que a esposa e filha estavam sendo carregadas pelo oceano.

Harrison correu em direção as duas e começou a puxá-las, até que conseguiu arrastá-las até a orla marítima. Sophie estava deitada na areia molhada pela chuva e parecia estar dormindo. Olhou para Melany e lembrou-se de que a esposa havia morrido no parto e, então, como em um flash, recordou-se de Smith, do sequestro de Sophie, da retirada da filha do hospital, de Nicolai e das últimas lembranças de um voo para Belo Horizonte.

Então Melany olhou para Harrison e disse em tom sereno:

– Cuide de nossa filha. Seja rápido que o tempo dela está se esgotando! Tenha cuidado e lembre-se de que sempre estarei ao seu lado.

Antes de dizer qualquer palavra, sentiu um cheiro forte de álcool invadir suas narinas. A voz familiar de Nicolai tornou-se intensa assim como a dor de cabeça.

– Acorde, Harrison. Você está bem?

Ao abrir os olhos, viu a imagem de Nicolai meio embaçada, até que foi ficando completamente nítida.

– Nicolai? Está tudo bem? O que aconteceu?

– Acalme-se, Harrison, está tudo bem. Você bateu forte com a cabeça devido à turbulência. Ficou desacordado por uns quinze minutos.

– E Sophie? – disse, ficando em pé, procurando pela filha, até que a avistou e olhou para os monitores, que mostravam os tracejados normais.

– Tenho que tirar o chapéu para você, Dr. Harrison. Assim que ficou inconsciente por alguns minutos, eu assumi a ressuscitação de Sophie. Acredito que a medicação que você havia preparado salvou-lhe a vida. Ela voltou com a pressão arterial estabilizada e com os ritmos cardíacos regulares. Depois que vi que ela estava bem, corri para ajudá-lo. Que pancada forte, hein, meu amigo? A boa notícia é que já estamos chegando a Belo Horizonte. Iremos pousar em poucos minutos e já tenho a informação via rádio de que uma ambulância apenas com o motorista já se encontra à nossa espera no aeroporto. Devemos gastar aproximadamente 50 minutos até minha casa. Chegando lá, desenvolveremos o Alfa-NPTD e aplicaremos em Sophie, salvando a vida de sua filha. Acredito que até o final do dia você esteja correndo ao lado de sua linda mocinha e depois iremos publicar a pesquisa dessa substância milagrosa. Já pensou quantas vidas poderemos salvar com o Alfa-NPTD?

Harrison, quero que saiba, que estou quebrando os protocolos por uma justa causa. Entendo a dor pela qual está passando e não desejo isso para ninguém. Assumirei toda a responsabilidade sozinho.

– Obrigado, Nicolai – respondeu Harrison, enquanto corria os olhos por todos os aparelhos, certificando-se de que tudo estava bem com Sophie.

Então a voz do piloto ressoou por toda aeronave.

– Atenção, tripulação: em alguns minutos estaremos aterrissando no Aeroporto Internacional Tancredo Neves. Solicitamos que apertem os cintos, bem como pedimos desculpas pelos transtornos durante o voo, pois fomos pegos de surpresa por uma grande área de instabilidade. A aterrissagem está prevista em cinco minutos. A temperatura em Belo Horizonte está de 27 graus Celsius e a previsão de hoje será de um dia nublado.

Perceberam que o avião começava a perder altitude, já se preparando para pousar. O som nítido do trem de pouso tornou-se perceptível. Sentiram um frio na barriga, pois haviam passado por momentos bastante turbulentos ali e temiam pela aterrissagem.

Passados alguns minutos, a aeronave já taxiava pela pista do Aeroporto Internacional Tancredo Neves.

Pela pequena janela podiam ver uma ambulância com um motorista os aguardando nas proximidades da pista, enquanto ao lado um helicóptero procedente de Brasília pousava na área reservada aos voos particulares.

48

O dia estava nublado. Sandersen havia descido do helicóptero cujo vento da turboélice causava incômodo além de acabar com o seu penteado.

Ao lado, viu uma criança acompanhada de dois médicos desembarcar de um jatinho de uma empresa particular e ser colocada em uma ambulância. Percebeu que a criança respirava apenas com ajuda de um ambu, que um dos médicos ventilava ciclicamente para manter a paciente viva.

– Pobre criança! Deve ser um martírio para os pais terem uma filha neste estado – pensou, dirigindo-se à área de desembarque.

Sabia que tinha menos de 24 horas para resolver o impasse senão o Brasil teria sérios problemas diplomáticos. Já havia revisto os passos e estabelecido um plano de ação.

Fez uma longa caminhada e dirigiu-se até a sala da Polícia Federal, onde uma atendente morena com um semblante hispânico aproximou-se.

– Em que posso ajudá-lo, senhor?

Sandersen retirou a identificação. A agente, assim que viu a identificação, engoliu a saliva e endireitou o tronco dentro da sua jaqueta preta.

– O senhor está sendo aguardado. Acompanhe-me, por gentileza.

Ao atravessarem uma divisória de vidro blindado, o alarme do detector de metais disparou. Dois agentes vestidos de preto colocaram as mãos dentro do paletó, retirando pistolas automáticas calibre 38 e olhando para Sandersen. Disseram em coro:

– Senhor, por gentileza, dê um passo para trás e coloque as mãos por detrás da cabeça.

Sandersen parou. Antes que a situação se tornasse mais embaraçosa, a agente que o acompanhava interveio.

– Ele é da inteligência e está comigo. Podem deixá-lo passar.

Os dois agentes recuaram, sem questionar.

Sandersen seguiu até a sala do coordenador da segurança do aeroporto. Ao chegarem à porta, a agente anunciou:

– Pode entrar. O delegado Mathias o espera – ela disse, saindo a seguir.

Sandersen abriu a porta de vidro e aproximou-se da mesa. Por detrás de um laptop conseguiu distinguir o rosto obeso e branco ocultado por óculos preto de armação circular.

Sem sequer olhar para ver quem havia entrado no escritório, pôde ouvir uma voz rouca.

– Sente-se. Você aceita um café? – perguntou o homem que estava atrás do laptop.

– Não, obrigado.– respondeu Sandersen, já irritado. – Tenho pressa e pouco tempo para resolver uma infinidade de problemas.

Mathias fechou o laptop. Olhou com raiva para Sandersen. Levantou-se da cadeira por alguns segundos e voltou a sentar-se, chegando a dar a sensação de que iria apelar. Preferiu ficar calado, pois conhecia bem a hierarquia e sabia que era subordinado à agência de inteligência, bem como já havia recebido ordens superiores para dar carta verde durante toda a investigação.

– Agente Sandersen, presumo – disse com rispidez.

– Sim. Preciso verificar os caças PAK FAT-50. Estou correndo contra o relógio. Só que antes gostaria de saber se já encontraram os pilotos.

– Sem problemas. Já fui comunicado pela inteligência que o senhor estaria a caminho. Vou conduzi-lo até as aeronaves. Quanto aos pilotos, ontem, quando essas aeronaves pousaram aqui em Confins, desconhecíamos essa operação. Achamos que a Força Aérea Brasileira estivesse envolvida com a presença desses aviões de guerra. Para nossa surpresa, quando seu serviço de inteligência nos questionou e fomos verificar junto ao Comando de Aeronáutica, eles mostraram saber menos do que nós e, ao verificarem a ocorrência, relataram que era um voo experimental com esses dois caças. Mandamos dois agentes nossos à procura dos pilotos, só que não conseguiram encontrá-los. Colocamos as aeronaves sob total vigilância. Para nossa surpresa, surgiram agentes americanos alegando que uma das aeronaves tem um míssil atômico. Tivemos que colocá-los para correr. Foi então que recebi novo contato da Força Aérea, relatando que os militares brasileiros de alta patente envolvidos na chegada destes caças eram agentes duplos e irão responder processo militar. Não encostamos um dedo na aeronave para evitar problemas diplomáticos.

– Moscou entrou em contato com a Força Aérea Brasileira, relatando que irá enviar outros pilotos para retornarem com as aeronaves caso os pilotos que as trouxeram não retornem até o final do dia – continuou. Disseram que não é um explosivo nuclear e sim um protótipo inofensivo de bomba. Ameaçaram abrir inquérito para investigar sobre o desaparecimento dos pilotos que trouxeram o caça. Basicamente é isso. Estamos sabendo menos que vocês e pisando em ovos. A boa notícia é que nosso circuito de segurança conseguiu fazer esse vídeo. É a única imagem que temos dos pilotos.

Abriu a tela do laptop, que mostrava dois homens gigantes, de semelhança assustadora, caminhando por um dos corredores do aeroporto.

– Isso é tudo que sabemos, Sandersen.

– Interessante... Por gentileza, poderia me levar até as aeronaves?

– Sem problemas.

Mathias levantou-se da escrivaninha, revelando uma imensa barriga camuflada pelo terno preto, cujos botões pareciam que iam estourar.

Saíram da sala, atravessaram a porta de vidro e seguiram através de um extenso corredor, deixando o terminal de embarque e indo em direção a um imenso galpão, destinado a voos oficiais.

Do lado de fora do galpão, vários agentes do governo brasileiro, usando óculos escuros e coletes pretos com submetralhadoras a tiracolo, mantinham uma forte vigilância no local. Ao se aproximarem, os militares reconheceram Mathias e liberaram o acesso. Assim que entraram, visualizaram os dois caças PAK FAT- 50.

Um pequeno e veloz beija-flor entrou voando, passando por cima de Sandersen, e pousou em uma janela. Ficou estático, mantendo apenas o movimento da cabeça, observando as duas aeronaves e o os agentes que circulavam dentro do galpão.

Sandersen deu a volta e olhou por fora dos aviões caça de alta tecnologia. De fato eram aeronaves incríveis.

– Vocês já checaram os caças? – perguntou Sandersen, ainda surpreso com o tamanho poder bélico das aeronaves.

– Não. A cabine é codificada. Só abre com o código correto. Achamos melhor não arrombar.

– Arrombar? Quem disse isso? – adiantou-se Sandersen, tirando um pequeno canivete suíço e um aparelho com uma mini tela de LCD sensível ao toque, semelhante a um player de MP4. Aproximou-se da cabine da aeronave e com um movimento preciso do canivete suíço expôs dois pequenos fios. Conectou-os ao aparelho e em poucos segundos uma infinidade sequencial de códigos começou a percorrer a tela do aparelho, seguido de um forte estalido, abrindo a cabine e dando acesso ao cockpit da moderna aeronave.

Sandersen entrou e viu que o espaço era pequeno. De fato jamais havia visto um caça com tamanha tecnologia. Verificou que todo o acionamento era realizado por intermédio de um cartão codificado. Ficou surpreso com o poder bélico que cada uma dispunha. Olhou por todo interior e não encontrou nada. Conectou o pequeno aparelho e fez um backup do plano de voo, aparecendo com nitidez todas as coordenadas, desde o ponto de partida, abastecimento e ponto final da rota.

Conectou o aparelho ao celular, ativando o sistema de GPS, que traçou a rota que Sandersen havia copiado do sistema de navegação das modernas aeronaves.

– Vejamos de onde vieram estes Spetsnaz...

Ampliou o zoom no celular. As coordenadas referiam-se à base aérea de Kubinka, localizada em Moscou. Outra rota já estava traçada, desta vez de Belo Horizonte para Kubinka, estimada em um voo noturno em Mach 2.

– Eles já planejaram a volta... Até o final do dia os pilotos devem aparecer – murmurou, deixando escapar um sorriso irônico na face.

Desceu da aeronave e Mathias aproximou-se.

– Encontrou algo? – perguntou, sem conseguir conter a ansiedade.

– Nada de significante. Vou checar o outro.

Aproximou-se do outro caça. Da mesma forma abriu o cockpit, que exalou um terrível cheiro de vômito.

– Alguém passou mal por aqui – pensou enquanto localizava a fonte daquele odor terrível.

Encontrou um pequeno saco. Já imaginava o seu conteúdo.

Colocou a cabeça para fora do cockpit e entregou o pequeno pacote a Mathias.

– Tome, fique com isso.

Mathias, sem compreender, teve a infelicidade de abrir a embalagem e quase caiu de costas quando o cheiro azedo de vômito infestou o galpão.

– Não abra isso! – advertiu Sandersen. – Jogue no lixo!

"Agora que ele me fala..." – pensou Mathias, caminhando e segurando o pequeno embrulho entre as pontas dos dedos.

Vasculhou o interior da aeronave e, para sua surpresa, encontrou caído embaixo do assento do piloto um dossiê.

O que seria aquilo? Não parecia um manual de instruções...

Retirou com dificuldade o documento.

Assim que segurou o dossiê, percebeu que eram documentos escritos em russo.

– Agora compreendi por que a inteligência me designou para essa missão. Poucos agentes como eu dominam o idioma russo. Devia ter ficado somente com o inglês...

Começou a folhear as páginas enquanto saía da aeronave.

Mathias viu que Sandersen estava com um documento nas mãos.

– O que é isso? – perguntou Mathias, em um tom áspero, ainda irritado com a sacola de vômito que havia recebido.

– Protocolos que eu tenho que seguir – adiantou-se. – Já encerrei a avaliação do cockpit. Agora tenho que examinar a fuselagem da aeronave e o sistema de armamento.

– Ótimo. Tenho que voltar para o escritório – disse Mathias com ironia. – Se precisar, fique com o meu cartão. É só me ligar. Estou com o celular 24 horas por dia. Vou avisar o chefe da segurança que você já está finalizando. Qualquer novidade me comunique.

– Obrigado, Mathias, pelo apoio. Porém precisamos agir com precaução.

– Precaução, por quê?

– Bom, essa informação é confidencial, mas me parece que os pilotos desses caças são militares treinados. Acredito que mesmo o seu pessoal armado não daria conta do recado. Oriente sua equipe de segurança que se localizarem os pilotos me comuniquem de imediato. Esse é meu número – disse Sandersen, entregando-lhe outro cartão.

– Gosto de trocar figurinhas – respondeu Mathias, observando Sandersen caminhar em direção aos pneus da aeronave. – O que você está fazendo? – perguntou, coçando a cabeça.

– Estou atrasando o voo dos pilotos russos desaparecidos – disse Sandersen, enquanto esvaziava os pneus dos caças.

– Compreendo. Agora tenho que ir. Se precisar já tem meu cartão.

Mathias caminhou em direção à saída do galpão. Sandersen voltou a analisar o armamento da aeronave. Quase caiu de costas quando descobriu que um dos caças estava carregando uma bomba atômica que poderia mandar a cidade de Belo Horizonte pelos ares.

– Meu Deus! Isso só pode ser um pesadelo! – murmurou. – Bomba inofensiva uma ova!

O pequeno beija-flor que havia pousado no vidro voou sem chamar a atenção em direção aos caças, pousando sobre o cockpit. Olhava para Sandersen e para o pequeno dossiê que carregava, bem como para toda a equipe de segurança, que vigiava a aeronave, até que o pequeno pássaro levantou voo, saindo por uma das janelas do galpão.

Sandersen, assim que terminou de esvaziar os pneus da aeronave, retirou-se do galpão, passando pela equipe de segurança sem ser importunado.

Caminhou em direção a uma lanchonete localizada próxima ao ponto de táxi em frente ao terminal de embarque e desembarque. Assustou-se com o movimento do aeroporto naquela manhã, que chegava a dar uma sensação de que estava sendo disputada ali uma final de Copa do Mundo. Uma mistura de vozes difundia-se ao aroma do café expresso. O relógio marcava seis e dezessete da manhã. Pediu à garçonete um cappuccino e um pão de queijo e começou a folhear o dossiê.

– Nada melhor para começar o dia do que um bom café da manhã. Vamos ver se meu russo ainda está afiado.

Tinha como título "Projeto Nephesus". Era um conjunto de documentos destinados a dois irmãos gêmeos pertencentes a Spetsnaz, porém faziam parte de uma divisão secreta.

Já nas primeiras páginas havia um nome: Dimitri Komovich, filho de um casal de cientistas russos que foi morto pela inteligência russa e KGB. Ficou apreensivo quando encontrou o nome Nicolai Sergey e referência a um endereço de um nobre bairro residencial na cidade de Belo Horizonte.

As instruções eram claras: executar Nicolai Sergey e recuperar o projeto Nephesus. Diversas fotos tiradas por satélites da casa do suposto alvo compunham o conjunto de papéis. Começou a ler sobre o objetivo da missão, porém pouco se falava a respeito do projeto.

Mas uma informação se destacava: a possibilidade de armazenar a energia vital de alguém que estivesse no limiar da vida e da morte.

Então se levantou da cadeira e seguiu em direção ao ponto de táxi.

– Meu Deus! Isso não pode cair em mãos erradas. Só espero que não seja tarde... Tenho que alertar a inteligência que temos uma bomba atômica em uma das aeronaves russas pousadas em um aeroporto civil e as informações sobre o projeto Nephesus – murmurou, esquecendo-se do pedido.

A garçonete, driblando os demais clientes, aproximou-se com dificuldade, mas não encontrou o cliente. Já estava acostumada a ver passageiros que confundiam os horários dos voos e saíam sem consumir, mesmo tendo pago o pedido. Não era à toa que era praxe da lanchonete cobrar adiantado, ainda mais naquela manhã na qual o movimento estava acima do normal.

Ao voltar com a bandeja, a garçonete ficou admirada com a beleza de um beija-flor que havia pousado sobre um arbusto artificial usado para a decoração da lanchonete, situado bem ao lado da mesa em que o cliente apressado estava sentado.

Era supersticiosa. Ao ver o beija-flor, tinha certeza de que era seu dia de sorte.

49

Nano Hummingbird, também conhecido como nano beija-flor, foi um projeto de um robô espião, desenvolvido pelos EUA, ainda em fase de testes. Porém, agora já havia sido aperfeiçoado e amplamente usado pela CIA e NSA. Na verdade, trata-se de um aparelho eletrônico de aproximadamente 16 centímetros de envergadura e pesando apenas 19 gramas. Dotado de uma mini câmera, microfone de alta sensibilidade e operado por controle remoto. É um dos aparelhos usados nas investigações, colocando o espião em uma posição segura e confortável, sem necessidade de se expor a riscos. Tem autonomia de bateria de 11 horas de voo, podendo voar a uma velocidade de 17 km/h.

No estacionamento do aeroporto, um luxuoso veículo preto estava parado sob uma árvore. O vidro do passageiro se abaixou. Dentro do veículo havia um homem de pele branca e cabelos loiros, usando óculos com lentes escuras. Tinha o olhar fixo para a tela de 14 polegadas de um laptop conectado à um controle remoto, semelhante aos de aeromodelos comuns, porém de qualidade tecnológica superior.

Até que um beija-flor entrou pela janela aberta do veículo, parando no ar em cima o banco do passageiro. Diminuiu a velocidade do batimento das asas, pousando com segurança sobre o banco.

O motorista pegou o beija-flor robô e o guardou dentro de uma pasta de metal prateada. Já tinha as informações de áudio e vídeo em alta resolução gravadas no laptop.

Analisou a conversa de Sandersen e Mathias, enquanto vasculhava os dois caças. Viu Sandersen encontrando um dossiê. Logo depois, as páginas que Sandersen havia folheado apareciam com nitidez na tela do laptop.

Pegou o arquivo de vídeo que havia sido gravado e transmitiu on-line para a CIA.

Passado alguns minutos, pôde ouvir com uma voz distorcida.

– Malcolm, você tem ordens imediatas para interceptar Nicolai Sergey. Estamos com dois drones imperceptíveis ao radar, controlados remotamente em uma de nossas bases em Orlando, posicionados sobre o Aeroporto de Confins e prontos para explodir aqueles caças a qualquer momento.

– Espere. Não faça nada ainda, pois um dos caças está equipado com uma bomba nuclear, capaz de mandar todo o aeroporto e a cidade de Belo Horizonte pelos ares, matando milhares de civis. Basta checarem no vídeo que lhe enviei.

– Sim, já analisamos o vídeo. Constatamos a bomba nuclear em uma das aeronaves bem como confirmamos que o dossiê é o mesmo que o general Heinz entregou para os gêmeos em Moscou. Há anos o estamos espionando. Pelo visto, eles encontraram Nephesus. Seu objetivo é interceptar Nicolai Sergey e trazê-lo com vida para que possamos interrogá-lo. As páginas que você conseguiu interceptar são de grande valia, porém apenas contêm menções a Nephesus. Não é o que estamos procurando. Quanto à morte de civis, é uma baixa aceitável. A culpa irá cair sobre o governo russo, ao menos que eles resolvam retirar essas aeronaves do solo brasileiro, porém sem o projeto Nephesus, que eles tanto desejam.

– Ok. Além dos agentes russos, também temos um agente da inteligência brasileira buscando o projeto.

– Você está autorizado a executar qualquer pessoa que possa colocar-se no seu caminho. Vamos interceptar o agente da inteligência brasileira com o uso de um dos drones. Você irá confirmar se ele realmente foi executado.

– Peço que esperem que eu esteja em uma zona segura, caso decidam explodir os caças. Também gostaria de lembrá-los de que os gêmeos podem voltar a qualquer momento para as aeronaves com o projeto Nephesus, caso eu não consiga encontrá-los no endereço do dossiê.

– Aguarde um momento... Ok. Acabamos de enviar um dos drones para o endereço que estava no dossiê e detectamos que há duas pessoas na residência de Nicolai por meio da visão infravermelho e pela leitura confere com o biótipo dos pilotos dos caças russos. Vá para lá e execute-os antes que eles matem Nicolai e recuperem o projeto. Não podemos exterminá-los daqui, pois suspeitamos que o projeto Nephesus esteja guardado na residência de Nicolai e já sabemos que ele e outro médico estão a caminho com uma criança gravemente ferida. O drone detectou que existem explosivos implantados por toda a casa de Nicolai, portanto, tenha cuidado. Chegue lá antes que o cientista e criador de Nephesus corra algum risco. Ele é muito importante para nós. Precisamos dele vivo. Fui claro?

– Sim, senhor. Já estou a caminho.

– Estamos direcionando um dos drones para interceptar o agente da inteligência brasileira. Saía daí e certifique-se de que ele foi executado. Ele está a 5 minutos de vantagem à sua frente, dentro de um táxi. Quando você estiver a uma distância segura do agente Sandersen, iremos ativar o drone e faremos um disparo preciso contra o veículo. Isso irá tirá-lo do caminho. Verifique se este agente foi executado e assegure a sobrevivência de Nicolai.

– Compreendido. Já estou a caminho.

O agente fechou o laptop deu a partida no carro, saindo em seguida, cantando os pneus.

50

O sino da igreja próxima à casa de Nicolai anunciava seis e meia da manhã com estrondosas badaladas. Como de costume, uma mulher com aparência de 40 anos de idade, se aproximou da casa número 177.

Seguiu até o portão e retirou uma das chaves do bolso. Percebeu que a chave, diferente dos outros dias, entrou com dificuldade na fechadura e enroscou algumas vezes até que por fim abriu o portão.

— Só me faltava essa. Quase que fico presa do lado de fora da casa. Ainda mais hoje que o doutor Nicolai pediu que eu chegasse mais cedo, pois ele estaria voltando de viagem. Tenho que avisá-lo para ele mandar consertar esse portão.

Assim que entrou, fechou-o. Quando chegava estava acostumada, a ser recebida pela gata que vinha em sua direção, desesperada pela ração matinal. Já o cão, Waffle, era preguiçoso demais. Sempre tinha que colocar o prato de ração ao lado da almofada favorita do yorkshire.

Caminhou em direção à porta da cozinha. Destrancou-a e entrou.

A luz do sol atravessava a janela, refletindo nos brancos azulejos milimetricamente assentados sob a pia de granito preto. A torneira gotejava, fazendo o som do impacto das gotas d'água com o metal ressoar sobre o inox. Sobre a pia havia uma caixa de leite aberta e um copo sujo.

— Estranho. Nicolai chegou? Mas ele odeia leite... Será que ele trouxe algum amigo? Onde será que estão Bisnaga e Waffle? — disse, colocando a caixa de leite vazia no lixo e o copo dentro da pia.

Caminhou em direção à sala. Ao se aproximar do local, ouviu um disparo silencioso. Sentiu uma dor intensa bem entre os olhos e seu corpo despencou em direção ao chão, ao mesmo tempo em que deixava de existir.

Do outro lado da sala, o gêmeo com a foice tatuada na mão guardava a PP 2000 com silenciador, enquanto o irmão aproximou-se e arrastou o corpo da empregada em direção à despensa. Sua cintura exibia um pequeno controle remoto com uma luz verde que, piscava intermitente, aguardando a ativação de diversos explosivos.

215

51

O Aeroporto Internacional Tancredo Neves, conhecido como Aeroporto de Confins, estava com um movimento acima do normal naquela manhã. O Aeroporto da Pampulha, um dos aeroportos que dava suporte para voos domésticos, estava passando por um período de reformas, fazendo com que todos os voos a partir da meia-noite fossem transferidos para Confins.

Mesmo com o ponteiro do relógio marcando 06h35min da manhã, uma multidão tentava se aproximar dos guichês das companhias aéreas.

Outro numeroso grupo de pessoas aguardava no portão de desembarque a chegada dos familiares e, para piorar a situação, as companhias aéreas anunciavam atraso na maioria dos voos, que foi uma forma silenciosa de os colaboradores das companhias protestarem por melhores salários.

Eliza havia acabado de desembarcar. Com dificuldade, passava por entre a multidão que ocupava o saguão principal do Aeroporto de Confins, arrastando uma pequena mala com rodinhas. Ligou o celular, pois cumpria com rigor as orientações de desligar aparelhos eletrônicos durante o voo. Seguiu em direção à entrada principal do aeroporto.

– Preciso telefonar para o doutor Harrison e ter notícias de Sophie...

Enquanto o celular era ligado, seguiu em direção a uma agência bancaria que se situava bem diante da entrada principal.

– Tenho de sair dessa loucura. Não tem como sequer falar no celular nesse amontoado de gente!

Ao aproximar do banco, o celular localizou a nova área. Já no display, uma mensagem de Harrison ocupava a parte central da tela touchscreen.

– Bem, agora já sei para onde ir... Mas antes preciso de um banheiro urgente e de um bom cafezinho para começar o dia. Depois é só pegar um taxi. Não posso demorar. Meu anjinho precisa de meus cuidados...

Seguiu em direção a uma cafeteria que ficava diante do ponto de táxi e do toalete, arrastando com dificuldade a mala com rodinhas através de um amontoado de pessoas.

52

A rua arborizada chamava a atenção, dando ao bairro a característica peculiar de ser considerado o pulmão verde da cidade de Belo Horizonte.

Alguns veículos começavam a sair da garagem, indo mais cedo para o trabalho, tentando evitar os congestionamentos do horário de pico. Uma ambulância estava estacionada diante da casa de Nicolai.

O motorista da ambulância, de uniforme, mantinha-se impassível. Já estava acostumado a trazer pacientes sem perspectivas de vida para passarem seus últimos momentos com seus familiares.

Viu que um dos médicos encarregado do transporte empenhava-se exaustivamente em cuidar da menina de aproximadamente 10 anos, com a cabeça toda enfaixada. Parecia que ela estava em um sono profundo. Apenas os monitores de transporte mostravam sinais de vida, exibindo os batimentos cardíacos e do ventilador de transporte, que enviava o vital oxigênio aos pulmões da pobre criança.

Então, disse para um dos médicos que fora designado para realizar o transporte.

– Doutor Harrison, você irá precisar de ajuda para retirar a menina da ambulância?

– Não há necessidade – adiantou Nicolai, já saindo da ambulância e preparando-se para retirar Sophie.

Harrison olhou para o motorista, enquanto desconectava o ventilador e instalava o ambu, voltando a ventilar Sophie manualmente.

Alguns vizinhos curiosos começaram a aproximar-se das janelas, pois era uma das raras vezes que viam a imagem de Nicolai diante de casa. Havia vizinhos que sequer o haviam visto e, como formigas quando encontram o açúcar, começavam a comunicar-se para tentar compreender a razão de ter uma ambulância diante da casa de um dos moradores que raramente se mostrava.

Por azar de alguns vizinhos, a casa de Nicolai estava próxima a uma área de preservação ambiental, em uma rua bem arborizada. Sendo assim, era impossível para algumas pessoas visualizarem o ilustre morador cujas aparições eram raras.

Harrison olhou para o motorista da ambulância, pois sabia que não poderia desconectar o equipamento de suporte de vida. A sobrevivência de Sophie estava interligada ao funcionamento contínuo daqueles aparelhos.

– Bem... – disse Harrison, mantendo a ventilação manual da filha. – Quanto ao equipamento, vou gastar um bom tempo para conectá-lo aos aparelhos de casa. Poderíamos entregar depois?

O motorista da ambulância coçou a cabeça. Já tinha instruções explícitas de Marcus para ajudar no que os médicos necessitassem.

– Não se preocupem. A ambulância irá para a revisão mesmo. Irá ficar fora de circulação por alguns dias. O doutor Marcus pediu para que os ajudasse no que fosse preciso. Depois vocês combinam com ele a devolução dos equipamentos. Pode ser assim?

– Sem problemas – respondeu Nicolai.

– Vocês têm certeza de que não precisam de ajuda com a criança?

– Não há necessidade – disse Harrison, enquanto Nicolai abria o portão. – Mesmo assim, agradeço-lhe por tudo. Pode avisar ao Marcus que depois, eu devolvo o equipamento.

– Não se preocupe com isso! Então, estou indo – respondeu o motorista já funcionando a ambulância.

Assim que o motorista viu Harrison e Nicolai entrando na casa, empurrando a maca com a criança, arrancou com a ambulância, que desapareceu alguns minutos após dobrar a primeira esquina.

O gêmeo com o martelo tatuado em um dos punhos ouviu o barulho do portão se abrindo. Fez sinal ao irmão com a PP 2000 em punho, pedindo que aguardasse. Disse, sussurrando:

– Espere, ainda não é ele – assim que viu a imagem de Harrison arrastando uma maca com uma criança conectada a diversos aparelhos.

Então, após alguns instantes, teve a confirmação visual do alvo

– Nicolai se aproximava. Um sorriso surgiu na face. Estava a um passo da medalha e de voltarem para casa. O objetivo era simples: capturar Nicolai e torturá-lo até que revelasse onde estava escondido Nephesus. Feito isso, eliminaria o cientista e qualquer um que estivesse com ele.

Depois era só retornar para Moscou e serem condecorados com a medalha de honra, que poucos Spetsnaz tiveram o privilégio de possuir. Tornar-se-iam heróis nacionais.

Em um lapso de segundo, o sorriso desapareceu, enquanto limpava o suor da face com o punho. Nicolai foi treinado pelo exército russo na infância... Isso implica que as técnicas de tortura não poderão funcionar e a missão estaria destinada ao fracasso...

Fez um sinal para o irmão. O seu irmão gêmeo já havia participado em diversas ações táticas com ele. Reconhecia aquele sinal de longa data, pedindo que ficasse invisível, estudasse o alvo e aguardasse o sinal de ataque.

Escondeu-se atrás de uma parede, enquanto seu irmão camuflou-se por trás de um armário, de forma a tampar a luz verde, que piscava no controle dos explosivos. Nicolai abriu a porta da sala e entraram.

"Estranho... Onde estariam Waflles e Bisnaga? A faxineira ainda não chegou?" – pensou, enquanto olhava para o chão à procura de seus animais de estimação. "Talvez a faxineira os tenha levado para o banho no pet shop..."

– Harrison, temos que levar Sophie até meu laboratório onde está Nephesus. Lá poderei colocá-la em suspensão criogênica, enquanto desenvolvemos o Alfa-NPTD. É a única forma de salvá-la. Venha comigo! Só estarei tranquilo quando o corpo dela estiver em suspensão criogênica.

Seguiram empurrando a maca em direção ao escritório, sem perceber que eram observados e estavam sendo seguidos por um dos gêmeos.

Assim que chegaram ao escritório, Nicolai adiantou-se:

– Harrison, prepare-se, pois você está prestes a conhecer na prática uma das maiores invenções da humanidade – disse, exaltado, enquanto os dedos percorriam uma infinidade de títulos de livros dos mais variados assuntos, até que parou sobre um específico: *Frankenstein* de Mary Shelley.

– Sabia, Harrison, que *Frankenstein* é meu livro predileto?

Harrison mantinha-se ventilando a filha, enquanto os monitores mostravam os sinais vitais regulares.

"Frankenstein... Só mesmo Nicolai para ter uma ideia destas..." Então, Nicolai inclinou o livro para frente, como se fosse retirá-lo. Imediatamente a estante começou a rodar, revelando um novo ambiente gigantesco, escondido por uma passagem secreta.

Harrison ficou boquiaberto.

"Isso é inacreditável…" – pensou, enquanto os olhos admiravam as luzes automáticas do ambiente que se acenderam, revelando um imenso laboratório semelhante aos de algumas faculdades, porém com uma tecnologia superior.

Devia medir 150 metros, com um teto alto, devido a alguns equipamentos que faziam jus à necessidade de espaço. No fundo do laboratório, Harrison observou a presença de duas cápsulas de que aproximavam ter dois metros de comprimento por um metro de largura, interligadas em um imenso gerador de energia e a botijões.

Já conhecia aqueles botijões. Sabia que eram de nitrogênio liquido. Um emaranhado de cabos de grosso calibre fazia conexões com todos os equipamentos e com as cápsulas que corriam em direção a uma bancada situada em uma das paredes laterais, onde existiam três monitores, que, ao serem ativados por Nicolai, faziam surgir uma infinidade de algarismos e equações complexas. O monitor central exibia o funcionamento detalhado de todo equipamento, desde a energia dos geradores até a quantidade de nitrogênio líquido armazenado. Já o terceiro monitor mostrava as duas cápsulas detalhadas em terceira dimensão, porém com um leitor infravermelho, mostrando partes azuis, que representavam áreas de baixíssimas temperaturas. Uma fórmula da física moderna relativa ao fluxo magnético oscilava com os valores respectivos da carga do elétron e da constante de Plank, com diversos algarismos que reportavam à supercondutividade. Na parede contralateral havia uma mesa com tubo de ensaio, provetas, enleymeier, condensadores e outros equipamentos de bioquímica básica.

Harrison não acreditava no que estava vendo. – Eles conseguiram! – exclamou para si mesmo.

Sabia que a construção de um laboratório secreto de altíssima tecnologia e despercebido de todos os olhares levaria tempo. Além disso, Nicolai teria que se abdicar de uma vida e dedicar-se em tempo integral em prol da ciência.

Harrison tinha plena consciência de que assim que entrasse no laboratório, mais do que nunca, deveria seguir com rigor às ordens de Nicolai, para o próprio bem e de Sophie.

– Vamos, Harrison. Traga sua filha para cá. A partir de agora, meu amigo, sua filha tem uma chance de sobreviver! Ah, antes que me esqueça, seja bem-vindo ao centro de pesquisa avançada. Está vendo aquelas cápsulas de polímero lá no fundo?

– Sim, o que são elas? – perguntou Harrison, ainda boquiaberto com tudo o que estava vendo, sem deixar de ventilar sua filha.

– Apresento-lhe Nephesus, a maior e mais revolucionária criação feita pelo homem – disse exaltado, enquanto as portas automáticas se fechavam.

– Nephesus é uma palavra derivada do antigo hebreu. Nephesh, que significa vida ou alma, e, quando traduzida para o português, mostra que o homem e os animais têm em comum em todas as religiões, só que descrita de várias formas. Você a conhece com o nome de "alma". Eu prefiro chamar de E.R.E.V., que nada mais é do que Energia Radiante Ectoplásmica Vital. Vou explicar o porquê: nosso corpo nada mais é do que um receptáculo energético. O grande salto da humanidade foi o projeto genoma, que fazia o mapeamento genético humano. O que nós descobrimos é que, além das cadeias de aminoácidos contidos em nosso código genético, existe uma cadeia atômica sequencial, ainda não identificada pela ciência tradicional. Isso envolve altos conceitos de física nuclear e medicina quântica. O fato é que nosso código genético nada mais é do que um receptor que capta apenas um único e exclusivo tipo de energia radiante, que vocês chamam de alma, outros de espírito e por aí vai... Em outras palavras, essa energia é como uma impressão de nossa retina, apenas exclusiva para cada pessoa da humanidade. Por meio de Nephesus, é possível separar a energia da matéria. No caso de Sophie, iremos fazer isso para reparar a matéria que foi destruída: o cérebro dela. Isso seria impossível sem a fórmula do Alfa-NPTD, que será capaz de regenerar o tecido encefálico destruído de Sophie, sem que sua filha corra riscos. Depois de restaurada a estrutura cerebral de sua filha, aí sim devolveremos a energia radiante de volta ao corpo e tudo estará resolvido. Você terá sua Sophie de volta. Não se preocupe que as cápsulas são de polímero de aramida de alta resistência, capazes de suportar até o impacto de uma bala e variação de grandes temperaturas.

"Está bem, Nicolai ... Poupe-me das formalidades! Sejamos sucintos." – Tenho de lhe dizer a verdade: estou com medo dessa experiência. Não posso correr o risco que minha filha seja ferida. Fiz tudo isso por causa do Alfa-NPTD, pois, pela fórmula que vi, sei que esse composto é real e que pode funcionar. Não quero desmerecer seu estudo, mas também não quero que Sophie seja cobaia de Nephesus. Sei que minha filha não tem expectativas de vida no estado em que se encontra e acredito que a única chance dela seja com essa substância que nos trouxe essa montanha de problemas. Por causa dela nos tornamos procurados pela polícia, sequestramos um motorista de uma ambulância e infringimos uma infinidade de códigos de ética médica. Vamos começar a sintetizar isso logo.

– Sim, Harrison. Iremos sintetizar o Alfa-NPTD. Confie no seu amigo. Também fiz o mesmo juramento de Hipócrates que você fez quando concluímos a faculdade de Medicina para lutar pela vida. Só que dessa vez será diferente, pois estamos à frente do atual conhecimento da ciência médica. Você verá.

Harrison continuava a ventilar os pulmões de Sophie. Olhou para o rosto pálido da filha. Sabia que quando o coração de Sophie parou de bater dentro do avião poderia deixar sequelas para o resto da vida... Então se lembrou das lesões neurológicas provocadas pela explosão.

– Sophie poderá morrer a qualquer momento. Tenho que aceitar essa verdade e tentar fazer algo... Sei que estou diante de meu último recurso. Confio em minha capacidade...

– Está bem, Nicolai – respondeu, com as lágrimas escorrendo pela barba ainda por fazer. – Vou confiar em você. Sei que minha filha irá morrer se não fizer nada. É questão de horas, mas pelo menos eu quero que ela saiba que o pai buscou o último recurso, ainda desconhecido pela ciência médica para tentar salvá-la.

Nicolai aproximou-se de Harrison e deu-lhe um abraço apertado.

– Você não irá se arrepender. Ela é uma criança e tem direito a ter uma vida inteira pela frente! Ela tem um pai genial que sabe muito bem o que faz.

Nicolai caminhou em direção ao computador. Ativou com o toque na tela de um dos monitores o sistema de ventilação mecânica.

– Harrison, teremos que desconectar Sophie de todos os aparelhos. Inclusive extubá-la[14].

– Eu sei disso... Vamos cumprir os protocolos, ainda que nesse momento a vida de minha filha esteja em jogo – pensou Harrison.

---

14 **Extubar**: Retirada da via aérea artificial depois de atingidos os parâmetros que possam garantir respiração espontânea definitiva.

– Como assim? Você ficou louco? – disse, puxando a maca e ainda ventilando a filha. – Ela não irá conseguir ter respiração espontânea sem a ajuda do ventilador!

– Harrison, é complicado explicar todo o funcionamento de Nephesus. É como se você me pedisse para que lhe explicasse 20 anos de pesquisa em diversas áreas dos mais diversos cientistas em apenas um minuto. Posso lhe garantir que assim que colocarmos Sophie na cápsula, ela estará infinitamente melhor monitorada do que com esses aparelhos rudimentares que você está usando. Peço apenas para que confie! No exato momento que fecharmos a cúpula do casulo, o complexo sistema de manutenção avançada de vida irá fazer uma varredura e identificar as lesões potencialmente fatais. Depois irei colocá-la em suspensão criogênica, então teremos tempo para sintetizarmos o Alfa-NPTD e injetá-lo em Sophie, regenerando as estruturas neurais de sua filha, para que possamos trazê-la de volta. Venha comigo, vamos colocá-la na cápsula.

Harrison e Nicolai aproximaram a maca da cápsula de Nephesus.

– Deixe para extubá-la assim que todos os monitores estiverem desconectados, pois teremos que ser rápidos ao colocá-la no casulo e selar a cápsula para que o sistema de inteligência artificial se inicie e faça a varredura.

– Tudo bem – respondeu Harrison, com as mãos trêmulas.

Nicolai abriu a cápsula e retirou toda a monitorização de Sophie, deixando apenas os acessos venosos.

– Está pronto, Harrison? – perguntou, mantendo a serenidade.

– Sim. Estou confiando em você, Nicolai.

– Fique tranquilo. No três, ok?

Harrison já sabia o significado daquela palavra. Quanto a contagem chegasse ao três, Nicolai o ajudaria a levantar a filha e colocá-la na cápsula.

– Um, dois e três, agora!

Em sincronia perfeita, colocaram Sophie na cápsula. Nicolai desconectou o soro e reconectou-o em outra conexão ligada à cápsula de Nephesus.

– Agora, Harrison, prepare-se que vou extubá-la. Assim que tirar o tubo, saia de perto da cápsula, pois ela irá acionar. Devo lembrar que depois de ativada não tem como abri-la. Apenas se autorizarmos por meio de um comando no sistema. Não quero que nenhuma roupa ou material fique enroscada entre a tampa de polímero. Fui claro? – perguntou Nicolai, com um tom autoritário.

– Tudo bem. Estou pronto!

Nicolai, utilizando uma seringa de 20 ml, retirou o ar do balonete[15] do tubo endotraqueal. Em um único movimento, Harrison retirou o tubo que estava na boca de Sophie. Apressado, Nicolai fechou a cápsula e seguiu para o computador.

O som de uma voz robótica de uma mulher começou a invadir o laboratório, enquanto Nicolai estava sentado diante dos três monitores, digitando diversos comandos de instruções.

– Calculando peso humano. Peso de 30,957 quilogramas. Calculando infusão de anticoagulante... Iniciando-se a infusão de anticoagulante.

De imediato pôde-se ouvir o grito de Harrison, que partiu para cima de Nicolai.

– Você está louco! Infundir anticoagulante em Sophie irá piorar a hemorragia cerebral devido ao trauma!

Nicolai, sem tirar os olhos da tela do computador, pressionou, como de rotina outra tecla.

– Fique calmo, Harrison. Não haverá tempo para causar a hemorragia cerebral. Isso é uma garantia de que, quando chegar o momento de descongelar Sophie, o cérebro dela já estará totalmente regenerado graças ao Alfa-NPTD. A função do anticoagulante é para não deixar formar nenhum coágulo no descongelamento e óbvio, evitar um dano adicional.

Antes mesmo que Harrison pudesse se pronunciar, a mesma voz robótica invadiu o laboratório.

– Iniciando cálculo para infusão de crioprotetor. Iniciando infusão.

Nicolai, seguindo as diretrizes, explicou:

– O crioprotetor é à base de glicerina. Sabemos que, após o congelamento, a água intracelular se congela e se expande, fazendo com que a célula estoure. O crioprotetor, que nada mais é do que uma substância anticongelante, irá proteger todos os órgãos e tecidos da baixa

---

15 Balonete: Parte do tubo endotraqueal que tem a finalidade de fixação do tubo na traqueia, bem como protegê-la da aspiração de secreções provenientes da orofaringe.

temperatura. Agora é a parte mais importante. Antes que o coração de Sophie pare, Nephesus irá captar a E.R.E.V., ou seja, a energia radiante ectoplásmica vital, aquela que vocês chamam de "alma".

Harrison sentia o coração bater mais forte. Uma sensação de angústia o invadia. Não conseguia conter um tremor que se iniciou nas mãos, até que mais uma vez a voz robótica feminina invadiu o laboratório.

– Iniciando captação de energia radiante ectoplásmica vital.

– Prepare-se, Harrison. Se tudo correr conforme a teoria, você está prestes a ter uma bela surpresa.

– Captação iniciada...

Em alguns segundos, através do polímero transparente da cápsula de Nephesus, Harrison viu uma luz intensa emergir do corpo de Sophie, algo que se assemelhava à "aura" relatada em diversas religiões.

A de Sophie era diferente. Tinha um tom branco azulado, e luminescente. Toda a energia que foi concentrada em um único ponto da cápsula foi "sugada" e a seguir transportada para o interior do equipamento. Em milésimos de segundo, podia-se observar quatro pequenos cilindros, semelhantes ao vidro, de quatro centímetros. Um deles de repente começou a brilhar com intensidade, ao mesmo tempo em que era congelado em temperatura próxima do zero absoluto. Harrison ficou parado diante daquela cena, extasiado, até que a voz de Nicolai ecoou pelo laboratório.

– Não se engane, Harrison. Aquele pequeno cilindro contém a "alma" de Sophie. Seria muito complicado lhe explicar a composição, mas posso lhe garantir que existem campos supercondutores que fazem com que a "alma" fique presa dentro do cilindro, por isso a necessidade de temperaturas extremamente baixas. Também não sei se você percebeu, mas assim que a energia ectoplásmica vital de Sophie foi retirada do corpo de sua filha, o coração dela parou de bater. Nós médicos odiamos este momento. Estamos diante da morte biológica.

– O quê? Sophie está morta? – interrompeu Harrison, aproximando-se de forma brusca de Nicolai, que se mantinha impassível.

– Não, ela não está morta. Nesse momento salvamos a alma de sua filha. Deixe-me terminar minha explicação... A "alma" de Sophie está armazenada no cilindro, como lhe falei. O fato de o coração parar de bater não significa que o paciente está morto e isso você sabe melhor do que eu. Porém, medidas têm que ser adotadas para que ele volte a funcionar o mais rápido possível, senão o paciente morre. Neste caso, nós temos todo o tempo do mundo, pois a "alma" de Sophie está armazenada e não tem para onde ir. Hoje, minha grande curiosidade é para onde iria essa energia, caso eu não tivesse armazenado... Mas isso não vem ao caso nesse momento.

O diálogo foi interrompido mais uma vez pelo surgimento da voz robótica.

– Iniciando processo de vitrificação. Temperatura desejada: -130°C. Ativando tanques de gelo seco. Temperatura do corpo reduzindo: -90°C, -110°C, -130°C. Temperatura desejada atingida.

– Vitrificação? – perguntou Harrison.

– Sim, nada mais é do que o resfriamento profundo sem o congelamento. É uma preparação antes de colocar o corpo imerso em nitrogênio líquido.

– Ativando tanques de nitrogênio líquido. Iniciando liberação de nitrogênio líquido. Calculando volume estimado... Liberação ativada. Temperatura de suspensão criogênica atual de -196°C. Suspensão criogênica atingida com sucesso. Timer ativado. Relatório após ativação de sistema: paciente com lesões neurológicas graves, conforme escaneamento. Probabilidade de sobrevivência após transferência da energia radiante ectoplásmica vital: 0,831%. Lesão incompatível com a vida.

Então Harrison pode ver todo o conteúdo da cápsula se encher de nitrogênio líquido até que a cúpula ficou esbranquiçada devido ao imediato congelamento da umidade atmosférica. Já não era possível ver o corpo de Sophie.

– Fique tranquilo, Harrison. Posso lhe garantir que Sophie está bem. Temos todo o tempo do mundo para sintetizar o Alfa-NPTD e depois injetá-lo em sua filha. Não se assuste com este relatório, pois sabemos que após injetarmos o Alfa-NPTD o cérebro de sua filha irá se regenerar. Então, reverteremos o processo de suspensão criogênica, e transferimos a "alma" de Sophie para o corpo e você terá sua filha de volta.

– Não podemos perder tempo! – disse Nicolai. – Vou precisar de seu conhecimento bioquímico para me ajudar a sintetizar essa substância aqui em meu laboratório. Deixe-me transferir os arquivos das fotos desta substância do meu celular para o computador.

Harrison caminhou para perto do cilindro que tinha um brilho intenso e contínuo. Estava diante de um milagre.

"Deus, ajude minha filha a sobreviver. Não posso perdê-la... Ela é a razão de minha vida. Se Sophie morrer, nada mais terá sentido. Sei que foi de Sua vontade a criação de Nephesus. Ajude-me a ter minha filha de volta."

Caminhou em direção a Nicolai, passando com cuidado sobre um emaranhado de cabos e tubos.

– Está feito, Harrison. Já transferi as fotos do Alfa-NPTD para o computador.

– Esse é o cérebro de Nephesus? – perguntou Harrison, olhando para as telas diante de Nicolai.

– Sim, Harrison. Basta você acessá-lo. Ele é um sistema de inteligência artificial e todas as decisões serão tomadas quase que automaticamente. No caso de Sophie, o sistema apenas autorizará a reversão assim que o novo escaneamento confirmar que o cérebro de sua filha está regenerado e oferecer 100% de chance de que ela possa sobreviver. Do contrário, ela ficará lacrada dentro da cápsula em suspensão criogênica preservando a "alma" e o corpo separados, até que a cura seja alcançada. Porém, temos a opção de recusar a manutenção da suspensão criogênica, que reverterá todo o processo.

– Olha só para essa tela... Isso é genial! Quem desenvolveu esse composto merece o Prêmio Nobel de Medicina – disse Nicolai, afastando os longos fios de cabelo diante dos olhos.

– Em quanto tempo você acha que poderemos sintetizar essa substância? Você tem todos os componentes? – perguntou Harrison, caminhando de um lado a outro.

– Tenho tudo o que precisamos aqui em meu laboratório. Acredito que seguindo a fórmula que está bem estruturada... Deixe-me ver... Talvez em uma ou duas horas. O que eu não posso prever é o tempo que irá ocorrer a regeneração... Isso é uma incógnita. Mas não se preocupe, afinal, temos todo o tempo que for preciso.

– Então, mãos à obra, meu amigo! – disse Harrison, enquanto examinava os detalhes da fórmula na tela do computador.

– Ah! Antes que me esqueça, deixe-me colocar sua filha em uma posição mais cômoda.

– Como assim? – perguntou Harrison.

– Apenas observe, Dr. Harrison.

Nicolai pressionou uma tecla no computador e a cúpula começou um movimento de rotação sobre o próprio eixo, deixando Sophie na parte de baixo e mostrando, como mágica, uma nova cúpula vazia na parte de cima.

"Isso é uma novidade para mim…" – pensou Harrison.

– Isso faz parte do processo, Harrison. Nephesus tem capacidade para colocar quatro pessoas em suspensão criogênica. A cápsula de Sophie é a número um. Essa nova que surgiu é a número dois, do outro lado as cápsulas três e quatro.

– Nicolai, você é a pessoa mais imprevisível e surpreendente que já conheci!

Nicolai apenas consentiu com um sorriso.

– Venha, Harrison, vou precisar de sua ajuda.

Caminharam em direção a um pequeno balcão com um completo laboratório de bioquímica.

Foi então que perceberam que a porta do laboratório secreto começou a se abrir.

– Isso não é possível – disse Nicolai. – Apenas eu tenho acesso a esse laboratório!

– O que está acontecendo, Nicolai?

Então foram surpreendidos ao verem a imagem de dois homens gigantes invadirem o laboratório, empunhando armas com mira laser, apontando precisamente para a cabeça de Nicolai e Harrison. Eles pareciam reflexos um do outro, exceto pela tatuagem no punho direito que os diferenciava: em um tinha o martelo e no outro a foice.

– Dimitri Komovich! Finalmente nos encontramos. O governo russo nos enviou para buscar algo que seu pai e sua mãe roubaram de Moscou. Acho que você sabe do que estou falando… Nephesus – falou um deles, em russo.

– Quem são vocês? – perguntou Nicolai, também em russo.

– Não interessa quem somos. O que interessa é que estamos

à procura de algo muito importante para meu país e, pelo tamanho desse laboratório, acredito que acabamos de encontrar. Dimitri, queremos todos os arquivos e anotações referentes a Nephesus. Se preferir, podemos chamá-lo pelo seu outro nome: Nicolai – disse o homem com o martelo tatuado, jogando aos pés de Nicolai um caderno de anotações, junto com a foto de um casal apaixonado com a imagem do Kremlin.

"Eles são da Spetsnaz e vão nos matar" – pensou Harrison consigo mesmo, ao identificar a arma que tinham em punho, uma clássica PP-2000, ao mesmo tempo em que olhava para Nicolai, que estava totalmente sem ação.

– Harrison – disse Nicolai em português. – Fique calmo que está tudo sob controle. Não faça nenhum movimento brusco.

Os gêmeos se entreolharam e começaram a rir. O que tinha a foice tatuada no punho olhou para Nicolai e disse em português fluente.

– Quem é o seu amigo? Ele sabe quem é você, Dimitri?

Harrison permanecia em silêncio. Sabia que estava em uma situação delicada. De um lado tinha a filha em suspensão criogênica aguardando, pela cura, e do outro lado dois brutamontes idênticos e armados podendo comprometer tudo.

"Não tenho nada a perder!" – pensou Harrison, procurando com o olhar sorrateiro uma oportunidade para intervir. – Esses idiotas não sabem do que um pai desesperado é capaz – sussurrou, olhando ao redor, à procura de uma oportunidade para escaparem.

– Vamos logo! Não temos o dia todo, Dimitri. Queremos a cópia de todo projeto em nossa mão, agora! – esbravejou o gêmeo com o martelo tatuado.

"Tenho uma arma escondida debaixo de uma de minhas gavetas. Talvez seja minha única chance" – pensou Nicolai, enquanto caminhava devagar em direção ao computador.

– É uma pena, Dimitri. Você ter que terminar que nem seus pais... Quando fomos convocados por essa missão ela tornou-se especial, pois eu e meu irmão não gostamos de deixar um trabalho incompleto. Já faz alguns anos que eu coloquei uma bala entre os olhos de sua adorável mãe e joguei seu pai no trilho do metrô, despedaçando-o. Procuramos você por toda parte. Por isso essa missão é tão especial para nós. Hoje iremos concluir o que começamos – disse o dono da tatuagem da foice. – Agora, ande logo com isso! Meu irmão e eu temos pressa.

"Isso não é possível!" – pensou Harrison.

Nicolai sabia que estava diante de dois assassinos frios e perigosos, dispostos a tudo para colocarem as mãos no projeto Nephesus. Por um lado sabia que a vida de Sophie e de Harrison dependia da integridade do projeto. Nada poderia sair errado, caso contrário tudo estaria perdido. Por outro, tinha que cumprir todas as etapas para salvar Sophie... Tudo estava dando certo até serem surpreendidos.

Estava usando Nephesus pela primeira vez por uma justa causa. A vida de uma criança dependia do perfeito funcionamento. Sabia que se o projeto caísse em mãos erradas tudo estaria perdido e seriam mortos assim que os gêmeos se apoderassem daquela tecnologia.

Ficou de costas aos oponentes, já se aproximando do computador, de forma que apenas Harrison pudesse vê-lo. Apenas movimentando a boca, tentou fazer com que Harrison interpretasse suas palavras por meio da leitura labial. A mensagem era clara, enquanto uma pequena gaveta era aberta sob o olhar atento dos gêmeos.

– No três! Um... Dois... – disse Nicolai com o movimento dos lábios.

Harrison sabia que Nicolai tinha uma carta na manga e teria que reagir. Deduziu que tivesse uma arma embaixo da gaveta. Assim que interpretasse o "três" iria partir com tudo em direção a um dos gêmeos. Pela posição era o gêmeo que tinha o martelo tatuado. Ele estava mais próximo.

– Três!

Então, conseguiu ler os lábios de Nicolai dizerem, sem voz: "Agora, Harrison" – enquanto ele retirou um pequeno revólver calibre 38 e disparou em direção ao gêmeo com a foice tatuada, que foi pego de surpresa, caindo ao chão.

O outro gêmeo estava com arma em punho e conseguiu fazer diversos disparos, acertando o abdome e o braço de Nicolai, que também caiu no chão. Ainda sem forças, Nicolai conseguiu perceber que havia dado um tiro certeiro no lado direito do peito do gêmeo que havia caído.

Harrison pulou sobre o outro gêmeo, porém foi atingido por um disparo que perfurou o braço direito, incapacitando-o de combater. O gêmeo que ainda estava de pé aproximou-se de Nicolai, que estava encostado na mesa que sustentava o computador, e chutou a arma que o cientista havia disparado contra o irmão para longe.

Olhou para o irmão, que estava ofegante e gravemente ferido, caído no chão.

– Meu irmão, está tudo bem? – disse, fitando por um momento Harrison, que se contorcia no chão pela dor do braço atingido. Só depois se agachou ao lado do irmão.

– Não... Estou com muita falta de ar... – ele respondeu, enquanto tentava estancar o sangramento no tórax. – Me ajude!

O russo seguiu em direção a Nicolai, que respirava ofegante, dando-lhe um chute no rosto com a bota militar, fazendo-o desfalecer.

Harrison olhou ao redor, analisando a situação. Percebeu que Nicolai havia sido gravemente ferido na região do estômago e sangrava abundantemente. Enquanto isso, o gêmeo caído, com sorte, poderia sobreviver, apesar de necessitar de cuidados imediatos.

O russo aproximou-se de Harrison, cheio de ódio por ter ferido o seu irmão, e efetuou outro disparo, desta vez na perna direita, cuja dor foi ainda pior. Logo após, pôde ver a luz da mira laser ser apontada por entre seus olhos, impossibilitando qualquer reação. Via Nicolai se esvaindo em sangue, ao mesmo tempo em que o outro gêmeo agonizava, implorando para respirar.

Mesmo com a dor que se tornava cada vez mais intensa, só conseguia pensar em Sophie.

– Eu te amo, minha filha – disse para si mesmo, enquanto olhava para a perna inutilizada pelo disparo. Sentiu depois um forte chute no rosto. Por um momento, tudo pareceu em câmera lenta, escurecendo aos poucos, cegando-o de dor. Em meio a tudo isso, viu de repente a imagem de Melany se aproximando e depositando-lhe um suave beijo na face para dizer:

– Seja forte e rápido, meu amor. A vida de nossa filha está em suas mãos...

Então tudo se escureceu de vez.

231

53

Linha verde.

Uma das principais rodovias que interliga o Aeroporto Internacional de Confins com a cidade de Belo Horizonte, foi construída de forma a dar vazão ao fluxo de veículos, diminuindo os índices de congestionamento.

Um táxi seguia pela rodovia, respeitando o limite de velocidade de 110 km/h. Sandersen não cansava de examinar o documento que havia encontrado em um dos caças, mas as informações eram insuficientes. Tentava compreender por qual razão o governo russo estaria interessado em armazenar a "alma" de alguém que estivesse beirando a morte.

Era conhecido que algumas empresas americanas já ofertavam a preço de diamante o serviço de suspensão criogênica, porém os estudos ainda eram controversos. Ainda se desconhecia os resultados, pois nenhum dos "pacientes" colocados em suspensão criogênica havia sido reanimado.

Por que o governo russo estava querendo tanto aquele projeto? Isso não fazia sentido...

Sem perceber, a uma distância segura, um luxuoso carro preto seguia o táxi de Sandersen.

Ao longe, um som agudo tornava-se mais intenso, até que Sandersen ouviu uma forte explosão no lado do taxista.

Sentiu uma forte dor no tórax e no pescoço, enquanto os papéis voavam por dentro do carro, que capotou até parar na beira da pista. Os estilhaços de vidro feriram o rosto, deixando-o todo ensanguentado.

Olhou para o taxista e percebeu que ele estava morto. O veículo começou a se incendiar.

"Tenho que sair logo daqui, antes que essa porcaria exploda!" – pensou. Começou a soltar o cinto de segurança com dificuldade.

Sentiu uma forte dor na perna direita. Com esforço, conseguiu abrir a porta e jogou-se para fora do carro, arrastando-se a uma distância segura. Recostou-se em uma pedra.

Vendo daquela distância, pôde perceber que o táxi havia sido atingido por um projétil – talvez um míssil de baixo poder de destruição. Olhou ao redor, tentando localizar a fonte do disparo. Talvez alguém armado com um lança míssil.

Foi então que percebeu que um luxuoso veículo preto estacionou no acostamento a aproximadamente 20 metros de onde estava. Viu que a porta se abriu e saiu um homem de pele branca e cabelos loiros, usando óculos com lente escura, empunhando uma pistola automática.

– Que droga! Era só o que me faltava para começar bem o dia.

O movimento da linha verde estava intenso. Ninguém ousou parar para prestar socorro, ainda mais quando observaram um desconhecido caminhar na direção do acidente, armado.

– Isso não é um bom sinal! – murmurou, enquanto retirava a pistola e camuflou-a entre a vegetação, ao lado da pedra que estava recostado. Inclinou-se de lado, dando a sensação de que o braço havia se quebrado, mas mantinha a arma empunhada fora do ângulo de visão, caso alguém se aproximasse.

"Finja de morto!" – era a única ideia que tinha em mente, até que viu o táxi começar a se incendiar, enquanto o homem vestido com um terno preto caminhava em sua direção, dando as costas ao veículo prestes a explodir.

Por fim, o homem loiro aproximou-se, empunhando uma pistola automática.

– Me ajude! Acho que quebrei meu braço – disse Sandersen, mantendo escondida a arma, enquanto analisava o oponente, que estava bem próximo.

– Sim – respondeu o homem de terno, com um sotaque americano e sorriso irônico no rosto – mas não se preocupe. Para onde você irá acredito que não vai mais sentir dor.

Empunhou a arma, fazendo surgir um ponto vermelho da mira laser entre os olhos de Sandersen.

54

BALASHIKHA - RÚSSIA

Localizada nas proximidades de Moscou, Balashikha é conhecida por abrigar o quartel-general do Serviço de Operações Especiais, na qual o treinamento dos militares selecionados para o grupo de elite pode chegar a durar décadas.

Controlados pelo Serviço de Segurança Federal, representam a maior força de poderio militar russo.

Dentro do imenso complexo, em um dos escritórios de comando, um aquecedor a gás funcionava com pouco ruído. Pelas paredes podia-se observar diversos quadros com fotos das missões que mais se destacaram entre os mais seletos militares pertencentes a Spetsnaz.

Através da janela do escritório, dava para ouvir os passos da marcha dos militares sobre o frio de -20°C, enquanto no beiral da janela acumulava-se de neve.

Diante de um laptop, o general Heinz lia os arquivos referentes ao projeto Nephesus, enquanto a fumaça do cigarro sobre o cinzeiro dissipava-se dentro do escritório.

– Bilhões de rublos jogados fora nesse projeto que se perdeu no tempo. Foi muita sorte descobri-lo enterrado nos arquivos secretos do serviço de segurança – murmurou enquanto corria os olhos nos arquivos.

– Gastei muito tempo para localizar esse maldito filho de Mikail e Sasha Komovich. Sabia que ele iria dar continuidade ao trabalho que o pai havia começado. Mas no tempo certo, encontrá-lo foi mais simples do que pensei: bastou apenas rastrear parte das relações de componentes do projeto anterior inacabado. Ninguém poderia imaginar que este projeto teve continuidade. Em breve irei recuperar todos os arquivos que se perderam e então estarei com Nephesus em minhas mãos. Quando apresentá-lo ao conselho de segurança, minha vaga no governo russo estará garantida! Tudo agora está nas mãos daqueles gêmeos que irão trazer o projeto de valor inestimável a troco de uma medalha de honra e quem sabe até mesmo uma promoção... – murmurou rindo.

– Se Nephesus funcionar, em breve a Rússia será a maior potência mundial e eu estarei no comando! – disse, triunfante. Colocou as pernas cruzadas sobre a mesa e tragou o cigarro.

– Agora o que eu não contava era com a morte do imbecil do Karl Smith. Que idiota! Estava quase colocando as mãos naquele medicamento, mas ele conseguiu estragar tudo. O disco foi destruído, perdeu-se o Alfa-NPTD e Karl está morto... Mas nem tudo foi em vão. Com a ajuda de Nephesus, infiltrarei meus melhores homens no comando das maiores potências e ajudarei a governar o mundo. Uma nova ordem mundial está para nascer e será regida pela supremacia da foice e do martelo!

Sem levantar suspeitas, a neve acumulada na beira da janela começou a se mexer, revelando um pequeno beija-flor branco, que, de forma imperceptível, voou em disparada, mesclando-se com os flocos de neve, que caíam em direção ao chão até tornarem-se invisíveis aos olhos humanos.

55

BRASIL
BELO HORIZONTE - MG

Eliza havia terminado de tomar o café da manhã em umas das lanchonetes do Aeroporto de Confins. O murmúrio diversificado de vozes e o som da máquina de café expresso enchiam os seus ouvidos, enquanto o aroma da bebida invadia toda a lanchonete, misturando-se ao cheiro do pão de queijo recém-saído do forno para aquecer mais um dia da rotina mineira.

Respirou fundo, enquanto observava o ir e vir das garçonetes servindo aos clientes.

Sophie não saía de sua cabeça. A saudade misturava-se com a ansiedade de que o pior pudesse acontecer a pobre criança. Lembrou-se do amor de Harrison por Melany e do sofrimento dele quando perdeu a esposa.

– Pobre Dr. Harrison... Como ele sofreu! E como se não bastasse agora acontece isso com a filha – murmurou consigo mesma, enquanto os olhos negros, que sempre transmitiam seriedade e disciplina, naquela manhã mostravam apenas preocupação.

Ajeitou os longos cabelos negros, prendendo-os ao mesmo tempo em que se certificava de que a mala estava ao lado. Retirou o celular do bolso para reler a mensagem de Harrison.

"Eliza, segue o endereço de onde estou com Sophie. Meu celular irá permanecer desligado. Nos vemos em breve."

Logo abaixo da mensagem, um extenso endereço de uma luxuosa região da cidade de Belo Horizonte.

– Estranho... Conheço bem essa cidade e, pelo que me lembro, esse endereço não é de um hospital... Será que estou fazendo confusão? Esse lugar não me é estranho...

Relia o endereço diversas vezes... Então deu um pequeno soco sobre a mesa, fazendo derramar seu café fora da xícara, chamando a atenção das pessoas que lanchavam ao seu redor.

– Lembrei! É a casa de Nicolai.

Quando percebeu que as pessoas a observavam, Eliza ficou ruborizada. Havia se exaltado. – "Talvez o Dr. Harrison queira que fiquemos hospedados na casa de Nicolai, enquanto Sophie permanece no hospital."

Saiu da lanchonete e seguiu até o ponto de táxi, arrastando a pequena mala.

Em poucos minutos já estava dentro do carro, informando o endereço ao taxista.

56

Sandersen relembrou-se de toda sua infância. Admirava a capacidade do cérebro humano, que, em situações de estresse intenso, processa tudo em grande velocidade, superando qualquer máquina. Sabia que era o efeito da adrenalina que tomava conta do organismo, oferecendo os recursos para reagir em uma situação de conflito. Durante o treinamento na ABIN havia aprendido com maestria a usar a adrenalina a seu favor.

A perna ainda doía, porém de forma mais amena. Olhou para o agressor, que o havia arrastado para o meio de uma pequena mata nativa, longe do olhar dos curiosos. Por sorte, conseguiu ocultar a arma por trás da calça, mantendo a encenação de que estava com braço quebrado.

– É chegada sua hora, meu amigo. É uma pena que você irá morrer, mas não considere isso algo pessoal. Estou apenas fazendo o meu trabalho.

"Preciso saber quem é esse desgraçado..." – pensou Sandersen.

– Ao menos, antes de me matar, você poderia me contar o que foi que eu fiz? Por que você quer tirar minha vida? – perguntou, enquanto com cautela retirava a pistola escondida, simulando sentir dor no braço.

– Isso não vem ao caso. Nada que eu diga irá salvá-lo – respondeu em um português americanizado.

– Sei que você trabalha com algum serviço secreto americano. Talvez eu possa ajudá-lo a encontrar o que você procura.

O outro agente começou a rir, enquanto se aproximava de Sandersen.

– Me ajudar? Olhe só para você! Não tem condições nem de se ajudar. Seu táxi não explodiu por sorte, pois ele foi atingido por um pequeno míssil disparado por um de nossos drones predadores.

Saiba que temos outro sobrevoando a área do aeroporto, oculto de seus radares, e, sob o comando da CIA, está pronto para destruir aqueles caças russos a qualquer momento.

– Se vocês explodirem aqueles caças irão destruir Belo Horizonte inteira e milhares de civis poderão morrer, inclusive você. Um dos caças carrega uma bomba nuclear. Vocês estão loucos?!

– Não somos loucos. Só nos defendemos da parceria de vocês com o governo russo. Suspeitamos que estejam contrabandeando tecnologia militar – respondeu com o rosto sério e sem expressão. – Mas acho que já falei demais. É uma pena que nosso encontro dure tão pouco.

No momento que o agente apontou a arma, a explosão do táxi no acostamento que há pouco estava em chamas, fez com que o agente americano olhasse instintivamente para trás, em um reflexo natural.

– Era a chance que eu precisava! – então Sandersen, em um movimento instantâneo, disparou dois tiros no peito do agente, que caiu morto sem ter tempo de reagir.

Por fim, levantou-se e se aproximou do corpo caído, chutando a arma para longe, cumprindo as principais regras de defesa da época de academia.

– Pois é... Espero que você também não considere isso pessoal. – disse, antes de começar a revistar os bolsos do agente que quase o matou.

Encontrou algumas chaves e uma carteira. Abriu-a, dentro havia algumas notas de dólares junto a notas de real. Até que encontrou a identificação do agente: Bryan Shelton, sobre o símbolo da CIA.

Sandersen guardou a arma no coldre. Sentindo dor na perna, saiu da mata.

Olhou para o táxi em chamas. A explosão havia lhe salvado a vida. O cheiro forte de fumaça misturava-se ao de borracha queimada, consumindo o veículo, fazendo com que diversos carros que passavam pela movimentada rodovia, estacionassem para assistir ao espetáculo. Viu o carro preto que o agente estava utilizando.

– Já não estou mais a pé – pensou, ao caminhar em direção ao luxuoso veículo parado no acostamento, retirando do bolso a chave que havia encontrado com o agente americano.

– Preciso comunicar imediatamente a ABIN, antes que o Brasil enfrente sérios problemas diplomáticos – constatou ao dar a partida no veículo.

Retirou o celular do bolso. Viu que funcionava.

Colocou-o no modo GPS. Inseriu o endereço de Nicolai.

Em poucos minutos, o veículo já estava a caminho. Observou pelo espelho retrovisor quando o Corpo de Bombeiros se aproximou do veículo consumido pelas chamas, a toda velocidade.

57

Harrison sentia algum alívio na dor do braço, porém o maior incômodo era a perna direita, que doía muito todas às vezes que ele tentava movimentá-la.

Abriu os olhos e pôde reconhecer o local que estava. Era o laboratório de Nicolai. Passou a mão no canto da boca e percebeu que estava cortada, sujando o dorso da mão de sangue. Então viu a imagem de um homem enorme, com um martelo tatuado no punho, fazendo respiração boca a boca no irmão gêmeo caído.

Em um flash, pode se recordar de tudo o que havia acontecido. Sabia que Sophie estava na cápsula de Nephesus, provisoriamente segura, longe dos olhos do agressor.

Procurou por Nicolai e viu que ele estava recostado próximo ao computador, respirando com dificuldade e com olhos entreabertos, enquanto uma pequena poça de sangue se formava no chão.

– Pense, Harrison, pense – repetiu consigo mesmo até que olhou para as cápsulas vazias de Nephesus. – Ainda tenho uma chance. Só que tenho que ser rápido!

Rastejou em direção à parede, encontrando um ponto de apoio, ainda sentindo uma dor intensa na perna atingida.

– Seu irmão está morrendo. Eu sou médico e sei como ajudá-lo! – disse Harrison, com um forte tom de voz, mantendo a imponência e transmitindo segurança como há anos fazia com os pacientes.

O gêmeo pareceu ignorá-lo, continuando a respiração boca a boca.

– Se continuar fazendo isso, você irá matá-lo! – gritou Harrison, como um comandante ordena seus recrutas. – Seu treinamento de primeiros socorros neste caso de nada vai adiantar.

O russo parou por alguns instantes. Olhou para Harrison, pensativo por alguns segundos.

– Como você pode ajudá-lo? – perguntou, angustiado ao ver que o irmão respirava com dificuldade.

– Já lhe disse. Sou médico. Sei o que deve ser feito.

Então o homem com o martelo tatuado no punho se levantou. Olhou para Harrison.

Sabia que se aquele homem estivesse dizendo a verdade, ele seria a única esperança para salvar o irmão. Não podia pedir socorro, pois junto com os paramédicos viria a polícia, por se tratar de paciente baleado. Dimitri Komovich havia sido baleado e em instantes estaria morto. Já havia cumprido parte da missão que era encontrar Nephesus. Por outro lado, não poderia deixar o irmão morrer sem ao menos tentar salvá-lo. Pensava o gêmeo.

– Está bem. Vou deixar você ajudá-lo e depois veremos o que fazer com você, "doutor". Saiba que se meu irmão morrer você também morre. De que forma você pode ajudá-lo se não estamos em um hospital?

– Eu sei que você e seu irmão estão à procura do projeto Nephesus. Mas vocês sabem do que esse projeto é capaz de fazer?

– Dane-se o projeto. Isso agora não me interessa. Quero que ajude meu irmão!

– Só existe uma forma de ajudá-lo. Teremos que colocá-lo na cápsula. Mas para que o sistema funcione é preciso colocar Dimitri, ou Nicolai, como queira, na outra cápsula. Nephesus irá transferir o que resta da energia vital de Nicolai para salvar a vida de seu irmão. É a única chance de salvá-lo.

Nicolai permanecia encostado na parede, porém no momento em que Harrison havia dito para colocá-los em Nephesus, Nicolai esboçou uma leve reação que apenas Harrison havia notado, dando a entender que ele compreendia o plano de Harrison.

O gêmeo olhou para o irmão agonizando.

– Tudo bem, mas como lhe disse, se algo der errado ou se você tentar me enganar, você morre! Se meu irmão viver, talvez você sobreviva.

Harrison lembrou-se do tempo de recém-formado em Medicina, que fora enviado para o interior do Amazonas, servindo o Exército Brasileiro. Ficou por dois anos convivendo com as doenças tropicais, porém foi um grande aprendizado. Desde pequeno sabia como se dirigir a um militar e compreendia como eles pensavam. Ainda mais os militares russos pertencentes a Spetsnaz...

Era fato que se o gêmeo que estava ferido sobrevivesse, ele seria morto e o pior, se Nicolai morresse, gastaria mais tempo do que o previsto para sintetizar o Alfa-NPTD.

"Nicolai tem que sobreviver!" – pensou, enquanto tentava ficar em pé e caminhava em direção ao computador. Olhou para o ferimento da perna e viu que a bala, por sorte, passou próxima de uma grande artéria. Sabia que não corria riscos pelo ferimento, mas sentia muita dor e tinha muita dificuldade para caminhar. Era quase impossível ficar em pé. Caminhou apoiando-se nos objetos e na mesa do computador que encontrou à frente. Olhou para o agressor, que mantinha o semblante fechado.

– Eu mal consigo ficar de pé por causa do tiro que levei em minha perna. Preciso que você coloque seu irmão e Nicolai nas cápsulas. Você tem que ser rápido, senão seu irmão irá morrer. Vou ativar o sistema.

Aproximou-se do computador que Nicolai havia desenvolvido.

– Meu Deus, como é que mexe nisso? Conheço apenas as teorias... – sussurrou. – Fique calmo, Harrison, analise antes de pressionar qualquer tecla.

Por sorte, o sistema de Nephesus não era tão complexo. O primeiro passo foi desativar a voz computadorizada que poderia condená-lo, mostrando sua real intenção.

Depois, ao lado de uma sequência de algoritmos, viu o esboço das quatro cápsulas. A número 1 estava ativada em modo de suspensão criogênica, oculta aos olhos humanos, porém ativa no sistema. As cápsulas 2 e 3, respectivamente, estavam expostas, enquanto a cápsula 4 estava oculta.

O russo colocou Nicolai na cápsula 2 e o irmão na cápsula 3, permanecendo próximo das cápsulas enquanto apontava a mira laser para a cabeça de Harrison.

– Já os coloquei. Agora, se algo der errado, você já sabe o que irá acontecer.

Harrison ativou o suprimento de oxigênio para ambas as cápsulas. Ficou pensativo por alguns instantes, enquanto olhava para o monitor. Receava que algo desse errado. Olhou para Nicolai, que estava dentro da cápsula, agonizando. Sabia que ele teria apenas poucos minutos de vida.

243

"Só espero, meu amigo Nicolai, que as teorias estejam certas para termos resultados práticos eficientes. Preciso que Nephesus funcione com a troca de almas... É minha única chance. Deus me ajude!" – pensou, enquanto o mouse movia-se ativando as cápsulas 2 e 3, mostrando a mensagem na tela:

– Escaneamento realizado com sucesso. Spins alinhados. Selecione a opção desejada. Armazenamento ou troca?

Olhou para o gêmeo que continuava vigiando os passos de Harrison, ao mesmo tempo em que observava as cápsulas.

Harrison selecionou a opção "troca". Percebeu que em poucos instantes as cápsulas lacraram-se e foi liberada uma mistura de óxido nitroso com halotano. Conhecia aquelas substâncias da época da faculdade. Sabia que eram potentes anestésicos inalatórios.

Então os corpos foram resfriados e viu a tela mostrar que havia se iniciado a troca de E.R.E.V., que, como Nicolai havia lhe explicado, era conhecida como "alma".

Passado alguns minutos, surgia na tela a mensagem de que os corpos estavam com temperatura de -49°C. O processo de reaquecimento biológico solicitava a temperatura alvo. Harrison digitou "37,5°C." A temperatura humana ideal.

"Isso tem que dar certo..."

A tela de LCD mostrava a mensagem: "Operação concluída com êxito. Destrave das cápsulas em vinte minutos."

– Vamos ver se você é um médico de sorte! – Disse o gêmeo com a mira laser apontado para a cabeça de Nicolai, enquanto afastava-se evitando um novo ataque inesperado.

Então se formou uma nuvem densa semelhante a sublimação do gelo-seco, que se misturou com a neblina dos dutos que conduziam o nitrogênio líquido, envolvendo todo o laboratório.

58

Sandersen dirigia na linha verde. O trânsito começava a ficar mais pesado devido aos trabalhadores que se dirigiam à região central de Belo Horizonte naquele horário, causando engarrafamentos.

— Era só o que me faltava! — ele exclamou, diante da fila imensa de carros a sua frente. Deu um soco no volante do veículo.

Retirou o celular do bolso. Deslizou o dedo sobre a tela até aparecer o número de Katrina Sokalsky.

"Preciso de sua ajuda, minha amiga" – pensou, enquanto o telefone tocava.

Colocou o telefone em viva voz, e, após alguns minutos, pôde ouvir a voz suave e delicada de Katrina.

— Olá, Sandersen. Como foi a viagem?

— Tirando o café da manhã, até agora tem sido uma droga. Por pouco não morri dentro de um táxi atingido por um míssil disparado por um drone. Descobri que a Rússia está atrás de um projeto chamado Nephesus e que não tenho a menor ideia do que seja essa porcaria. Há alguns minutos, minha cabeça estava sob a mira laser de um agente da CIA, por sorte consegui matar o desgraçado, senão vocês, com sorte, iriam encontrar meu corpo daqui algumas semanas e eu não iria ter direito nem sequer a um enterro digno. Estou ferido, indo em direção a um endereço que encontrei no carro desse agente americano. Isso sem contar que encontrei uma bomba nuclear em um dos caças russos. Então, com base nessas informações, como é que você acha que foi minha viagem?

— Sandersen, você só pode estar de brincadeira!

— Não, não estou. E ainda esqueci de lhe dizer que existe um drone sobrevoando o Aeroporto de Confins, preparado para disparar a qualquer momento nos caças russos. Se isso se consumar, Belo Horizonte será lembrada apenas nos livros de história. Tudo isso porque os Estados Unidos estão suspeitando de que nós estamos contrabandeando tecnologia de Moscou. Os americanos e os russos estão procurando este tal de Projeto Nephesus e são capazes de tudo para obtê-lo. Espero que tenha gravado todas essas informações. Também preciso que faça um levantamento sobre quem é Nicolai Sergey ou Dimitri Komovich. Encontrei um dossiê que relata que ele é o alvo da Rússia, bem como preciso de todas as gravações de vídeo ou imagens dos pilotos daquele caça no aeroporto.

— Meu Deus! Achei que você estivesse brincando.

— Brincando? Quem iria brincar numa hora dessas?! Comunique o diretor. Temos que ativar a Força Aérea para interceptar esses malditos drones ou tentar uma solução diplomática junto com o Pentágono. Nosso diretor sabe muito bem o que fazer. Se essa droga de trânsito andar, devo chegar à casa de Nicolai em cinquenta minutos. Assim espero.

— Quer que eu mande reforços? É só me falar o endereço que em menos de dez minutos coloco um batalhão para interceptar o alvo e resgatá-lo com segurança.

— Não. Isso poderá colocar a missão por terra. Se interceptarmos o alvo, jamais iremos descobrir o que é esse projeto Nephesus ao ponto de fazer com que Moscou enviasse dois pilotos, que por sinal tenho certeza de não são somente pilotos. Isso sem contar na preocupação da CIA. Apenas comunique nosso diretor.

— Está bem. Vou avisá-lo neste momento.

***

Eliza estava impaciente. O trânsito na linha verde parecia não correr. Por sorte havia combinado um valor fixo da corrida com o taxista, pois se o taxímetro estivesse ligado iria gastar uma fortuna. Ele fitou Eliza através do retrovisor, mantinha o olhar sério.

— Pois é, dona. Acho que o trânsito engarrafou. Ouvi aqui no meu fone de ouvido uma informação da central que parece que um carro explodiu na linha verde. O corpo de bombeiros, a polícia e as ambulâncias estão lá no local. Disseram que encontraram dois corpos. O do taxista que estava dirigindo e outro de um americano. Estão achando que deve ter sido um assalto... Belo Horizonte está cada dia ficando mais violenta. Os bandidos estão matando só para ver o corpo cair. Por isso que lá em casa não deixo meus meninos assistirem televisão e nem ler livro que tenha violência.

— Concordo com o senhor. Acho que devemos cuidar da educação de nossos filhos e filtrar tudo o que passa nas mãos deles.

– Também acho, dona. Esses dias eu tomei um livro das mãos de meu menino, chamado *Faces de um Anjo*. Você acredita que tinha um assassino que matava que nem na tal da Santa Inquisição? Graças a Deus não deixei que eles lessem. Agora sou eu que estou lendo.

– O senhor está certo. Mudando de assunto, você acha que ainda vai demorar muito para chegarmos?

– Ah, dona… Deixe-me ver. Com esse trânsito todo, daqui até a Avenida Cristiano Machado… Também podemos pegar a Avenida Antônio Carlos. Agora, considerando que todo mundo tá indo trabalhar nesse horário… Deixe-me ver, eu acho que vai levar… Sei não, dona. O trânsito aqui em BH é muito imprevisível.

– Obrigada pela informação. Ela foi muito útil.

– De nada, dona. A senhora quer que eu coloque uma música?

– Sim, por favor.

– Que tipo de música a senhora gosta?

"Eu mereço!" – pensou Eliza, enquanto verificava se o celular tinha alguma nova mensagem de Harrison.

O trânsito continuava parado. Algumas pessoas impacientes saíam dos veículos, enquanto visualizavam a fumaça e as chamas do acidentado se extinguirem.

59

BRASÍLIA
AGÊNCIA BRASILEIRA DE INTELIGÊNCIA
SEÇÃO III - DEPARTAMENTO DE OPERAÇÕES ESPECIAIS

Inexistente ou totalmente fictícia para todos os agentes da inteligência, a seção III era considerada uma seção fantasma. Por questões de segurança nacional, nem mesmo o Presidente da República conhecia a existência dessa ramificação dentro da Agência Brasileira de Inteligência.

A seção III tratava apenas de assuntos altamente secretos ou que pudessem colocar em risco a segurança nacional, bem como tinha função estratégica de combater qualquer ameaça que pudesse ocasionar guerra entre países de relações amistosas.

O objetivo do sigilo concentrava-se sobre os assuntos e questões que poderiam ser resolvidas sem o conhecimento público e governamental, pois tal conhecimento poderia desencadear escândalos associados a uma sequência de ações que poderiam chegar ao Ministério da Defesa, que iria interferir com um plano bélico.

Após uma hora de transporte, um misterioso visitante, separado do motorista por vidros pretos e opacos em um veículo blindado, chegava ao ponto de encontro determinado, localizado a uma hora da Asa Sul. Antes mesmo de entrar no carro blindado, o passageiro foi revistado e o celular "confiscado".

Assim que as portas foram destravadas, o visitante desceu do carro, já visualizando o mesmo agente que há anos fazia o transporte dos "convidados" da seção III. Como sempre, uma questão de segurança nacional era o motivo da visita.

O motorista vestia um terno preto e acompanhou Humberto até a entrada do complexo.

O diretor Humberto Leonardo caminhava a passos largos, limitados parcialmente pela idade avançada de quem já estava prestes a se aposentar do serviço. O cabelo grisalho e coluna encurvada revelavam que há anos já servia a inteligência brasileira.

Seguia em direção à área restrita. Sabia que iria passar por uma série de sistemas de segurança até encontrar Irina Sartori, uma mulher que aos 49 anos de idade era temida por muitos e ocupava um dos cargos de elite dentro da seção fantasma. Com catorze anos de comando, conseguiu evitar diversas catástrofes, guerras e ataques terroristas, visando autoridades estrangeiras.

A última intervenção foi quando conseguiu detectar em tempo hábil um carro-bomba localizado nas proximidades de uma favela no Rio de Janeiro, onde o presidente dos EUA iria passar em visita diplomática ao Brasil, resolvendo toda a situação de forma que nem a segurança americana teve conhecimento. Os terroristas foram mortos e ninguém jamais teve notícia.

O acesso à seção fantasma se dava por meio de um elevador codificado e ativado por intermédio da leitura de retina, que se localizava em uma área de segurança máxima em complexo fortemente vigiado, onde agentes encapuzados e armados vigiavam o local e controlavam o acesso.

Assim que Humberto chegou à área restrita, o motorista ficou aguardando. Passou por uma via-sacra de identificações. Todos já o conheciam, pois era o único agente da ABIN que tinha acesso permitido. Mas teve que passar por todo o protocolo de identificação.

Lembrou-se da longa data que prestava serviço para ABIN. Sabia que como estava para se aposentar os nomes que concorriam a sua vaga eram Sandersen e Katrina Sokalsky, porém nem eles sabiam que os nomes estavam na seleção. Muitos fatores seriam analisados, caso não preenchessem os requisitos, outros agentes iriam ser avaliados.

Ao passar pela análise de segurança, por fim recebeu a chave código que iria liberar o acesso ao elevador. Inseriu o cartão e as portas do elevador se abriram.

Ao entrar, apenas o número 3 aparecia no display do elevador. Porém, percebia-se que a construção contava com mais 15 andares subterrâneos.

Localizou uma tela de LCD com o suporte onde colocaria o queixo e assim o fez. De imediato, iniciou um novo escaneamento de retina, fazendo surgir a velha foto de quando era mais jovem no display. Sentiu que o elevador começou a descer. Após alguns segundos, a porta se abriu.

Algumas pessoas vestidas de preto circulavam pelo estreito e iluminado corredor. Caminhou em direção à sala da diretora.

Ao abrir a porta, visualizou um pequeno escritório. Lá estava ela. Uma mulher de personalidade forte e apesar de ter apenas 49 anos, o rosto beirava aos 60. Face enrugada escondida por óculos de armação preta e grossas lentes. Os cabelos pretos e curtos contrastavam com um corpo escultural, apesar de não ter nenhuma vaidade.

"Irina irá enlouquecer quando ler esse relatório..."

Assim que entrou pôde ouvir uma voz suave, porém temida por muitos agentes.

– Humberto Leonardo, há quanto tempo! Achei que tivesse se aposentado e que não iria vê-lo tão cedo. A que devo a honra de sua visita? – perguntou, já ironizando enquanto olhava o dossiê nas mãos de Humberto.

– Pois é. Faz um bom tempo que não nos vemos – disse enquanto exibia um sorriso plástico. – "Espero que seja a última" – pensou.

– Trouxe um dossiê que Sandersen passou há alguns minutos com detalhes para Katrina. Estamos com sérios problemas – afirmou, colocando o dossiê sobre a escrivaninha de Irina.

– Já imaginava isso, Humberto. Caso contrário você não estaria aqui. Poderia me adiantar sobre o que se trata? – perguntou, enquanto corria os olhos nas páginas do documento.

– Bem, vou tentar resumir a situação. Temos dois caças russos de alta tecnologia que pousaram no Aeroporto de Confins, próximo a Belo Horizonte, acobertados por pilotos da Aeronáutica. O problema é que cada caça trazia um agente da Spetsnaz altamente treinado. Sandersen interceptou um documento no qual mandava que os agentes russos localizassem e executassem um médico chamado Nicolai Sergey, que descobrimos se tratar de um nome falso que ele usava aqui no Brasil. O nome verdadeiro é Dimitri Komovich, filho de dois importantes cientistas russos: Mikail e Sasha Komovich, assassinados em 1995 em uma estação de metrô na cidade de Moscou. Sandersen nos informou que esses agentes russos vieram à procura de um projeto denominado Nephesus.

– Nephesus... Já ouvi falar desse projeto em algum lugar, mas faz tanto tempo – respondeu, deixando o dossiê de lado e acendendo um charuto.

— Pois bem. Quanto a esse projeto, pouco conseguimos descobrir, exceto que esses agentes russos são diretamente ligados a KGB. Até aí tudo bem. O problema é que, para piorar a situação, a CIA usou um drone comandado remotamente para tentar matar o Sandersen. Porém, o disparo não foi tão preciso e por sorte ele conseguiu sobreviver e eliminar um agente americano que estava ao seu encalço. Também conseguiu descobrir que a CIA suspeita que o Brasil está contrabandeando tecnologia militar russa e, como se não bastasse, deve estar achando que nosso país está envolvido com esse projeto Nephesus. Para piorar a situação, Sandersen descobriu que um dos caças está carregando um míssil atômico e os EUA ameaçam explodir esses aviões no Aeroporto de Confins a qualquer momento. Pelo último relatório que recebi de outro agente, de fato foi detectado a emissão radioativa de urânio por um dos caças. Caso um dos drones comandados pela CIA decida disparar contra os caças, acreditamos que pelo menos 5 milhões de civis indefesos irão morrer. Será a pior catástrofe desde Hiroshima e Nagasaki. Por isso estou aqui.

— Pois é, Humberto. Estamos com sérios problemas... E Sandersen conseguiu encontrar os pilotos?

— Pelo último contato que tivemos, descobri que ele foi à procura de Dimitri, o alvo dos pilotos.

— Bem, o primeiro passo é contatar a CIA e alertá-los de que um dos caças pode conter um míssil nuclear. Vou contatar a NSA, pedir uma parceria nas investigações e solicitar ao governo russo para que venham retirar esses caças do solo brasileiro de imediato. Acredito que assim possamos ganhar mais tempo. Quero que retirem aqueles aviões do Aeroporto de Confins.. Eles têm que estar o mais distante possível dos civis. Se possível, coloque-os em um porta-aviões no meio do Oceano Atlântico, porque se essa porcaria explodir, ao menos teremos o peso em nossa consciência de algumas dezenas de heróis mortos do que a morte de milhões de civis indefesos. Lembre-se de que enquanto não garantirmos a segurança dessas pessoas indefesas estamos em código vermelho. Fui clara?

— Sim, Irina. Já vou solicitar a imediata remoção dos caças.

— Ande logo! E me dê licença que preciso ficar a sós para colocar ordem no caos.

Humberto seguiu em direção à porta e caminhou até o elevador. Irina monitorava-o pelo circuito fechado de segurança. Assim que ele saiu no térreo, Irina acessou o computador.

– Nephesus... Achei que o caso tivesse sido arquivado há muito tempo e que Dimitri não me causaria problemas. Não é possível que o governo russo esteja novamente querendo brincar de Frankenstein. O pior é que a CIA está em cima. Agora, se os EUA e a Rússia querem arrumar confusão, pois bem, mas não aqui no meu país. Eles é que vão caçar outro canto para se explodirem... De preferência na Antártida.

Retirou um telefone antigo do gancho. Em alguns segundos pôde ouvir a voz da secretária do outro lado.

– Pois não, senhora Irina?

– Me ligue com nosso agente da NSA.

60

Passaram-se alguns minutos para que a densa neblina desaparecesse por completo.

Harrison sentia o coração acelerar. As mãos começavam a transpirar. Sabia que não iria conseguir ganhar mais tempo. Já havia comunicado ao gêmeo que as cápsulas tinham travas que eram programadas para abrirem após a estabilização. O que não havia dito era que acionou apenas o destrave da cápsula do irmão gêmeo, pois se Nephesus fizesse a varredura de Nicolai, jamais iria destravar a cápsula dois, pois o corpo apresentava lesões potencialmente fatais, ao menos que tivessem uma intervenção imediata.

"Por favor, Deus. Faça isso funcionar! Preciso de sua ajuda... Não posso perder minha filha. Entrego-lhe minha vida se preciso for!"

Olhou para o display, que iniciava a contagem regressiva: Cinco, quatro, três, dois, um – Cápsulas destravadas.

Resumo:

Cápsula 1 – Em processo de suspensão criogênica.

Cápsula 2 – Óbito. Operação de armazenamento de E.R.E.V. da cápsula 3 recusada pelo usuário. Transferido E.R.E.V. da cápsula 2 à cápsula 3.

Cápsula 3 – Organismo com energia vital estável. Necessita intervenção imediata, recusado pelo usuário iniciar protocolo de suspensão criogênica.

Harrison caminhou pelo laboratório, enquanto o russo mantinha a mira laser apontada para Harrison.

– O que você está procurando? – perguntou furioso.

– Equipamento de primeiros socorros. Espere, acho que encontrei! – respondeu enquanto se aproximava de uma volumosa mala com equipamento de suporte avançado de vida.

Então seguiu em direção à cápsula 3 e abriu a cúpula de polímero de aramida de alta resistência. Encostou o dedo na região carotídea do gêmeo, enquanto observava a bizarra tatuagem de foice gravada no punho direito.

"Tomara que tudo dê certo..." – o outro gêmeo aproximou-se.

– Então, ele vai sobreviver?

– Sim. Ele tem pulso. Agora precisa apenas um exame clínico e alguns procedimentos médicos.

Encostou o estetoscópio e conseguiu auscultar apenas um dos pulmões. O disparo havia entrado pouco abaixo da clavícula, resultando em um pneumotórax[16], do tipo hipertensivo, fazendo com que respirasse com dificuldade, ainda inconsciente mesmo após ter sido colocado em Nephesus.

Retirou um cateter periférico[17] e perfurou o tórax direito na região do segundo espaço intercostal. Pôde ouvir o som semelhante do pneu de uma bicicleta se esvaziando e a respiração voltando ao normal.

– O que você está fazendo? – interveio o outro gêmeo.

– Estou salvando a vida de seu irmão – afirmou, enquanto retirava a agulha e fazia um curativo de três pontas no tórax que havia puncionado, criando um mecanismo de válvula que permitiria que o gêmeo que fora atingido respirasse.

– E agora, doutor, você acha que ele vai sobreviver? – perguntou com ironia, mantendo a mira laser apontada para a cabeça de Harrison.

– Sim. Acredito que agora ele esteja fora de perigo. Cumpri com minha parte.

– É uma pena, doutor, pois você nunca mais irá poder salvar ninguém. Este foi seu último paciente.

Aproximou-se de Harrison, direcionou a mira laser por entre os olhos do médico que há instantes havia salvado a vida do irmão. Preparou-se para puxar o gatilho.

---

16 Pneumotórax: Patologia provocada por um acúmulo anormal de ar entre o pulmão e a membrana pleural que reveste internamente a parede do tórax. Este espaço, que normalmente é virtual, se chama espaço pleural.

17 Cateter periférico: É um tubo que pode ser inserido em veia periférica, dentre outras utilidades como em uma cavidade corpórea natural ou em uma cavidade cística ou de abcesso, possibilitando a drenagem ou infusão de fluídos e medicamentos.

Harrison fechou os olhos e levantou as mãos para o alto.

"Deus me ajude!" – pensou, enquanto sentia a morte iminente.

Então, em vez de o som do disparo do projétil, ouviu uma voz falando em russo. Abaixou as mãos e bem devagar abriu os olhos. O gêmeo que tinha acabado de salvar a vida estava sentando e respirando graças ao atendimento que havia prestado.

Com cuidado ele ficou em pé. O gêmeo com o martelo tatuado abaixou a arma e ajudou o irmão a levantar-se. O ferido caminhou ainda um pouco ofegante em direção a PP 2000 que havia caído no chão.

– O que você vai fazer? – perguntou o irmão em russo.

Harrison estava apreensivo. Apenas o coração batia cada vez mais forte e sentia que em breve estaria ao lado de Sophie e de Melany. O gêmeo levantou a arma e apontou para Harrison, que mal conseguia se sustentar em pé.

– O que você vai fazer, meu irmão? – perguntou o russo.

– Justiça! – respondeu o irmão, em russo.

Com a rapidez do bote de uma serpente, o gêmeo com a foice tatuada no punho virou-se para o irmão e fez dois disparos certeiros, atingindo-lhe o abdômen, fazendo-o cair sobre os cabos e dutos que conectavam Nephesus. Depois, aproximou-se do irmão abatido, que agonizava no chão.

O gêmeo retirou a arma do irmão que havia sido atingido. Ele parecia não compreender nada do que havia acontecido.

– Descanse em paz! Considere sua missão cumprida – disse em russo, enquanto os olhos do gêmeo fechavam-se e seu braço encontrava o chão, deixando à vista apenas a tatuagem com o martelo gravado no punho.

O gêmeo ainda vivo aproximou-se de Harrison, que olhava assustado para a imagem do homem que há pouco era o agressor.

– Nicolai!? – perguntou, gaguejando.

– Sim, meu amigo. Não o Nicolai no corpo que você conhecia, mas continuo sendo o mesmo Nicolai que há alguns minutos colocou sua filha em suspensão criogênica. Agora posso lhe garantir, meu amigo, com toda a certeza, que Nephesus realmente funciona. Venha comigo.

Preciso congelar o corpo biológico do Nicolai e quem sabe um dia poderei voltar para ele.

– Nicolai, isso é genial e ao mesmo tempo terrivelmente assustador!

– Harrison, eu compreendo todos seus questionamentos. Só que prefiro chamar de ciência – respondeu, enquanto sentava-se diante do monitor, até que viu a face do gêmeo refletida na tela. – Tudo o que eu não quero na vida é ter que olhar no espelho e ver meu novo reflexo, ainda mais o reflexo de um militar que deve ter causado sofrimento a muitas pessoas.

Ativou Nephesus e em poucos minutos o corpo biológico de Nicolai estava sendo congelado e colocado em suspensão criogênica.

– Agora, Harrison, temos que sintetizar o Alfa-NPTD o mais rápido possível.

Ativou o sistema que exibia nos monitores a fórmula que havia fotografado com o celular.

– Tenho tudo o que preciso. Mãos à obra! – disse, Nicolai, mais alegre.

Passado alguns minutos, diversos materiais de bioquímica e alguns compostos estavam sobre a bancada. Harrison sentou-se ao lado de Nicolai. Sentia-se mal, pois estava ao lado de uma pessoa completamente estranha e ao mesmo tempo sabia que era o grande e verdadeiro amigo desde a época de faculdade de Medicina.

No meio da neblina que emanava no laboratório, um pálido punho exibia a tatuagem de um martelo, até que os dedos fizeram um pequeno movimento, como em resposta reflexa, sem que Nicolai ou Harrison percebessem.

61

A mensagem era clara em todos os painéis: Cancelado.

O caos estava instalado no Aeroporto de Confins. Todos os voos haviam sidos cancelados e as aeronaves que iriam aterrissar foram desviadas para o Aeroporto da Pampulha.

Uma multidão se juntava diante dos guichês das respectivas companhias aéreas, solicitando informações sobre o motivo do cancelamento dos voos, porém as atendentes não sabiam dar explicação. A frase: "Pedimos compreensão pelo cancelamento. O novo agendamento será feito no Aeroporto da Pampulha, favor dirijam-se até lá" tornou-se um jargão uníssono ao público, emitido por todos os guichês.

Mães com crianças no colo e pessoas portadoras de necessidades especiais eram dadas como exemplo de desrespeito pelo cancelamento dos voos. Diversos passageiros seguiam as instruções, furando o tumulto e tateando por entre a mistura de fragrâncias dos diversos perfumes. A passos largos, alguns seguiam em direção ao estacionamento e outros em direção aos taxistas. A maioria deles com os celulares em mãos, cancelando os futuros compromissos.

Até que a atenção de toda a multidão foi focada em diversos caminhões verde-oliva que adentravam o aeroporto seguidos por um batalhão de homens usando típicas roupas militares e toucas ninja.

Um dos caminhões invadiu o espaço próximo à área de desembarque, parando nas proximidades de uma escada em caracol que dava acesso aos terminais de embarque, enquanto os demais militares ocupavam pontos estratégicos do aeroporto.

Então, uma voz emitida por um megafone foi ouvida por todos, vinda de um militar que estava em pé sobre a cabine do caminhão, exibindo a tiracolo um fuzil AR-15.

— Peço a atenção de todos, por favor! Por determinação do alto-comando militar foi solicitado que todos evacuem o aeroporto imediatamente. Temos diversos caminhões do lado de fora que irão transportá-los a outro local. Isso é uma ordem! Seu não cumprimento irá acarretar em detenção e reclusão. Estamos autorizados a usar a força se for preciso.

Pessoas corriam, desorientadas feito moscas atordoadas em meio a uma nuvem de inseticida. Alguns aproximavam dos militares e questionavam sobre a razão da evacuação do aeroporto, mas a resposta era sempre a mesma: "Não estamos autorizados a dar explicações. Estamos cumprindo ordens".

No prazo de alguns minutos, todos os civis já seguiam como passageiros dos veículos militares e se espantaram com o forte bloqueio que dava acesso ao aeroporto. Tanques blindados EE-9 Cascavel fechavam a entrada, enquanto caças AMX rasgavam estrondosamente o espaço aéreo de Confins.

Diante do bloqueio, diversos jornalistas começavam a chegar à procura de notícias. Mas a resposta era a mesma dada aos civis.

Enquanto isso, o delegado Mathias conduzia um grupo tático e dois caminhões, também com pintura verde-oliva, na direção ao galpão onde estavam os caças PAK FAT-50. Assim que chegaram, um grupo de reparos seguiu em direção aos pneus que haviam sido esvaziados por Sandersen e, em alguns minutos, as aeronaves foram colocadas com cuidado sobre os veículos de transporte.

Mathias, com um lenço, enxugava o suor contínuo que escorria pela face obesa.

— Está tudo pronto, delegado Mathias — disse um dos militares.

— De qualquer forma, o acesso ao aeroporto está proibido aos civis até contraordem de nosso departamento de defesa. Fomos orientados para que o senhor e seu pessoal deixem o aeroporto, por questões de segurança. Qualquer novidade o senhor será comunicado.

— Tudo bem. Vou reunir meu pessoal. Por quanto tempo vocês irão manter o aeroporto fechado?

— Pelo tempo que for necessário. Em breve a assessoria de imprensa militar irá dar a notícia de que houve uma ameaça de bomba no aeroporto e que as devidas medidas de proteção foram tomadas. Agora o senhor está dispensado, delegado Mathias. Agradecemos sua cooperação.

Mathias seguiu cabisbaixo, enquanto os veículos que transportavam os caças eram escoltados e deixavam o aeroporto.

***

AGÊNCIA BRASILEIRA DE INTELIGÊNCIA SEÇÃO III

A fumaça de charuto infestava a pequena sala de Irina. Ela havia feito diversos contatos com o intuito de abrandar a situação. Sempre foi fiel e dedicada em especial quando o assunto envolvia a segurança nacional.

Então o silêncio do escritório foi tomado pelo som rude e grotesco do antiquado telefone. Retirou-o do gancho, enquanto apagava o charuto.

— Irina falando. Por que demorou tanto?

— Tive alguns problemas. Mas, de qualquer forma, consegui um contato dentro do Pentágono, do próprio departamento de defesa americano. Eles já estão cientes da operação, porém recusam-se a retirar os drones do espaço aéreo brasileiro. Já estão cientes de que removeram os caças russos do Aeroporto de Confins e que estão transportando para o Rio de Janeiro. Também sabem que já fizemos contato com o Kremlin em Moscou, solicitando a presença imediata de dois pilotos para buscarem aeronaves antes que um conflito diplomático se instale. Pelas últimas informações, um dos drones está acompanhando o transporte dos caças e caso ocorra qualquer mudança de rota eles irão disparar.

— Você comunicou que os aviões serão colocados em porta-aviões e se o governo russo não resgatá-los em alto-mar, eles serão destruídos e a bomba nuclear será desarmada?

— Sim, Irina. É aí que está o problema. Desconfiam que nós estamos contrabandeando a tecnologia dos caças bem como armamento nuclear. Querem mandar o pessoal deles para fazer o desarme do míssil e conduzi-lo para uma área de segurança.

— Só que, se fizerem isso, teremos problemas com Moscou. Se eles enviaram um caça com um míssil nuclear, terão que receber de volta o mesmo caça com a droga do míssil. Já solicitei o transporte deles por terra, para não correrem risco de serem abatidos no espaço aéreo.

— Entendo sua posição, Irina, só que eles estão irredutíveis. Querem que um representante deles desarme o míssil.

— Irredutíveis? Você se esquece de que a única pessoa irredutível aqui sou eu!

– Irina, eu acho...

– A única pessoa autorizada a "achar" e tomar qualquer decisão aqui sou eu. Você não acha nada. Apenas cumpra suas ordens!

– Sim, senhora. Desculpe-me. Então, quais são as instruções?

– Creio que em oito horas esses caças já estejam em um porta-aviões. Já contatei Moscou e estão enviando dois pilotos para buscá-los. Irão pousar no porta-aviões no meio do Atlântico. Pelo menos, lá estaremos seguros. Não posso correr o risco de autorizar o voo dessas aeronaves, pois algo me diz que serão abatidas. Isso não pode acontecer em território brasileiro. Tente ganhar tempo. Autorize o envio do pessoal deles para desarmarem o míssil apenas no porta-aviões. Reforce que os caças estão sendo transportado por questões de segurança. Acho que assim teremos pelo menos oito horas. De qualquer forma, estamos em alerta vermelho até que estes caças estejam longe de nosso país. Reforce a cobertura de proteção aérea durante o transporte. Diga que sabemos dos drones e que, como eles, queremos aquela bomba nuclear longe daqui, de preferência de volta ao território russo. Não queremos que o Brasil entre para a história como Hiroshima e Nagasaki.

– Vou fazer o possível. Qualquer novidade lhe comunico.

– Tenha cuidado!

Desligou o telefone. Levantou-se da escrivaninha. Apagou o charuto e começou a caminhar de um lado a outro pelo escritório, enquanto respirava o ar poluído pela fumaça do charuto. Carregava consigo a responsabilidade de manter a integridade de milhares de pessoas inocentes que poderiam sucumbir diante de uma iminente catástrofe nuclear.

62

A tela dos monitores de Nephesus mostrava que já se aproximava das nove horas da manhã. Harrison sentia que a dor se intensificava, principalmente na perna. Com um curativo, conseguiu estancar o sangramento, mas em diversos momentos não conseguia sustentar o peso do próprio corpo, que se mesclavam a sensação de formigamento na perna atingida.

Com o auxílio de uma cadeira de escritório com rodinhas e da perna sadia, dava a propulsão necessária para deslocar-se diante da bancada e auxiliar Nicolai na sintetização do Alfa-NPTD.

"Vamos, Harrison, falta pouco... Tudo vai acabar bem!"

– pensava consigo mesmo, enquanto observava Nicolai, que, em silêncio, aquecia o novo composto.

– Nicolai, está tudo bem? – perguntou, já perdendo totalmente a sensibilidade da perna.

– Tem algo errado, Harrison... – respondeu cabisbaixo, colocando a substância no suporte.

Antes que Harrison pudesse pronunciar uma palavra, viu Nicolai cair em direção ao chão, seguido de tremores generalizados e perda de consciência.

– Meu Deus! – "O que está acontecendo com Nicolai?"

Aproximou-se, arrastando a cadeira com rodinhas do robusto homem que há algumas horas era o agressor e, graças à Nephesus, tornou-se o salvador após Nicolai ter sido "colocado" no corpo de um dos gêmeos.

"Tenho que fazer algo... Isso não pode acabar assim."

Viu que Nicolai estremecia em movimentos descoordenados, enquanto a saliva espumava no canto da boca. Sabia que estava diante de uma crise convulsiva, só que desta vez os conhecimentos científicos avançados relacionados ao projeto Nephesus tornaram-se necessários. Lembrou-se da época dos plantões de emergência dos quais pacientes desconhecidos eram levados para tratamento imediato.

– Pense, Harrison, pense... – murmurou, enquanto dava um impulso com a perna sadia, fazendo a cadeira deslizar em direção a uma caixa de primeiros socorros. – Tudo está dando errado...

Revirou a caixa até que encontrou algumas seringas e um frasco que lhe chamou a atenção.

– Vamos tratá-lo da forma básica, como se eu nunca o conhecesse e que ele chegasse inconsciente em um pronto-socorro...

Aspirou todo o medicamento em uma seringa.

– Isso tem que dar certo...

Com um novo impulso, deslizou em direção a Nicolai, que continuava a convulsionar. Por um instante sentiu um frio na percorrer lhe a espinha...

"E se ao invés de Nicolai voltasse o agressor?" – pensou, assustado e temendo pelo pior. – Deixe de bobagens! – reforçava à si mesmo. – Eu e Sophie precisamos de você, meu amigo! – exclamava, enquanto, com dificuldade, ergueu-se da cadeira que até então havia sido o único veículo de locomoção dentro do laboratório.

Em um movimento preciso, injetou toda a medicação na veia de Nicolai. Virou-o de lado e rastejou-se em direção à cadeira. Já não sentia mais a perna direita. Era como se ela estivesse totalmente morta. Com dificuldade, sentou-se na cadeira com rodinhas enquanto observava Nicolai, que mantinha os movimentos descoordenados. Do lado oposto, ironicamente observava o Alfa-NPTD, ainda não concluído.

– Vamos, Nicolai. Melhore... Por favor! Que loucura têm sido essas últimas 36 horas. Meu amigo, preciso que você me ajude a salvar a minha filha!

Sentiu os olhos se encherem de lágrimas e percorrerem a face. Enxugou o rosto com o dorso da mão, que se sujou com o sangue coagulado do chute que havia recebido, porém sabia que a maior dor seria perder a filha que tanto amava.

Até que percebeu que os movimentos de Nicolai começaram a diminuir e pararam por completo.

– Nicolai, está tudo bem?

Alguns minutos se passaram no mais profundo silêncio.

Então pôde ouvir uma voz diferente, murmurando.

– Pois é. Algumas teorias devem estar certas.

– Nicolai! Graças a Deus você está bem. O que houve? Do que você está falando? – perguntou Harrison, enquanto secava com o dorso da mão o suor da fronte.

– Uma das cientistas que ajudou a criar o projeto acreditava que o nosso código genético tem uma conexão exata com a E.R.E.V. – respondeu, enquanto as mãos tateavam o estranho e novo rosto. Como um gorila, levantou o hercúleo corpo e caminhou em direção ao composto que estava preparando.

– Me explica melhor isso, Nicolai. Aonde você quer chegar?

– O que estou lhe dizendo, de forma simplificada, é que nosso código genético funciona, digamos, como uma fechadura codificada, sendo a alma a chave. Cada alma tem sua "chave", que se conecta de forma perfeita com um organismo de código genético específico. Essa ligação se dá de forma atômica. Caso fosse tentado colocar uma alma em outro corpo diferente, poderia ocorrer uma ligação instável.

– Ligação instável? Então isso quer dizer que Sophie ainda corre risco?

– Harrison, já lhe disse que, no caso de Sophie, o código genético dela é a combinação perfeita. Apenas temos que "consertar" o corpo dela para que ele permaneça estável e receber a alma que está armazenada. Por isso estamos trabalhando no Alfa-NPTD. Já no meu caso, estou no corpo de outra pessoa. Minha "alma" não irá se acoplar a esse código genético diferente. É como se fosse uma rejeição. Algo saiu errado... Não sei lhe dizer onde está o erro. Terei que revisar todo o sistema. O estranho é que funcionou com animais de pequeno porte... É a primeira vez que testamos em humanos.

"Discordo dessa teoria..." – pensou Harrison.

– E o que pode acontecer, Nicolai? De que forma posso ajudá-lo?

– Meu amigo... – respondeu, tirando um frasco do suporte e colocando-o na centrífuga. – Meu tempo está se esgotando e de certa forma acho que será bom, pois jamais iria querer passar o resto de minha vida neste corpo. Já consegui sintetizar o Alfa-NPTD e não tenho nada a perder. Agora tudo depende de você. A maior descoberta da humanidade está em suas mãos e Sophie irá provar que estou certo. Você, meu amigo, irá presentear a humanidade com a solução para a morte. Pessoas que estiverem prestes a morrer poderão ser armazenadas de forma segura até que se encontre a cura para suas patologias. Esse composto que iremos injetar em Sophie será a cura para milhares de doenças neurológicas. Quando olho para o passado e vejo Nephesus, esse maravilhoso projeto que tive a honra de participar, às vezes me questiono se tudo valeu a pena. Acho que quem irá encontrar essa resposta será você, Harrison.

– Tem que existir uma forma de ajudá-lo, Nicolai! Isso não é justo.

– Compreendo sua preocupação, meu amigo. Porém a única forma seria clonar meu corpo original e transferir minha "alma" de volta ao corpo. Só que temos um grande problema. É impossível minha clonagem neste laboratório. Para isso demandaria tempo e tecnologia.

– Podemos fazer isso... Posso armazenar sua E.R.E.V. e clonar seu corpo biológico, que já está congelado. Feito isso teremos todo o tempo que for preciso...

O alarme da centrífuga disparou, informando o término do processo.

– Só que antes, Harrison, temos que trazer sua filha de volta. Afinal de contas, lhe fiz uma promessa.

Nicolai retirou o composto da centrífuga. Levantou o frasco para o alto e admirou o pequeno conteúdo esverdeado e luminescente.

– Apresento-lhe o Alfa-NPTD! Rápido, dilua isso em um frasco de soro e deixe preparado para injetarmos em Sophie. Vamos tirá-la da suspensão criogênica.

Harrison deslizou com a cadeira até a caixa de primeiros socorros segurando o Alfa-NPTD com todo cuidado. Sabia que a única esperança de vida da filha estava nas próprias mãos.

Retirou um frasco de soro fisiológico e misturou ao Alfa-NPTD com o auxílio de uma seringa.

– Já preparei a solução para injetarmos em Sophie. Agora é com você, Nicolai.

– Ok, Harrison – respondeu, com o fôlego entrecortado devido ao ferimento no tórax. – Vamos dar início ao processo para retirar Sophie do estado de suspensão criogênica. Graças a Nephesus, podemos realizar esse processo em um tempo aproximado de 20 minutos. Antigamente durava quase um dia... Ativando cápsula 1.

No momento em que a cápsula 1 foi ativada, o corpo de Nicolai que estava congelado desapareceu de vista com o movimento de rotação da cápsula, surgindo apenas uma cápsula branca, impossível de visualizar o conteúdo devido ao resfriamento do polímero externo. Nicolai reativou o sistema de áudio, fazendo surgir a voz eletrônica de Nephesus.

– Sistema ativado. Iniciando processo de descongelamento. Calculando tempo previsto para infusão de anticoagulante e catalisador. Tempo estimado de 9 minutos. Iniciando processo de neutralização. Alerta! Organismo com severa lesão neurológica incompatível com a vida. Deseja abortar o processo?

Então, surgiram na tela as opções de "sim" e "não".

– Claro que não, doçura! – respondeu Nicolai. – Harrison, tudo é questão de tempo. Preste muita atenção. Posso não conseguir chegar ao final do processo, mas caso eu tenha outra crise como a que você presenciou ou que fique em coma, coloque-me na cápsula 3 e armazene minha alma. Lembre-se de que a humanidade precisa desse projeto. Quanto a Sophie, o processo de descongelamento será automático. Assim que terminar, por pouco tempo o coração dela irá voltar a bater, mas será tempo suficiente para que você injete o Alfa-NPTD. Feito isso, cruze os dedos para tudo funcionar!

– Nicolai, eu sei que não é o momento ideal, mas não tenho palavras para lhe agradecer pela ajuda que me prestou. Você é um grande amigo.

– Eu sei disso, Harrison. Sei disso... – respondeu, cabisbaixo. – Saiba que é muito estranho estar no corpo de outra pessoa. Poderíamos escrever um livro que seria um best-seller médico sobre Nephesus e a experiência que estou tendo neste outro organismo. Sinto-me enfraquecido. Por sorte, as informações sobre o Alfa-NPTD são bem detalhadas, o que me permitiu sintetizar o composto. Mas às vezes tenho lapsos de memória e algumas lembranças se perderam. Sei que tive uma família, mas não consigo me lembrar do rosto deles. Sei que você é meu melhor amigo, mas não recordo nossa época de faculdade. Talvez haja comprometimento na memória remota prevalecendo sobre a memória recente, bem como acredito que exista uma mistura de informações, pois meu conhecimento militar aumentou indescritivelmente... Esses homens vieram com a intenção de nos matar, roubar Nephesus e levá-lo para alguém do governo russo.

– Isso era de se esperar... – respondeu Harrison, enquanto acompanhava o processo de descongelamento de Sophie.

– Harrison, apesar de tudo, valeu a pena. Conforte-se e lembre-se de checar sua perna.

– Sei disso. Mas por sorte não houve lesão arterial ou óssea. Acredito que tenha lesionado apenas músculo. Minha prioridade é com Sophie. Não saberia viver sem ela.

– Vai dar tudo certo, meu amigo. Tenha fé e paciência!

Até que a conversa foi interrompida pela voz sintetizada de Nephesus. Nicolai olhou para o monitor. Já sabia o que fazer.

***

Um luxuoso carro preto trafegava por uma rua arborizada, observando com atenção a movimentação cotidiana já reduzida, pois grande parte dos moradores já havia saído para o trabalho. O veículo procurava por um endereço específico.

Foi então que o identificou no final da rua, próximo a uma área de preservação ambiental. Era uma luxuosa casa, a de número 177.

– Encontrei-a! – disse a si mesmo.

Sandersen parou o veículo próximo à entrada. Olhou aos arredores, aguardando o momento exato para entrar na casa de Nicolai. Sabia que se alguém o visse após o acidente iria chamar a polícia, pois havia escoriações em quase todo rosto e não estava nada apresentável. Por sorte, a perna já não doía mais.

Não havia ninguém o observando. A calçada estava vazia. Era agora ou nunca!

Saiu do veículo e seguiu em direção ao portão. Retirou um canivete suíço do bolso, que havia preparado para as mais diversas situações. Com naturalidade, abriu a portão, assim que entrou, encostou-o de forma silenciosa.

Após alguns passos silenciosos, notou que a porta da cozinha estava aberta. Com cautela passou ao lado da pia de granito preta e visualizou um copo sujo de leite. Até então não havia identificado nenhuma ameaça. Tudo estava em silêncio.

Saiu da cozinha em direção à sala. Foi então que viu o chão manchado de sangue.

Retirou a pistola do coldre, deixando-a empunhada.

– Isso está começando a ficar interessante – afirmou Sandersen. Cautelosamente seguiu as gotas de sangue, enquanto certificava-se de que não havia nenhum agressor no local.

Percebeu que as gotas seguiam e desapareciam próximas à despensa. Certificou-se mais uma vez de que não havia ninguém na sala. Abriu a porta da despensa com cuidado. Respirou fundo.

Encontrou o corpo de uma mulher de aproximadamente 40 anos e traços hispânicos. Bem entre os olhos havia uma perfuração à bala. Um filete de sangue coagulado havia marcado seu rosto.

– Que merda! Era só o que me faltava.

Sentiu o coração acelerar. Já estava acostumado com a sensação de perigo iminente. Desta vez, os inimigos eram dois Spetsnaz treinados para matar.

Retirou um pequeno dispositivo do bolso semelhante a um pager. Sabia que no máximo em 30 minutos haveria um grupo tático da ABIN por ali, treinando para confrontar até mesmo os Spetsnaz.

Avistou as escadas. Subiu passo a passo em direção ao escritório, onde havia uma passagem aberta através de uma gigantesca estante de livros.

Até o momento não havia encontrado nenhum alvo. Lembrou-se do vídeo que Mathias havia mostrado no aeroporto. Recordava-se perfeitamente de que os pilotos eram gêmeos de uma semelhança assustadora e mortal.

63

Harrison sentia o coração acelerar. Se tudo desse certo sabia que iria poder abraçar Sophie. Olhou para o amigo, que parecia estar bem.

– Nephesus funciona... Agora eu tenho certeza de que funciona. Eu vou ter minha filha de volta.

Então uma voz eletrônica dominou o laboratório.

– Fim do processo de suspensão criogênica. Relatório: Descongelamento concluído com êxito. Catálise ocorrida com sucesso. Anticoagulação bem-sucedida. E.R.E.V. transferida ao organismo com 100% de compatibilidade genética. Organismo com lesão cerebral grave incompatível com a vida. Tempo de sobrevida: aproximadamente 5 minutos. Dados vitais estáveis. Risco de hipotensão iminente seguida de colapso cardíaco. Indicado manutenção de ventilação artificial após 5 minutos.

– Rápido, Harrison. Injete a substância em Sophie – disse Nicolai.

Harrison deslizou com o pequeno banco enquanto segurava o Alfa-NPTD em direção à cápsula embaçada. Assim que abriu, pôde ver surgir o rosto de Sophie após a dispersão dos vapores. Aproveitou-se de um acesso venoso que havia sido colocado para o transporte, conectou ao frasco com o Alfa-NPTD, que começou a gotejar.

Nicolai observava enquanto comprimia o próprio tórax, ainda sentindo falta de ar, mas o curativo de três pontas que Harrison havia feito ainda lhe proporcionava estabilidade respiratória.

– Harrison! – exclamou Nicolai. – Estranho que ainda não houve rejeição de minha E.R.E.V. neste corpo.

"Isso, Nicolai, é porque Nephesus está cumprindo o papel pelo qual foi construído. A teoria da incompatibilidade genética caiu por terra. Vamos agora cruzar os dedos para que o Alfa-NPTD funcione."

– Estou percebendo, Harrison. Talvez Nephesus realmente funcione.

Então a conversa foi interrompida pela voz eletrônica que invadia o laboratório.

– Organismo com recuperação de padrão respiratório espontâneo.

O coração de Harrison batia cada vez mais rápido. Estava diante da filha que tanto amava. Ainda receava por lesões neurológicas, mas o fator de Sophie restabelecer a capacidade de respirar sem a ajuda de aparelhos em tão pouco tempo já era um fantástico sinal.

Aproximou-se da filha. Verificou o pulso, sentindo que a pele começava a reaquecer. Percebeu que ela tinha respiração espontânea, só que permanecia inconsciente.

Harrison começou a chorar enquanto segurava as mãos de Sophie. Sentia que a pele da filha havia atingido a temperatura ideal. O rosto meigo e angelical começava a exibir um brilho na face, diferente da palidez de quando estava no hospital.

– Filha, é o papai! Estou aqui do seu lado. Vai ficar tudo bem, meu amor! – sussurrou.

Sophie permanecia inerte, respirando sem a ajuda de aparelhos.

Harrison olhou para o Alfa-NPTD, que gotejava com rapidez, e percorria a circulação sanguínea de Sophie.

– Isso! Funcione! Não deixe nenhuma sequela em minha filha...

Nicolai pegou a PP 2000 que estava na cintura e aproximou-se de Harrison.

– Dá uma olhada nisso aqui... Fazia tempo que não via uma dessas, ainda mais com mira laser.

– Pois é, Nicolai. Esses caras não vieram aqui para brincar. E você está se sentindo bem?

– Muito estranho, Harrison. A princípio, acreditei que a teoria sobre a ligação da Energia Radiante Vital Ectoplásmica tivesse condicionada em nível atômico e molecular em nosso código genético. Porém, acredito que funcionou. O difícil é imaginar ter que viver o resto de minha vida em um corpo totalmente diferente do meu – respondeu, colocando a arma próxima a um dos monitores de Nephesus. – Talvez a convulsão que tive possa ser a adaptação... De qualquer forma, ainda há muito a ser estudado.

– Em breve encontraremos uma solução para isso, meu amigo... Em breve.

De súbito, um homem de pele negra e cabelos grisalhos, invadiu o laboratório por meio da passagem secreta empunhando uma arma em mãos e dizendo, com uma voz autoritária e experiente.

– Todos coloquem as mãos onde eu possa ver! Se alguém fizer qualquer movimento, por menor que seja, não terei piedade.

Harrison olhou para Nicolai, que virou-se de forma a esconder do campo visual do invasor a arma que havia segurado há alguns instantes e que estava próxima do teclado do computador central de Nephesus.

Mantendo a mira em Nicolai, Sandersen foi entrando no laboratório até que viu caído sobre os grossos cabos o gêmeo com o martelo tatuado no punho, com a camisa toda manchada de sangue. Então caminhou um pouco mais e viu uma cápsula aberta com uma criança recebendo soro esverdeado, que praticamente havia se esgotado. Percebeu que ela respirava, mas parecia estar inconsciente.

– Onde está Nicolai Sergey ou Dimitri Komovich, seja lá como for? – gritou apontando a arma para a cabeça de Nicolai, que, graças a Nephesus, estava "sobrevivendo" no corpo de um dos gêmeos. – Espero que não esteja fazendo nenhuma experiência com essa pobre criança, caso contrário vocês acabam de entrar em uma tremenda encrenca e irão apodrecer na prisão.

Harrison olhou para Sandersen.

– Calma! Não é nada disso que você está pensando. Essa criança é minha filha e estamos tentando salvá-la.

Enquanto Harrison mantinha a atenção de Sandersen, Nicolai sorrateiramente pegou a arma e apontou-a em direção ao invasor.

– Quem é você? – perguntou, apontando a mira laser para a cabeça de Sandersen.

– Abaixe sua arma agora. A não ser que queira sair daqui em um rabecão. Isso é uma ordem! Sou agente da Agência Brasileira de Inteligência e ordeno que abaixe essa arma.

– Inteligência brasileira? Também vieram para roubar Nephesus? – disse, apontando o laser da pistola entre os olhos de Sandersen.

Harrison ficou imóvel. Com discrição olhou para Sophie e viu a última gota do Alfa-NPTD percorrer o circuito do soro.

Olhou para Nicolai, que mantinha a mira apontada na cabeça de Sandersen.

Então o silêncio do impasse entre Sandersen e Nicolai foi quebrado por uma gargalhada que se misturava ao som de um gorgolejo. Todos olharam para ver de onde estava vindo o som, até que localizaram o gêmeo que havia sido atingido, ele rastejou e agora estava recostado na parede.

— Vocês acreditaram que tudo iria acabar assim? Que vocês são mais fortes que a Spetsnaz? — disse, enquanto recuperava o fôlego.

— Está tudo acabado. Não haverá vencedores... — respondeu, pressionando o botão vermelho do detonador que estava preso à cintura e desfalecendo em seguida.

As luzes vermelhas do timer se acenderam, marcando quatro minutos e cinquenta e nove segundos em contagem regressiva.

— Acho que não temos muito tempo — afirmou Sandersen, mantendo a pistola apontada para a cabeça de Nicolai.

— Você vai morrer! — disse Nicolai, pressionando o gatilho.

Foi então que Sandersen jogou-se no chão e disparou contra Nicolai, que também foi atingido antes de cair. Harrison arrastou-se com o banco em direção a Sandersen e viu que ele havia sido atingido no flanco direito e estava gemendo no chão. Aproximou-se de Nicolai e viu que o tiro desta vez havia perfurado seu amigo bem próximo ao coração.

— Pois é, Harrison... — disse Nicolai, com a voz trêmula e fraca. — Acho que agora é o fim da linha. Pelo menos você não terá que cumprir sua promessa em me trazer de volta.

— Ainda dá tempo, meu amigo! Posso colocá-lo em Nephesus...

— Lamento, Harrison... Mas meu tempo está se acabando. Cumpri minha missão a contento e irei encontrar-me frente a frente com a morte. Só que, dessa vez, esse grandioso segredo irei desvendar antes de você. Vá, tire logo sua filha daqui antes que tudo voe pelos ares — disse, apertando as mãos de Harrison.

— Nicolai? Fale comigo, meu amigo! — exclamou, enquanto verificava o pulso do amigo. Foi então que se deu conta de que já não havia mais pulso, restando apenas a imagem gélida de um dos gêmeos com uma foice tatuada no punho.

Com um impulso, deslizou com o auxílio da cadeira com rodinhas em direção à Sophie. Viu que o coração da filha estava batendo ritmicamente e ela respirava. Deu um novo impulso e foi até Sandersen, ao mesmo tempo em que os olhos corriam em direção ao display do timer, que marcava 3 minutos e 45 segundos.

– Saia logo daqui. Seu tempo está se acabando. Ajude sua filha – disse Sandersen.

Harrison tentou ficar em pé, mas não conseguia sustentar-se. Não sentia sua perna direita e caiu no chão. Tentou puxar o banco, mas acidentalmente fez com que ele deslizasse em direção oposta à do laboratório.

"Está tudo acabado..." – pensou enquanto rastejava em direção a Sophie.

"Não é justo que isso termine assim, depois de tudo o que passei!" – pensava Harrison, aproximando-se da cápsula que estava Sophie.

Conseguiu amparar-se em uma das pernas, mas sentia que ela estava fraca devido ao ziguezague dentro do laboratório para a produção do Alfa-NPTD.

Segurou as mãos da filha, enquanto encostava o rosto no de Sophie. Sentia que a pele da filha havia se aquecido, dando sinal de que a circulação cumpria seu papel com maestria. Olhou para o display preso na cintura do gêmeo com o martelo tatuado no punho, enquanto apertava as mãos de Sophie.

– Dois minutos e quarenta segundos... É o fim... – afirmou a si mesmo.

Até que repentinamente uma voz suave e, ao mesmo tempo autoritária, surgiu pelo laboratório. Uma voz conhecida de longa data que lhe trazia segurança nos momentos de dificuldade.

– Dr. Harrison, o senhor está aqui? Desculpe-me eu ir entrando, mas é que a casa está toda aberta...

Assim que Eliza entrou no laboratório e viu os dois gêmeos mortos, um homem ferido e Harrison caído no chão, começou a gritar.

– Calma, Eliza. Preste atenção: você tem pouco mais de dois minutos. Tem uma bomba nesta casa. Pegue Sophie e saia daqui.

– Meu Deus... O que está acontecendo? – perguntou com as mãos trêmulas.

– Eliza, pegue Sophie e saia daqui agora. Não há tempo para explicar. Isso aqui vai explodir.

— Mas e o senhor? Como posso ajudá-lo!

— Você é surda, Eliza?! — esbravejou — Saia daqui agora com Sophie.

Eliza correu na direção de Sophie e a pegou no colo. Enquanto caminhava em direção à estante, pôde ouvir a voz de Sandersen.

— Me ajude, por favor. Não me deixe morrer aqui...

Eliza parou por algum instante, até que ouviu os gritos de Harrison.

— Saia daqui! Isso tudo vai explodir! Anda logo!

Aproximou-se de Sandersen e ajudou-o a levantar, amparando-lhe com o ombro enquanto carregava Sophie.

Seguiram em direção à estante. Parou por alguns segundos e olhou pela última vez a imagem do Dr. Harrison, recostada em uma das cápsulas de Nephesus. Até que ouviu mais uma vez a voz esbravejada de Harrison.

— Saia daqui... Você tem menos de um minuto e meio! Anda, Eliza... Corra!

Com dificuldade, Eliza saiu do laboratório em direção ao escritório. Foi até a sala e atravessou a cozinha, carregando nos braços Sophie e amparando Sandersen.

Assim que passaram pelo portão, atravessaram a rua sentaram-se na sarjeta. Eliza estava com Sophie no colo.

Diversas pessoas que passavam pela rua, viram a imagem de um homem ensanguentado ao lado de uma mulher que segurava uma criança que parecia ter saído de um hospital. Eliza estava pálida e com as mãos trêmulas.

Os transeuntes foram se aproximando sem entender o que estava acontecendo, enquanto outros curiosos observavam de longe.

Então, um som estrondoso seguido de um grande tremor anunciou a explosão. Fragmentos de tijolos voaram para o alto, misturando-se com a poeira que lentamente alcançava o céu, dividindo o espaço com enormes labaredas. As pessoas se jogavam no chão. Eliza deitou-se sobre Sophie em um reflexo de proteção.

Sandersen virou-se de lado.

Após a explosão, uma nova paisagem empoeirada dividia juntamente com o calor infernal a atenção de diversas pessoas que se acumulavam, observando os destroços serem consumidos pelas chamas vorazes.

Assim que a poeira se assentou, no lugar que outrora havia uma luxuosa casa, restava-se um monte de escombros.

– Dr. Harrison... Não consegui sequer ajudá-lo! – exclamou Eliza, enquanto os olhos enchiam de lágrimas. – O que será de Sophie sem o pai?

A poeira já havia se assentado e as pessoas começavam a se levantar como ratos perdidos em um labirinto de destroços.

Após alguns minutos, a atenção de todos voltou-se para diversas viaturas do corpo de bombeiros, ambulâncias e polícia que, em comboio, cercavam a rua.

64

No horizonte, o sol praticamente encostava-se à linha do oceano.

Sobre o porta-aviões FS Forest 19, que navegava no meio do Oceano Atlântico, diversos militares da Marinha brasileira cumpriam seus afazeres antes do término de mais um dia de rotina árdua de trabalho, ao mesmo tempo em que tinham a atenção desviada para a tecnologia dos dois caças russos a bordo.

Surgindo do horizonte e camuflado do campo visual humano devido à intensidade dos raios solares, mais dois caças russos, modelo Sukhoi Su-34, aproximaram-se do porta-aviões, reduzindo a velocidade até que o primeiro pousasse com segurança.

Minutos depois, o outro caça também já havia pousado.

O cockpit das aeronaves se abriu. Tinha capacidade de tripulação de duas pessoas.

De cada aeronave desceu apenas um passageiro, já trajando roupas apropriadas de pilotos. Tinham a pele branca e cabelos cortados nos moldes rigorosos do padrão Spetsnaz.

Ambos seguiram em direção a um homem de cabelos grisalhos e pele morena, que usava uma camisa azul-claro com diversas insígnias, medalhas de condecorações fixadas no bolso esquerdo.

– Sejam bem-vindos ao nosso porta-aviões! – disse o coronel em inglês. – Já estávamos aguardando a chegada de vocês para a retirada dos caças.

– Viemos em paz, e em nome do governo russo agradecemos a recepção. Temos ordens para a retirada imediata dos PAK FAT-50 de sua embarcação. Solicitamos autorização para decolagem.

– Autorização concedida, piloto. Bom voo – respondeu o coronel, virando as costas, enquanto com o braço direito fazia sinal de positivo para a torre de comando.

Cada piloto seguiu em direção ao respectivo PAK FAT-50. Conferiram as aeronaves, cumprindo os protocolos. Alguns minutos depois, entraram nos cockpits e conectaram o uniforme de voo ao caça. Instantaneamente, sentiram a roupa pressurizar as pernas e o abdômen. Sabiam que tinham um voo em Mach 2.

Inseriram um cartão codificado no painel das aeronaves, que se ativaram de imediato. Conheciam o destino: Base Aérea de Kubinka, na Rússia.

Cada PAK FAT-50 decolou do porta-aviões, seguidos pelos dois Sukhoi Su-34. Ajustaram a rota e, em uma formação semelhante a um bumerangue, rasgaram em Mach 01 o céu que já começava a apontar as primeiras estrelas.

65

VIRGÍNIA
ESTADOS UNIDOS

Considerado como um monumental conjunto de escritórios dedicado à segurança nacional americana, em especial no planejamento de inteligência, estratégia e espionagem, o Pentágono tem esse nome por apresentar a forma geométrica pentagonal e ser uma estrutura com cinco andares, onde cada andar possui cinco corredores.

Passou por uma grande reforma após o atentado de onze de setembro, em que foi adaptado aos recursos tecnológicos atuais. Em uma das salas do quinto andar estavam reunidos os principais coordenadores do departamento de defesa e espionagem.

Estavam aguardando a recepção de uma imagem que seria retransmitida de um drone RQ-170 Sentinel – o mesmo que havia sido utilizado na espionagem contra o terrorismo no Afeganistão – por uma das bases americanas do estado de Nevada. A imagem era referente ao projeto secreto Nephesus.

Já haviam interceptado diversas informações do governo russo através de agentes infiltrados e da alta tecnologia em espionagem. Temiam pelo sucesso de tal projeto.

Um ilustre convidado localizava-se em uma posição privilegiada para assistir às imagens e, junto com o comandante-geral do departamento de defesa, iriam tomar uma medida sobre o assunto.

– Presidente McCartney: em alguns instantes iremos receber as imagens retransmitidas de Nevada referente ao laboratório secreto que havia conseguido desenvolver com sucesso o projeto Nephesus – disse o comandante de aproximadamente 60 anos, pele branca e enrugada, com dentes amarelados devido ao tabagismo.

– O 'Bryan: quero um breve relatório sobre esse projeto Nephesus. Fui informado de que ele envolve a transferência da alma para outros corpos. Explique-me isso melhor.

– Sim, senhor presidente. Nephesus foi um projeto desenvolvido pelo governo russo e construído secretamente nas proximidades de Moscou por dois cientistas que eram nossos contatos e nos enviavam informações. Eles se rebelaram contra o governo quando descobriram que esse mesmo governo planejava uma conspiração contra um dos seus antecessores no cargo da presidência. Queriam transferir a alma de um governante russo para o corpo do presidente dos EUA.

– Isso é possível? Se for, temos um sério problema a ser resolvido – questionou o presidente, com seus cabelos grisalhos que realçavam a pele negra.

– É possível, senhor presidente. Há muito tempo, o casal de cientistas Komovich foi assassinado pela inteligência russa em uma estação de metrô. Porém, antes eles roubaram o projeto do governo russo e o confiaram ao filho Dimitri Komovich, que fugiu em segredo para o Brasil, onde se instalou na cidade de Belo Horizonte. Nós o localizamos quando os componentes para a construção de Nephesus começaram a ser comprados no mercado negro internacional. Foi quando colocamos escutas e rastreadores no meio dos componentes para acompanharmos toda a construção de perto e mantermos o projeto sob constante vigilância "invisível", pois suspeitávamos de participação do governo brasileiro no projeto, mas estávamos errados. A ideia inicial era deixar que o projeto fosse concluído e testado por Dimitri Komovich. Após a conclusão iríamos nos apropriar de Nephesus e encaminhá-lo à Área 51, onde nossos cientistas estão trabalhando em outras pesquisas. Só que a Rússia não parou com as pesquisas. Sabemos que estão trabalhando no desen-volvimento de um protótipo de androide capaz de receber a "alma" humana, porém fracassaram, pois necessitavam das pesquisas prévias de Nephesus que se perderam. Pretendiam transferir a "alma" das maiores mentes da Rússia para corpos de androides. Seria o início de uma nova era tecnológica e de certa forma também conquistariam a imortalidade, só que em um corpo que em caso de defeito seria preciso apenas substituir uma peça.

– Esse projeto é de uma periculosidade imensurável. Onde ele está agora?

– Por isso estamos reunidos aqui, senhor presidente. Iremos receber as imagens de um de nossos drones. Segundo as últimas informações, o laboratório foi destruído por uma explosão causada por dois agentes da Spetsnaz. Dimitri Komovich, que na verdade no Brasil utilizava o nome de Nicolai Sergey, está morto, bem como nesse momento estão voltando para Moscou os dois caças PAK FAT-50, sendo que um deles carregava uma ogiva nuclear.

– Tem minha autorização para interceptarem e abaterem essas aeronaves.

– Ok, senhor presidente – respondeu O'Bryan, olhando para tenente-coronel que compreendeu a mensagem e se retirou da sala de reuniões.

– Agora coloque as imagens do laboratório no telão – ordenou o presidente.

– Apenas tenho que informá-lo que as imagens transmitidas por nosso drone sentinel tem um atraso médio de 1,2 segundo, devido retransmissão de nossos satélites.

– Não há problema. Quero certificar-me de que o laboratório realmente foi destruído. Também quero uma confirmação de que Dimitri Komovich está morto.

– Sem problemas. Disso me encarrego pessoalmente, senhor presidente.

O'Bryan olhou para o técnico responsável pelas imagens. O telão mostrava a imagem do globo terrestre que, aos poucos, ia se aproximando até chegar à América do Sul, Brasil, Belo Horizonte e então à casa de Nicolai Sergey.

Aumentaram o zoom. Detectaram que não havia construção no local onde estaria Nephesus. Tudo havia sido destruído.

– Devo informá-lo que perdemos todos os nossos rastreadores, que conferem com as imagens recebidas. Certamente o projeto Nephesus se perdeu para sempre.

– Está bem, O'Bryan. Apenas mais uma pergunta: quem estava comandando este projeto em Moscou?

– General Heinz, senhor.

– Bem, você já sabe o que fazer...

– Sim, senhor!

– Agora tenho que voltar para Washington. Assim que confirmarem a morte de Dimitri, já podem arquivar esse projeto. Também quero um relatório detalhado.

– O relatório estará em sua mesa amanhã de manhã, presidente McCartney.

Fortemente escoltado, o presidente retirou-se do Pentágono.

***

LATITUDE: -19.933458
LONGITUDE : -43.961429
MAR MEDITERRÂNEO
HORA LOCAL: 23H

Em formato de uma reta, dois caças PAK FAT-50 seguiam em Mach 1, acompanhados por outros dois caças Sukhoi Su-34. O destino era a base aérea de Kubinka, na Rússia.

Então um dos pilotos do PAK FAT-50 observou no radar um míssil vindo em alta velocidade, em sentido de interceptação. Utilizando das técnicas de aviação de guerra, empregou todas as manobras possíveis para desviar, mas não havia como. Sabia que estava carregando uma bomba nuclear, com quilotons suficientes para destruir uma grande capital em fração de segundos.

De forma brilhante, alguém havia escolhido o meio do Mar Mediterrâneo para a destruição. A altitude de 45 mil metros e a localização central tornariam insignificante o alcance da radiação e totalmente inofensiva aos países vizinhos.

O conhecimento tático era explícito: sair do campo de visão do míssil antes que ele corrigisse a trajetória, porém de forma inexplicável o míssil ajustava uma nova rota sempre em direção ao caça que carregava o míssil nuclear. Disparou para trás antimísseis, porém o míssil que o perseguia desviava com precisão.

O outro PAK FAT-50 efetuou disparos em vão, mesmo utilizando do sistema de rastreamento de alta tecnologia. Ativaram a propulsão supersônica, mas sem sucesso.

Jamais havia enfrentado um míssil de tamanha tecnologia. Foi então que o piloto percebeu que o míssil devia estar sendo comandado remotamente.

Voava a 2500 km/h em Mach 2 e, quanto mais tentava a manobra evasiva, mais se aproximava do míssil que o perseguia. As mãos do piloto que comandava o caça com a bomba atômica começaram a tremer quando constatou que o míssil inimigo se aproximava cada vez mais.

Então viu um brilho intenso seguido da sensação de um calor infernal, até que tudo se tornasse um vazio eterno. A mesma onda de calor, formou um esplendoroso cogumelo atômico, abateu-sobre as outras três aeronaves que foram destruídas.

Enquanto isso, em uma base aérea americana em Nevada, diversos militares comemoravam com champanhe o abatimento das quatro aeronaves russas, utilizando um míssil teleguiado disparado por um F-117 Nighthawk.

Sabiam que não haveria repercussões, pois o transporte de armas nucleares em caças supersônicos violava as leis internacionais e o governo russo com certeza negaria a existência dessas aeronaves.

66

BRASIL
BELO HORIZONTE - MG

Sandersen já havia recebido atendimento médico e caminhava pelos corredores de um dos hospitais referência em trauma na cidade de Belo Horizonte.

Sentia-se conformado, pois, segundo o médico que havia lhe atendido, o tiro que levou havia passado bem próximo do rim direito e por um milagre não o havia atingido. Caminhou pelo extenso corredor, ouvindo o som dos diversos aparelhos e monitores de uma quantidade enorme de pacientes que ocupavam a sala de trauma, enquanto o cheiro peculiar do hospital entrava pelas narinas.

Foi até um dos quartos onde estava a criança que havia sido salva por uma valente mulher que o auxiliara a sair da casa de Nicolai, antes da explosão. Precisava de notícias.

Conforme haviam lhe informado, localizou o quarto com facilidade.

De longe, já conseguiu reconhecer a mulher que havia lhe salvado a vida. Tinha olhos negros, magra e a pele morena. O cabelo chanel liso e preto caía-lhe sobre a face.

Estava sentada segurando as mãos da criança que havia salvado.

– Boa noite! – disse, entrando no quarto. – Acredito que ainda não lhe agradeci pelo seu ato de heroísmo.

Eliza olhou-o assustada, até que reconheceu o rosto que algumas horas atrás havia retirado de uma explosão.

– Não há o que agradecer – respondeu, voltando a olhar para Sophie.

– E a criança, como ela está? O que foi que aconteceu com ela?

– O pai, doutor Harrison, salvou-lhe a vida. Ela foi vítima de um sequestro no Rio de Janeiro e teve ferimentos graves. O pai, com o auxílio de outro médico, Dr. Nicolai, a trouxeram até Belo Horizonte para poder ajudá-la. De acordo com o último boletim médico fornecido pelo neurocirurgião que a atendeu, os exames de tomografia e ressonância mostraram-se normais, bem como o exame clínico. Ela foi medicada e agora estamos aguardando que ela acorde.

– Parece que ela está dormindo – disse Sandersen, olhando para a criança. – É uma pena que não conseguimos salvar o pai. Ele morreu como um herói.

Eliza olhou para Sandersen e começou a chorar. Tinha muito respeito por Harrison, a pessoa que lhe havia dado estudo e estendido a mão em diversos momentos nos períodos que passava por grandes dificuldades. Servi-lo em tempo integral era o mínimo que podia fazer em gratidão.

Algumas lágrimas gotejavam sobre a mão de Sophie.

– Sentirei muito a falta de Harrison. Era um grande médico e muito inteligente. Sofreu com a perda da esposa e vivia em função da filha.

– Entendo sua dor. Passei aqui para lhe agradecer. Trabalho na inteligência brasileira e, se um dia precisar, basta me ligar. Fique com meu cartão – respondeu, enquanto colocava nas mãos de Eliza um cartão com escritas douradas ao lado do brasão da inteligência brasileira.

Eliza observou o cartão e permaneceu calada, enquanto Sandersen se retirava do quarto. O rosto de Sophie parecia sereno. Algumas manchas azuis arroxeadas destacavam-se no braço, resultantes das diversas punções para coleta de exames e administração de medicamentos. Tinha colocado uma roupa bem confortável em Sophie. Havia prometido no passado que se algo acontecesse com Harrison ela iria tomar conta de Sophie. Sempre a considerava como uma filha desde a perda de Melany.

Olhou para Sophie, que preservava a face angelical e inocente enquanto secava as lágrimas que haviam gotejado sobre a mão.

– A melhor canção de ninar é a que cantamos com o coração, meu anjinho... – disse, recordando do quadro feito por Melany que ficava no quarto de Sophie.

Então começou a contar uma história da qual Sophie gostava muito sobre a Princesa e o Espelho:

– Era uma vez, uma linda princesa chamada Melissa. Tinha os cabelos cor de sol e a pele era branca como a neve. Mas era triste como a Lua. Melissa não conseguia rir. Passava horas diante do espelho tentando sorrir. Às vezes, esticava os lábios para cima para tentar ao menos imaginar-se sorrindo, mas não conseguia. O pai, rei Marcos, ficou muito preocupado. Havia procurado por toda a redondeza alguém que fizesse a princesa sorrir. Palhaços, homens que cuspiam fogo, até um elefante malabarista haviam participado. De nada adiantou. Todos aqueles que tentavam voltavam tristes, pois todo mundo ria, menos Melissa. Lembro-me de um dia de uma mulher que inventou algo que hoje vocês conhecem como sabão. Ela fazia bolhas transparentes de todos os tamanhos que flutuavam no ar, depois, como mágica, estouravam e desapareciam. Nem assim ela sorria. Certo dia surgiu um homem misterioso. Ele se vestia de preto, tinha uma longa barba branca e os olhos eram da cor do pó da madeira queimada. Ele trazia um grande pacote enrolado com corda e coberto de papel. Melissa ficou curiosa para saber o que tinha dentro do pacote. Então, aquele homem aproximou-se do rei e disse: – Vossa majestade. Trouxe um presente que irá fazer sua filha sorrir – disse, enquanto desenrolava a corda e retirava o papel. O rei ficou encantado. Nunca havia visto aquilo antes. Parecia mágica. Você aproximava-se diante de uma moldura e como na água mais límpida era capaz de ver a si mesmo refletido. – Majestade, apresento-lhe minha última invenção, que batizei com o nome de espelho. Mas cuidado! Ele apenas mostrará sempre a sua imagem externa, que nem a casca de um ovo. Muitas pessoas no futuro aprenderão apenas a olhar essa imagem, esquecendo-se de nossa verdadeira essência. – Como assim, verdadeira essência? – Perguntou o rei, sem tirar os olhos do próprio reflexo. – A essência chamada amor. Essa sim é a maior das virtudes – respondeu o velho sábio. – Mas como isso irá ajudar minha filha? – O tempo lhe trará a resposta – respondeu o sábio e, como num passe de mágica, desapareceu em meio a uma cortina de fumaça. O espelho foi colocado no quarto de Melissa. Todo dia ela ficava horas e horas sentada diante daquele estranho objeto, observando a imagem refletida.

Mesmo assim não conseguia sorrir... Então, em uma bela noite, Melissa aproximou--se do espelho, que a engoliu como se estivesse mergulhando em uma lagoa. Havia sido sugada para outro lugar bem diferente de tudo que havia visto antes. Quando abriu os olhos, viu que estava em um mundo onde todos eram tristes e ficavam observando apenas o espelho. Olhavam as roupas, o cabelo, pinturas que passavam no rosto. Viu uma caixa com gente dentro que as pessoas chamavam de televisão. Nesse mundo havia carruagens diferentes e eram fabricadas de lata. Tinha gente que chamava aquilo de carro. Viu pássaros de metal que haviam engolido as pessoas e depois as devolviam em lugares esquisitos que chamavam de aeroportos. Foi então que percebeu que as pessoas olhavam para si próprias. Passavam ao lado das outras sem serem notadas. Então ela viu o espelho. Só que desta vez não viu a própria imagem e sim, a imagem do rei, velho, doente e triste, porque ele tinha uma filha que não gostava de sorrir. Melissa nunca tinha visto o pai daquela forma. Então, pegou uma pedra e arremessou com toda a força no espelho, que se espatifou em vários pedaços. Então as pessoas começaram a sorrir. A maldição havia se quebrado. Até que pôde ouvir uma voz conhecida. – Acorde, filha, você estava gritando! Sou eu, papai – assim que abriu os olhos, viu que o rei estava abraçando-a, preocupado. Então se lembrou do sonho e ficou feliz por estar segura ao lado do pai. Foi neste momento que ela riu pela primeira vez, enquanto o rei chorava de alegria ao ver a felicidade da filha. Melissa contou o sonho para o rei, que ouviu tudo atentamente. Ficaram tão felizes que decidiram ir contar a novidade para a rainha. Quando acenderam as velas para iluminar o quarto, milhares de pontinhos luminosos brilhavam espalhados pelo chão. Foi então que perceberam que o espelho havia se quebrado, restando apenas milhares de cacos.

– Sabe, Eliza, ainda tento imaginar como seria um elefante malabarista! – disse Sophie, abrindo os olhos.

Eliza disparou a chorar.

– Meu anjo! – disse, entre lágrimas. – Você está bem? Está sentindo dor?

– Não, Eliza, está tudo bem. Cadê meu pai? Onde é que estou? O que aconteceu?

– Não se preocupe com isso agora, minha flor. Descanse, pois afinal, essas últimas horas foram intensas para todos nós. Você está no hospital. Daqui a pouco virá um médico para examiná-la.

– Num hospital? Eles não vão aplicar injeção, não é, Eliza? Você não vai deixar, não é verdade?

– Não vou deixar que ninguém lhe machuque, Sophie. Estou aqui para cuidar de você, minha princesinha. Agora descanse...

Passado alguns minutos ela caiu no sono, enquanto Eliza ajoelhava-se ao lado da cama de Sophie e agradecia em uma oração silenciosa pela recuperação da "filha" que tanto amava.

***

Os ponteiros do relógio aproximavam- se da meia-noite. O cheiro da poeira molhada sobre os escombros aumentava o frescor da madrugada que se aproximava.

O corpo de bombeiros, juntamente com a Defesa Civil, havia isolado a área nas proximidades da casa de Nicolai. A retirada dos escombros se iniciaria no dia seguinte.

Alguns funcionários ficaram na vigilância do local para evitar que alguém se machucasse, tentando procurar objetos de valor no meio das toneladas de entulho.

Sentado sobre um bloco de concreto, um funcionário usando uma capa e capacete amarelo mantinha a vigília enquanto acendia um cigarro.

– Que droga! O médico tem razão, já passou da hora de parar de fumar essa porcaria! Ele disse que minha tosse não vai melhorar se eu continuar fumando... Mas um cigarrinho só não vai fazer mal... Eu prometo: É o último!

Então ouviu alguém tossindo no meio dos escombros.

– Espera aí, dessa vez não sou eu que estou tossindo!

Caminhou ainda mais sobre a pilha de destroços, tentando localizar de onde vinha o som. Parou por alguns segundos e conseguiu ouvir novamente. Vinha do meio dos escombros.

– Gente! – começou a gritar. – Tem alguém vivo aqui e está preso no meio dos destroços. Peçam ajuda!

Passado alguns minutos, diversos funcionários e corpo de bombeiros reviravam o concreto. Foi então que um militar do corpo de bombeiros ficou estático, como se estivesse vendo um fantasma.

– O que foi? – perguntou o companheiro de busca ao lado.

– Dá uma olhada nisso!

As luzes do capacete refletiam em um material de polímero, semelhante a um vidro todo empoeirado. Por trás dele, podia-se observar que havia um rosto humano que ainda respirava com dificuldade.

– Rápido! Encontramos um sobrevivente!

Em poucos minutos, diversas pessoas começaram a escavar e retirar pedaços de tijolos misturados ao concreto e ferragem, até que surgiu uma cápsula fabricada com um material semelhante a um polímero de alta resistência que havia suportado a explosão.

Trouxeram um pé de cabra e romperam o lacre que mantinha a cúpula fechada. Foi então que se deparou com um homem de aproximadamente 40 anos, pele branca e com uma barba curta. Devia medir aproximadamente 1,72 m e era magro. Um sargento do Corpo de Bombeiros se aproximou e colocou o dedo na região carotídea da vítima que acabara de encontrar e pôde sentir os batimentos cardíacos. Viu que ele respirava e que a perna direita estava suja de sangue, provocado por algum ferimento.

– Rápido, chamem os médicos. Ele está vivo!

Passado alguns minutos, uma ambulância com um paramédico transportava um dos sobreviventes para o hospital referência em trauma de Belo Horizonte.

Algumas horas depois, para surpresa do corpo de bombeiros foi encontrado o corpo sem vida de um homem em perfeito estado dentro de outra cápsula. O que chamava a atenção eram os cabelos longos e um ferimento fatal provocado por arma de fogo, na região do estômago. Próximo desse cadáver, foram encontrados dois corpos carbonizados de militares russos. Por trazerem uma medalha intacta no peito a identificação foi facilitada.

Pertenciam a Spetsnaz. Tinham o mesmo sobrenome e a mesma data de nascimento.

Ivan Anatoly e Andrei Anatoly. Em alguns minutos, o rabecão direcionava os corpos para o Instituto Médico Legal.

67

RIO DE JANEIRO
PRAIA DE GRUMARI

Harrison caminhava descalço pela praia de Grumari, carregando o par de chinelos nas mãos.

Depois de quinze dias ainda sentia dor na perna que havia sido ferida, mas sabia que havia valido a pena.

Recordava-se de tudo pelo que havia passado. Para sempre iria se lembrar de ver a imagem da filha assim que abriu os olhos e correu para abraça-lo no hospital em Belo Horizonte.

Pela primeira vez na vida havia chorado compulsivamente como uma criança.

Depois, a imagem de Eliza, a mulher que há anos lhe servia com fidelidade e, acima tudo, sabia que poderia contar com ela.

Tinha que ficar mais alguns dias no Rio de Janeiro, pois teria que responder legalmente pelo roubo da ambulância. Por sorte, o motorista que havia sido sequestrado comoveu-se com a história e retirou toda queixa, amenizando a situação. Havia contratado um bom e experiente advogado para representá-lo.

Nunca iria se esquecer do rosto da equipe médica que havia atendido Sophie no hospital após os exames de rotina. Todos ficaram perplexos, como se estivessem vendo um fantasma. A equipe só não compreendeu a razão pela qual Natália, uma semana antes, havia pedido demissão e mudado para os EUA. Por sorte, a religião em geral trazia uma explicação e sintetizava tudo o que havia acontecido em uma única e exclusiva palavra: "Milagre" e será com ela que toda a equipe de neurologia de um dos maiores hospitais de trauma da cidade do Rio de Janeiro terá que viver "engasgada" para o resto da vida, cuja compreensão dos fatos extrapolam a capacidade da atual Medicina.

Sophie como sempre correu em direção à rocha favorita, entre os dois bancos de areia.

– Pai, vem cá! Você tem que ver isso! Tem uma estrela-do-mar aqui!

– Estou indo, filha. Tome cuidado para não se machucar.

– Pai, é incrível. Você tem que ver isso!

Ao chegar a mesma piscina natural da outra vez, viram um pequeno cardume colorido nadando nas proximidades de uma estrela-do-mar.

Sophie estava ajoelhada na beira das águas cristalinas e encantada com o que estava vendo.

– Pai, posso pegá-la?

– Filha, se você tirá-la da água do mar, ela irá morrer...

– Não quero que ela morra. Ela é tão bonita!

– Sei disso, minha princesa. Deixe-a aí para que outras crianças possam conhecê-la.

– Está bem pai. Então vou fazer um castelo – respondeu e saiu correndo em direção aos brinquedos para pegar um pequeno balde e uma pequena pá de plástico. Logo a seguir, sentou-se na areia e começou a cavá-la enquanto iniciava a construção do castelo.

Então, Harrison avistou uma mulher que lhe acenava a alguns metros e que estava lhe observando. Caminhou, ainda sentindo dores.

Ao aproximar-se a reconheceu de imediato.

Irina Sartori. Uma mulher de aproximadamente 50 anos com um corpo esculturaI, mas com um rosto enrugado escondido por óculos de armação preta e grossas lentes, usando uma saída de banho e fumando um charuto cubano.

– Não precisa fazer essa cara de espanto, Harrison – adiantou.

– Sente-se ao meu lado e fique tranquilo que já rastreamos o perímetro e não existe nenhuma escuta disfarçada de beija-flor ou qualquer outro bicho que seja; tampouco nenhum drone acima de nós.

– Mas, Irina, não esperava encontrá-la aqui...

– Já lhe falei que não queria que você corresse nenhum risco. Tenho informações de seu interesse. Vou ser objetiva, pois tenho pouco tempo.

– O que você descobriu?

– Descobrimos que sua esposa morreu por causa do medicamento que foi trocado pelos espiões que procuravam Nephesus. Você sempre acreditava que havia uma conspiração pela morte de Melany, mas a verdade é que a BioSynthex é inocente. Anos depois foi que surgiu um louco chamado Karl Smith que tinha ligações com um general russo e estava procurando o Alfa-NPTD.

– Eu acreditava que BioSynthex era culpada.

– Decisão precipitada, Harryson. Nós tivemos que infiltrá-lo dentro da BioSynthex para que você verificasse se a fórmula desta substância que eles possuíam era a mesma que roubaram de você, antes de lhe oferecermos a nossa proteção. Por sorte, quem a roubou descobriu que se tornou um alvo de Karl Smith e, por isso, achou melhor devolver a você, que também estava envolvido com a pesquisa do falso Alfa-NPTD. Só que Karl Smith foi mais rápido e executou Andreas Nicodemus e ele não contava que as informações fossem cair em suas mãos. Na verdade, ele queria que o Alfa-NPTD fosse um fracasso, para tirar Neville do caminho. Por sorte não levantamos suspeitas sobre quem realmente é o doutor Harrison Owen. Não foi fácil mudar sua identidade.

– Sim, nisso vocês foram geniais. – respondeu Harryson cabisbaixo.

– Tivemos que dispor de um de nossos melhores cientistas e agente para interpretar o papel de Nicolai Sergey. Por sorte, ele tinha um biótipo semelhante ao do retrato que você nos entregou de sua infância além de vocês terem cursado a faculdade juntos. Alguns anos depois da faculdade ele perdeu a família em um acidente de trânsito. Depois disso, dedicou-se de corpo e alma à seção III e, é claro, às pesquisas. Você sabia que em todo lugar poderia haver escutas, bem como você podia ser rastreado. A própria Natalia era uma agente infiltrada da CIA, porém, você com seu charme conseguiu fisgá-la. Havia escutas até no hospital que Sophie estava internada, mas vocês respeitaram os protocolos de segurança. – Afirmou Irina.

– Irina, jamais iria deixar que minha filha pagasse com a própria vida o preço dessa maldita pesquisa. Confesso que acompanhava a construção do projeto Nephesus apenas no papel. Nunca imaginei que iria ficar frente a frente com a minha criação. Tudo era apenas teoria. Tive medo de que algo no início pudesse sair errado. Não queria que Sophie fosse a cobaia do projeto, porém, por ironia do destino, Nephesus tornou-se a única e real chance de sobrevivência de Sophie. Vivi um período de insegurança e certeza, até o momento que descobri que Nephesus funcionava.

– Concordo. Você conseguiu solucionar e provar para a seção fantasma de que Nephesus funciona. Precisava que alguém acompanhasse a produção do Alfa-NPTD. Tínhamos que encontrar os verdadeiros traidores. Só não contava que Sophie pudesse cair nas mãos daquele psicopata do Karl Smith. Fiquei surpresa com seu sangue-frio quando se encontrou frente a frente com os assassinos de seus pais. Imagino que não deve ter sido fácil.

–Não foi. Quase revelei minha verdadeira identidade... Mas consegui me controlar, pois sabia que podia existir escutas no laboratório. O que me incomoda, Irina, é tentar imaginar como seria se eu não conseguisse trazer Sophie de volta. Quem iria se responsabilizar por isso tudo? Minha filha não era para ter sido uma cobaia. O cientista e agente que se passava por Nicolai poderia estar vivo. Não há nada que possamos fazer para trazê-lo de volta – esbravejou Harrison, olhando para Sophie, que estava entretida na construção do castelo.

– Calminha aí, Dimitri. Nós da seção fantasma sempre lhe protegemos e você sabia que isso um dia poderia acontecer. Seus inimigos, "cientista genial", são nada mais nada menos do que os EUA e a Rússia, que decretariam uma guerra para colocar as mãos nesse projeto ou aprisioná-lo, trancafiando-o pelo resto de sua vida. Foi graças ao cientista e agente que disfarçamos de Nicolai e aos recursos que investimos em você que agora você pode abraçar sua filha. Eu limpei sua barra, meu amigo. Para todo mundo, a partir de agora, Nicolai Sergey, ou Dimitri Komovich, está morto. Querendo ou não, você me deve esse favor.

– Não, Irina. Desta vez não. Não lhe devo nada, pelo contrário, por causa dessa pesquisa quase perdi Sophie. Jurei que vou recomeçar minha vida ao lado dela e esquecer que um dia tudo isso aconteceu. Se for analisar quem deve algo, na verdade, esse alguém é você. Afinal, sei que tem a cópia de Nephesus. A ideia do laboratório em Belo Horizonte foi apenas para desviar a atenção para que você descobrisse quem estava à procura da minha pesquisa e a simulação de minha morte colocaria um fim nessa maldita perseguição, que começou desde o assassinato de meus pais. Não quero acabar como seu agente que teve que passar por uma lavagem cerebral para se transformar em Nicolai, para que todos acreditassem que ele era na verdade o tão procurado Dimitri Komovich. Não tenho culpa se duas potências mundiais na disputa pelo poder gastam milhões de dólares em armas e guerras ao invés de investir em pesquisa.

– Calminha aí, garotão! Isso foi para sua segurança, Dimitri. Para a sua e de sua filha. Só que para fazer Nephesus funcionar preciso da fórmula do Alfa-NPTD e sei que você tem uma memória fotográfica.

– Está bem, Irina, mas isso tem um preço. Quero meu nome limpo e uma casa na beira do mar em qualquer lugar de Santa Catarina. Se possível em uma cidade pequena. Quero também uma renda mensal para o resto de minha vida de forma que eu e Sophie possamos viver com qualidade de vida, além de novas identidades.

– Só isso? – perguntou Irina, sorridente. – Vocês cientistas só sabem pesquisar. Nem imaginam o valor real de suas descobertas... Farei diferente. Irei lhe dar o triplo de tudo que me pediu. Agora, por favor, a fórmula do Alfa-NPTD.

Nicolai retirou um colar com um pingente do pescoço.

– Sabia que você iria aparecer me pedindo isso. Só não sabia quando e onde, então, aqui está. Esse pingente é um memory-card. Tem todas as informações que você precisa sobre o Alfa-NPTD, bem como uma nova fórmula revolucionária que fará que Nephesus seja capaz de transferir a alma para clones. Também projetei um modelo de androide capaz de receber a "alma" de Nephesus. Quero que saiba que não assumo responsabilidade nenhuma referente ao sucesso ou insucesso dessa pesquisa. Irina, a partir de agora você está por sua conta – disse, entregando o pingente.

– Dimitri, isso irá ficar guardado. Não tenho nenhum interesse em brincar de Frankenstein ou criar um androide com alma humana. Acredito que seu trabalho científico está muito além de nossa época e é bem melhor que fique guardada secretamente na seção fantasma do que nas mãos de pessoas com segundas intenções para esse projeto. Olhe sua conta bancária no final do dia e amanhã verifique suas correspondências, pois vocês irão receber novas identidades. Agora vá. Curta a sua vida ao lado de sua linda menina. Ela precisa do pai ao lado e jamais poderá conhecer a verdadeira história. Esqueça o passado, viva o presente e dê a sua filha uma nova vida e um futuro promissor.

– Foi bom lhe encontrar, Irina. – Respondeu Harryson.

– Deixe de bobagem. Agora vá.

Harrison caminhou em direção a Sophie, que estava construindo um enorme castelo. Sentou-se ao lado da filha.

– Posso ajudá-la, minha princesa?

— Claro, papai! Você constrói a outra torre.

— Tudo bem, mas saiba que eu sou um péssimo engenheiro — respondeu, olhando para trás e vendo que Irina havia desaparecido.

— Tome cuidado, papai! Não vai estragar o que eu já construí, tudo bem?

— Não, filha. Não vou destruir nada. A propósito, essa é a primeira vez que estamos na nossa praia favorita e você não pergunta pela sua mãe.

— Não preciso perguntar, papai.

— Como assim? Não estou compreendendo, minha filha.

— Nestes dias que fiquei em coma, estive o tempo todo ao lado da mamãe.

— Do lado de Melany? Deve ter sido um sonho, Sophie...

— Não, papai. Ela disse que o senhor iria fazer de tudo para me ajudar. Como eu estava muito nervosa, ela me levou para conhecer Deus.

— O quê? Conhecer Deus pessoalmente? — respondeu Harrison, rindo. — Deve ter sido um encontro e tanto, hein? Que privilégio!

— Sim, papai. Foi inesquecível e Ele é muito legal.

— Deus, legal? Interessante... E o que foi que ele lhe disse?

— Disse que no dia que eu estivesse nesta praia construindo um castelo de areia junto com meu pai, era para eu lhe dizer que Ele lhe deu uma segunda chance.

Harrison ficou mudo. Os olhos começaram a se encher de lágrimas.

Levantou-se, sem que Sophie notasse, caminhou em direção à praia e ajoelhou-se na areia. Começou a chorar enquanto olhava para o alto, ao mesmo tempo em que sentia a suave brisa tocar em seu rosto como se fossem as mãos de Deus que lhe acariciava a face em sinal de misericórdia divina.

Então agradeceu com o coração pela nova oportunidade, enquanto um novo e nobre sentimento invadia sua verdadeira alma.

Recomeçar.

EPÍLOGO

MOSCOU

Localizado próximo ao Monastério Novodevichy e considerado um dos mais notáveis cemitérios de Moscou, o cemitério de Novodevichy nos faz lembrar um parque com grandes monumentos e pequenas capelas que o tornaram um ponto turístico local, em especial, por ser conhecido por sepultar pessoas notórias, como políticos, heróis de guerra e cientistas.

Os flocos de neve começavam a cair, acumulando-se sobre os canteiros, escondendo as raízes das árvores e cobrindo os bancos verdes com o branco peculiar.

O frio era intenso. Poucas pessoas vieram para o sepultamento dos gêmeos Spetsnaz, considerados como heróis por morrerem com dignidade em uma missão secreta a serviço do país. Os restos mortais carbonizados levaram um mês para chegarem até Moscou e foram sepultados de forma rápida devido à intensidade do frio e ao anúncio de uma tempestade de neve que se aproximava.

O general Heinz ficou estático diante do túmulo, observando as placas de bronze com os nomes: Ivan Anatoly e Andrei Anatoly recentemente fixados ao lado do símbolo da foice com o martelo.

– Idiotas. Se tivessem feito o trabalho conforme eu havia lhes ordenado, tudo estaria acabado. Primeiro o imbecil do Karl Smith e agora esses dois paspalhos que, para variar, ainda destroem totalmente Nephesus e dois caças de alto custo para o governo... Gastei anos revirando os arquivos secretos para descobrir esse maldito projeto que enterram junto com vocês. Espero que queimem no inferno...

– Como se não bastasse ainda tive que sepultá-los como heróis, para não revelar a verdadeira missão e justificar a destruição dos caças PAK FAT-50. Mas ainda tenho uma carta na manga. Vou encontrar aquele médico amigo de Nicolai que sobreviveu. Talvez se pressioná-lo eu ainda consiga descobrir algo que possa ser de meu interesse...

Seguiu caminhando em direção à saída do cemitério enquanto o tecido do sobretudo preto se esbranquiçava pela neve, que aos poucos se acumulava na roupa.

Foi então que parou diante de outra sepultura com nomes familiares. Lembrou-se de que há uma semana o filho de Michail e Sasha Komovich havia sido sepultado junto com os pais. Estava diante da lápide da família Komovich e o mais recente nome que havia sido gravado: Dimitri Komovich.

– Maldição! – disse, cuspindo na lápide.

Foi então que sentiu uma dor intensa, seguida de uma pequena onda de calor, até que tudo deixou de existir.

Um dos funcionários do cemitério que viu o general cair correu em direção ao local e encontrou apenas um corpo de Heinz sobre a neve derretida. Na cabeça havia uma grande perfuração e extravasamento de massa encefálica que junto ao sangue manchava de vermelho a neve.

Em Washington, um relatório confidencial começava a ser preparado para o presidente McCartney, informando a eliminação do general Heinz por um atirador de elite americano.

editoraletramento
editoraletramento.com.br
editoraletramento
company/grupoeditorialletramento
grupoletramento
contato@editoraletramento.com.br

editoracasadodireito.com
casadodireitoed
casadodireito